謹訳 源氏物語 六

改訂新修

林望

目次

装訂　太田徹也

若菜《わかな》　上

源氏三十九歳から四十一歳

朱雀院の病苦と女三の宮についての懊悩

朱雀《すざく》院の上皇が、先に六条院へ御幸《ごこう》なさった後……いやちょうどその頃から、お体の不調を訴えられて、以後ずっとご病気に苦しまれるようになった。

上皇は、もともと病弱の質《しつ》であったけれど、このたびのご不予《ふよ》は、心中常《しんちゅうつね》ならぬ心細さを覚えられて、年来の宿志《しゅくし》である出家に思いを寄せられる。もともと出家の願いは深いものがあったのだが、母君弘徽殿大后《こきでんのおおきさき》在世のうちは、母を置いての出家も不孝の憚《はばか》りあることゆえ、今までなんとか思いとどまってきた。しかし、その大后も既に世を去って、憚りも今はなく、そこへ体調がこうなってみれば、やはり心中に願うところはただ厭離穢土《おんりえど》出家遁世《しゅつけとんぜい》の道でなければならぬ。

「もう、我が命も長くはないような気がする」

と、さように仰《おお》せあって、なんとしても世を捨てるための心の準備をなさるのであった。

さるにても、もし自分が出家してしまったら、気掛かりなのは、あとに残った御子《みこ》たちのことである。

承香殿女御《しょうきょうでんのにょうご》を母とする東宮《とうぐう》のことは、まず心配には及ぶまい。

その他に、女宮は四人お持ちであったが、その一の宮、二の宮、四《し》の宮の三人は、宮中での後ろ楯も堅固《けんご》で、これまた心配には及ばぬ。

が、ただ一人、藤壺《ふじつぼ》に局《つぼね》を賜《たまわ》っていた女御、この人の腹に生まれた三の宮ばかりは、常に院の心に懸かっている。

この藤壺女御という人は、先の帝の御子に生まれたが、源姓《げんせい》を賜って臣籍《しんせき》に降《くだ》った人で、朱雀院がまだ東宮であった時分に入内《じゅだい》し、皇后の位にも即《つ》き得《う》べき身分の人であったけれど、あいにくと格別有力な後ろ楯があったわけでもなく、生母はとりたてて高位の家柄筋でもない、まずいうならば立場の弱い更衣《こうい》に過ぎなかったので、その腹に生まれた女御は、宮中でのよろずの暮らしぶりも心細く過ごしていた。

そこへ弘徽殿大后が妹の朧月夜《おぼろづきよ》の尚侍《ないしのかみ》を参内《さんだい》させ、並びなく重用するに及んで、この女御の威勢はますます圧倒され、朱雀院ご自身も、お心のうちには、この藤壺女御をかわいそうな身の上だとは思われたけれども、ご自身もやがて皇位を降りられていかんともすることができず、せっかく入内した甲斐《かい》もなく、無念な思いのままに、世の中を恨んでいるような心もちのうちに、死去したのであった。そういう藤壺女御を生母に生まれたのが、女三の宮であってみれば、多くの御子たちのなかでも、とりわけ愛《かな》しい姫と思って、朱雀院は、鍾愛《しょうあい》し撫育《ぶいく》なさることとただならぬものがある。

その頃、お年は十三、四ばかりであった。

〈もし私が、今こそはと思って俗世を捨て果て、山ごもりでもしてしまったなら、その後の世に取り残されて、この姫宮は、いったい誰を頼みにして過ごすことができるだろうか……〉と、院は、ただただこの女三の宮の身の上ばかりを気掛かりなものに思って、いつも嘆いておられる。

西山のあたりに新しくお寺を造立《ぞうりゅう》して、いよいよ出家なさるための準備を仰せ付けになると同時に、またこの女三の宮の御裳着《おんもぎ》の儀のことも着々と進められる。

院の御所《ごしょ》でも大事な品として蔵している宝物《ほうもつ》や調度などはもちろんのこと、わけもないようなおもちゃのようなものまで、少しでも由緒のあるものはことごとく、ただこの三の宮のところへお下げ渡しになり、それ以下の品々をば、ほかの御子たちに分けて処分なさるということがあった。

東宮の朱雀院見舞い

東宮は、朱雀院が、このところのご病気の篤《あつ》しくなりゆくままに、いよいよ出家遁世のお志が堅いと聞いて、いそぎ院の御所へお渡りになった。母の承香殿女御も東宮に付き添って御所へ参上する。

この女御については、他の御方々に比べてとりたてててご寵愛《ちょうあい》が深いというわけでもなかったのだが、今現にこうして御子が東宮として立っておられる、その前世からの宿縁のすばらしさに、朱雀院は、この長い年月に積もる物語を、情《じょう》も濃《こま》やかにお話しなさる。また東宮に向かっても、あれこれのこと、とりわけて帝《みかど》として世を統《す》べるについての心遣いはいかにあるべきか、などなど、事細かに教諭されるのであった。

東宮は、実際の年齢よりはまことに立派にご成長あって、母承香殿女御の兄、髭黒《ひげくろ》の大将はじめ、後見人の数も力も、あちらにこちら決して軽々しからぬところであったから、この宮については朱雀院も、まことに心丈夫に思っている。

朱雀院、東宮に、女三の宮の後見を頼みおく

院はこう仰せになった。

「もはやこの世に心残りなこともなくなった。ただね、女宮たちが、なお幾人も手許《てもと》に留《とど》まっていて、この者たちが行く末はどうなるであろうかと思いやることばかりは、いかんともすることができぬ。こんなことに思いを残しているようでは、あの『さらぬ別れ』に際して、往生の障りともなるに違いあるまい」

と、かの「世の中にさらぬ別れのなくもがな千代もとなげく人の子のため（世の中に、あの避け得ない別れ――死別――ということが無かったらよかったに。千年でも生きていて欲しいと思う人の子のために）」という古歌を仄《ほの》めかして、院は悲しい思いを打明けられ、さらに言葉を継いだ。

「……以前より、そうした女宮の身の行方について、いろいろな人の身の上を、他人事《ひとごと》として見聞きしてきたところでも、女というものは、とかく自分の思いもかけなかったよう

な男に関わって、世間からは軽率な女だと難《なん》ぜられるような宿命を負うたりもするようだ……なんと無念な悲しいことではないか。東宮も、これから帝の位に即《つ》いて、世の中を思うままに統《す》べられるようになったなら、その時は、なににつけかにつけ、この女宮たちのことをお心に留《と》めて、どこまでも目をかけてやってほしい。……さるなかにも、それぞれの親筋《おやすじ》などで有力な後見人のある者は、そちらに任せておいてもよかろうと思うのだ。が、ただあの三の宮ばかりは、まだいとけない年ではあり、私のほかにこれといって後ろ楯とする人もいないのだから、その私が出家してしまったなら、その後の世に、頼る人もなく漂いさすらってしまうかもしれない、そのことが、なんとしても気掛かりで悲しいのだ」

朱雀院は、涙を押し拭《ぬぐ》いながら、そんなふうに仰せになった。

東宮の生母承香殿女御にも、三の宮に対しては素直な気持ちで優しく接してくれるようにと院は仰せつけになる。しかし、もとより三の宮の母藤壺女御という人が、他の女君たちよりも優《まさ》って御寵愛を受けていたから、誰もみなこの女御に対しては挑みあうという関係にあって、妃《きさき》たちとの折り合いがどうしてもしっくりと整わぬところがあった。藤壺女御亡き後も、そういう生前の名残《なごり》があって、なるほど現在はことさら憎らしいと思うというわけではなかったけれど、それでも、実の子と同じように心に留めて世話をしようとまでは、思うことができなかったのではあるまいかと推量される。

歳末、朱雀院重病

朱雀院は、朝に夕に、この三の宮のことが気掛かりでため息をついておられた。やがてその年も暮れてゆくにつれて、院のご病勢《びょうせい》はいよいよ募《つの》り、もはや御簾《みす》の外にもお出ましにならぬようになった。

以前から、物《もの》の怪《け》の祟《たた》りで、ときどきご病悩《びょうのう》なさることもあるにはあったが、今回のように、いつまでも長引いて、しかも小康を得ることなく病み苦しまれるということはなかったのに、この度ばかりは、いよいよ命の限りも近づいたかと思われるようになった。

朱雀院は帝位を去られはしたけれど、なおそのご在位中にご愛顧《あいこ》を蒙《こうむ》った近臣たちは、親しみ深くご立派なそのご人徳を心の拠《よ》り所《どころ》として、今も出仕し続けている。そういう者たちは、一人残らず、おのおの心の限りに、朱雀院のお命を惜しみ申すのであった。

また源氏からも、院へのお見舞いはしばしばある。そして源氏自身もお見舞いに参上するつもりであると言ってきたことを聞かれて、院は、それはそれは喜ばれ、そのことが六条院へも伝達されてくる。

中納言の君（夕霧）、朱雀院を見舞う

今は准太上天皇《じゅんだいじょうてんのう》という重々しい位《くらい》に即いて、自由に出歩くこともままならぬ源氏の命《めい》を受けて、その名代《みょうだい》としてお見舞いに参上した子息中納言《ちゅうなごん》の君を、院は御簾のうちまでお召し入れになって、なにかにと心濃《こころこま》やかな物語をされる。

「亡き父院（桐壺《きりつぼ》院）が今はの際に、さまざまのご遺言があったなかに、そなたの父六条院殿のこと、また今の帝（冷泉《れいぜい》帝）のこと、この二つは取り分けて懇篤《こんとく》にご遺言《ゆいごん》遊ばされたものだったが、じっさいに私が帝となってみると、そうそう何もかも思うままになるものではなかった。そこで、一人の人間としての自分の気持ちは変わらぬけれど、つまらぬことで行き違いが出来《しゅったい》して、それがために父君《ちちぎみ》としては、私に対して心の隔てが生ずることもあったことであろう……。あれ以来ずいぶんの年月が経《た》ったが、この間《かん》さまざまのこ

とがあったにもかかわらず、父君はなにか心に恨みを残しているような素振りはさらさら漏らされなかった。古今東西の賢人と言っても、いざ我が身の上のこととなれば、理屈どおりにはいかぬ、ついつい心が動いて感情に支配され、恨みに対しては返報《へんぽう》などしがちなもの、かくては正道《しょうどう》を歪《ゆが》めるというようなことも、あの上古《しょうこ》の聖人がたの身にすらあったものだ。されば、どんな折に、父君の恨みのお心が包みきれなくなって顕《あら》われることかと、世の人々も、そんなふうに疑っていたものだったが、いやいや、ついに最後の最後までご堪忍なさって、東宮などにも思いやり深く接してくださった……。その東宮とも、かの明石の姫君入内以来は、またとなく親しい間柄となられて、睦《むつ》まじくお心を通わせてくださっているのも、東宮の父として限りなく嬉《うれ》しく思っている。……が、しかし、私はもとより凡愚《ぼんぐ》な性格の上に、さらに、例の『子ゆえの親心の闇《やみ》』とやら申すこともあることゆえ、あまりこちらから差し出たことを申せば、頑《かたく》なで見苦しい父親だと思われはせぬかという遠慮もあってな、それで却《かえ》って、まるで他人事《ひとごと》のように、東宮のことは父君に任せたまま放ってあるようなわけなのだよ。内裏でのことは……あのご遺言を違《たが》えぬように今の帝に世を譲って、私はもっぱら後見《うしろみ》の役をしている。されば、今の帝は、こんな末の世に現われた賢君《けんくん》として、不肖《ふしょう》の帝であった私の世の不面目《ふめんもく》を改め、父院の明らかなご治世の世に戻すべき立派など政道を実現されている。これは、我が本意《ほんい》が叶《かな》ったと言うべく、まことに嬉しく思う。……あの六条院に紅葉を賞翫《しょうかん》した行幸《ぎょうこう》の後、源氏の君と、ゆくりなくも久闊《きゅうかつ》を叙《じょ》し、昔の思い出などもあれこれ語り合うことができた。……あれは楽しかった。源氏の君には、またあんなふうにお目にかかりたいと、ほんとうに懐かしい思いでいるのだ。いや、対面して親しくお話ししたいこともある。だから、そなた帰って、父君に伝えよ。かならずご自身でお見舞いをくださるように、とな……よいか、そんなふうにお勧めなされよ」

朱雀院は、そう仰せになりながら、しきりと涙にくれておられる。

中納言の君は、これを聞いて畏《かしこ》まった。

「おそれながら、往昔《おうじゃく》のことを仰せでございますが、遠く過ぎ去った時分のことは、なにぶんわたくしはまだ幼く、ことの次第も分別いたしかねてございます。さりながら、成人仕《つかまつ》りてのち、朝廷《おおやけ》にもお仕え申しますあいだに、世の中のあれこれを至らぬながら拝見いたしますうちに、大事につけ小事につけ、また親子のうちうちの雑談《ぞうたん》などの折々にも、父は、『昔はかくかくしかじかの辛《つら》いことがあってな』などとは、ちらりとも漏らすことがございませんでした。それどころか、父は、『こんなふうに朝廷《おおやけ》のご後見役を最後まで勤め上げるにも及ばず、任半ばにて、静穏《せいおん》な仏道専一の暮らしをしたいという存念から、ただただ籠居《ろうきょ》するようになったが、その後は、世俗の政治向きのことなどは、なにも関わらぬというありさまゆえ、故院さまのご遺言のとおりにお仕え申し上げることが叶わなかった。とりわけ、朱雀院さまのご在位時分には、自分などはまだ若輩《じゃくはい》のこととて、身に具《そな》わった器量《きりょう》も小さく、上位の方々のなかにも賢明な人材がたくさんおいでであったから、我が志を思うさま遂げてお目にかけるということもできなかったものだ。今、こうして、朱雀院さまも世俗の政《まつりごと》から離れて、心静かにお過ごし遊ばされる時にこそ、我が心の隔てなく参上して、ゆるゆるお話をお聞かせいただきたいものだが、それでも、准太上天皇という身分柄、とかく自由な行動もなりがたい。……で、自然自然に月日が経ってしまったことよな……』と、かようなことをば、折々に嘆いているところでございます」

中納言の君は、二十歳《はたち》にそろそろ手が届こうかというほどの年齢であったが、年の割には性格もりっぱに整い、容貌《ようぼう》も今を盛り、匂《にお》うばかりの男ぶりで、まことにすっきりと美しい。朱雀院は、この才色《さいしょく》兼ね具《そな》えた中納言の君を目に留《とど》めて、じっと見守りながら、目下お心を煩わしている姫宮について、内心に〈三の宮の後見をする男として、この中納言はどうだろうか……〉などと思い寄せられるのであった。

「そなたは、かの太政大臣《だいじょうだいじん》の邸《やしき》あたりに、今は住みついたのだそうだな。年来ずっと、あの太政大臣がそなたたちの仲を許さなかったとやら、どうも訳の分からぬことだと、じつは私も内心気の毒に思っておった。が、こたび、そのように一件落着したと耳にして、まずほっとしたというところはあるが……しかし、それはそれでまた、やはり内心に無念な感じもないでもない」

朱雀院が、にわかにこんなことを仰せになるのを、中納言の君は〈……と仰せになるのは、いったいどういう意味であろうか〉と不審にたえぬ思いで聞いた。そして、目まぐるしく考えを巡らして、ふと思い当たるところがある。

〈ははぁ、さては例の姫君三の宮をどう縁付けるか、お手に余って、しかるべき適当な婿でもあれば、姫君を預けて後顧《こうこ》の憂いなく世を捨てたい、とそのようなことを御自《おんみずか》ら仰せであったと漏れ聞いたことがある。つまり、そういうことを仰せなのであろうな……、ふむ、それならば、なるほどつじつまがあう〉と、中納言は思ったけれど、だといって、なにもかもお見通しという顔つきで返答することも憚られるゆえ、ただ、

「わたくしごとき、ぱっとしない身の上の者には、妻として寄りつくべきところもございませぬことにて」

とだけ、差し障りなくお答えして、その話は沙汰《さた》止《や》みとなった。

朱雀院、源氏と子息中納言を評す

女房たちは、几帳《きちょう》などの隙間《すきま》から一部始終を覗《のぞ》き見て、

「なんてまた世に珍しいほどの男前、それに身のこなしなんかも……ああ、すてき」

など、とりわけ若い者たちは、寄り寄り中納言の評定で持ち切っている。

すると、昔を知る老女房たちは、

「なんの、なんの、たしかにあの君はなかなかのものなれど、父君の六条院さまが、ちょうどあのくらいのお年頃であった時分なんといったら、それはもう、あんなものではなかったわいな。お姿を拝見するだけで、まぶしくて目がくらむほど、とまあ、それほどの美しさでおわしたぞや」

など、ああでもないこうでもないと言い争うているのを耳にされて、朱雀院は、

「まことに、源氏の君という人は、若い頃から、その眉目秀麗《びもくしゅうれい》なる、才学優長《さいがくゆうちょう》なる、とてもとても人とは様子を異《こと》にしていた人だ。しかも今はさらに、あの時分よりはずっと風格

も加わって、まさに『光る君』というのはこういうことを言うのであろうかと見えるほどの趣が、ずんと加わっている。端然《たんぜん》と構えて政務などに携わっている様子を見れば、まさに儼乎《げんこ》として際立《きわだ》ち、目もくらむほどの威光であるが、また、ぐっとうちとけて、戯《ざ》れ言《ごと》などを言い放題にして面白がっているところを見れば、こんどはそうした愉快な方面につけては、余人の追随をゆるさぬ愛嬌《あいきょう》ぶり、なんだか親しみ深く、かわいらしくさえ見えることもまた、比肩《ひけん》する者とてない。まったく比類のないお人だ。こうなると、なにごとも、前世における善根《ぜんごん》がどれほど篤《あつ》かったのだろうと推量されるほど、それは世にも稀《まれ》なる人柄だと言えような。……そもそもが宮中に生を享《う》けて、父帝じきじきに限りなく愛《かな》しい者として可愛がられ、それはもう撫《な》でさするようにしてお育てになり、玉体《ぎょくたい》に代えてもと思《おぼ》し召《め》したほどのご愛育ぶりであったが、しかし、源氏の君は、だからといってわがままに傲《おご》りもせず、謙遜《けんそん》にへりくだって、二十歳にならぬうちは、納言《のうごん》にすらならずに過ごしたものだ。それで、二十歳を一つ越えた時分に、やっと宰相（参議）にして大将を兼ねるという位についたにすぎぬ。それに比べれば、あの子息の中納言は十八歳にしていち早く中納言に昇ったと見えるから、子は親を越え、また子は親を越えと、代々《だいだい》に世の声望《せいぼう》が高くなっていくもののようだね。まことに、廷臣としてのしかるべき学才、心用意などは、中納言も父源氏におさおさ劣らぬもののごとくだが、仮にそう見るのが間違いだとしても……、今だって父よりも老成《ろうせい》しているという評判は、たしかに格別のようだね」

など、言葉をつくして賞賛なさる。

朱雀院、女三の宮につき乳母たちと語り合う

さて、その女三の宮だが、この姫がたいそうまたかわいらしげで、幼く無邪気な様子を見るにつけても、朱雀院は胸を痛められる。

「なにとぞして、花々《はなばな》と見栄《みば》えのするように世話をしてやって、なお、まだ至らぬところのある方面は、内々《ないない》に教えてやってくれるような、しかも頼りになるような男に、あの姫宮を預けたいものだが……」

朱雀院は、そんなふうに漏らされるのであった。

そこで、年老いた乳母《めのと》などをお召しになっては、三の宮の御裳着《もぎ》の儀のことなどを仰せつけになるついでに、ついつい愚痴をこぼされる。

「あの六条院の大殿《おとど》が、式部卿の親王《みこ》の娘（紫上）を養育して立派に育て上げたように、

この三の宮を預かって育ててくれる人があるとよいのだが。……まずしかし、そういうのは臣下のなかにはおそらくあり得まい。といって、今の帝の妃に入内《じゅだい》させようとならば、そこにはすでに立派な中宮《ちゅうぐう》（秋好む中宮）がおいでになる。それ以下の女御たちなども、みなそれぞれにたいそう高貴な家々の御方ばかりおいでのなかに、あのようにしっかりと頼りになる後見人ももたぬ三の宮が、なまじっか立ち交わるとなると……、それはかえって辛いことであろう。されば、あの源氏の子息の中納言がまだ定まる妻も持たずにいたところに、さらりと仄《ほの》めかしてこの姫のことを打診してみるべきであったな。あの者は若いけれど、なかなかの人物で、将来はごく頼もしい男に違いないと見えるものをなあ」

すぐに乳母が申し上げる。

「あの中納言は、もともとたいそう実直な人にて、もう昔からずっと、あの太政大臣さまの姫君（雲居《くもい》の雁《かり》）にお心を懸けられ、ほかのお人にふらふらと心を移したりするようなこともございませんでした。されば、今その年来の恋慕が叶うたところでございますますほどに、いよいよますます他の御方を見て心がぐらつくなどということはございますまい。その父君の六条院の大殿《おとど》のほうが、かえってそちらのほうはいい、お好きと見えまして、どんな身分の女でございましょうとも、新しい思い人を見知りたいというようなお気持ちは、つねに持っておられるやに仄聞《そくぶん》いたしおります。なかんずくに、高貴のご身分のご正室を迎えたいというお気持ちが強く、あの前斎院《さきのさいいん》(朝顔の斎院)などを、今でも忘れ難くお思いになっておられる由、評判が聞こえてございます」

「うむ。その、昔から今に変わらぬ好き好きしさばかりは、いささか気掛かりなところなのだが……」

朱雀院は、口では、そのように仰せになりはするけれど、内心は、〈なるほど、あの三の宮が源氏の数多い御方々《おんかたがた》のなかに立ち交じって……となれば、不愉快なことなどもおそらく避けることができまい。それでもなお、そのまま親めいた存在として思い定めて、三の宮を譲り申そうか……〉などとも思っておられるらしい。

「じっさい、多少なりとも世間なみに縁付かせたいと思うような娘を持ったら、どうせ同じことなら、あの源氏の君のような人の妻にしてやりたいものだな。いずれ現世などは一瞬の夢のように儚《はかな》いものだ。されば、せめてその短い生涯の間は、あの六条院の人々のように、三の宮も、心ゆくまで楽しく過ごさせてやりたい。もし私が女であったなら、現に血を分けた兄弟の間柄だけれど、それでもあの源氏の君には、きっと睦まじくより添っていったに違いない。若かった時分など、私はよくそんなことを思ったものだった。まして、女たちが、あの君に手もなく欺《あざむ》かれてしまうとしても、それは当たり前かもしれぬな」と、こんな思いまで朱雀院は漏らされる……そのご内心には、かの朧月夜の尚侍の一件なども思い出されているのであったろう。

乳母の兄左中弁斡旋

この女三の宮に仕える者たちのなかでも重々しい存在であった乳母《めのと》の兄で、左中弁《さちゅうべん》の職にある者があった。この者は、あの源氏の親しい家臣として、六条院にもう何年も仕えているのであったが、同時にこの三の宮のところへも特に心を寄せて伺候《しこう》している。

ある日、左中弁が参上してきた。乳母はこれに面会してなにかと物語をするついでに、女三の宮のことを兄に訴える。

「お上《かみ》は、かくかくしかじかのご内意をお持ちで、ふとそれを漏らされたことがありますから、どうぞそのことを、然るべき折があったら、あの六条院さまのお耳に、それとなくお入れくださいませ。もとより皇女《みこ》がたは、生涯独身でおられますのも珍しからぬながら、さまざまな折につけていつも心を配ってさしあげるとか、またなにごとにつけても後ろ楯となって力を尽くしてくださるというような方がおいでの場合は、独身でも何の心配もございますまい。さりながら、三の宮さまは、お上ただご一人《いちにん》を除いては、ほかに衷心《ちゅうしん》から思いを懸けまいらせるような人もなく、わたくしどもなど、いかにお仕えすると言いましても、なにほどのご奉公になりますことか。まして、お仕えしておりますのは、乳母と申すも女房と申すも、あまたおりますことゆえ、すべてが我が心のままにもならず、なかには不心得《ふこころえ》の女房などもございましょうほどに、万一にも思いもかけない殿方が通《かよ》いつくなどということも出来《しゅつたい》しかねませぬ。さすれば、宮様に軽々しい浮き名が立つことがあろうような時には、さて、わたくしなども、どんなにか煩《わずら》わしいことになりましょう。お上がしっかりと見ていてくださる間に、とにもかくにも、この三の宮さまの御行《おんゆ》く末《すえ》が定まりましたなら、不肖わたくしなども、その時は定めてお仕えもしやすかろうと存じます。いかに恐れ多い筋のお生まれと申しましょうとも、女というものは、身の運命《さだめ》の定まりがたいものでございますから、何やかやと案ぜられることばかり多く……。父院さまが、この数多い皇女がたのなかにも、取り分けてあの三の宮さまを大事にしておられますにつけても、それまた人の嫉《そね》み妬《ねた》みの種ともなろうかと見えますほどに、なんとかして塵《ちり》ほどの瑕《きず》も付けぬままでいただきたいものでございます」

と、乳母は、「ちりをだに据《す》ゑじとぞ思ふ咲きしより妹《いも》とわが寝《ぬ》るとこ夏の花（塵ひとつだって据えはすまいと、咲き初めたころからそう思ってきたこの常夏〔とこなつ〕の花だ、なにしろ、愛しい妻と私が共寝をする床〔とこ〕という名を持った花だもの）」という古歌をほのめかしながら、こんなことを口説《くど》きかける。

左中弁は、ちょっと困った表情を浮かべた。

「さてさて、どうされたらよいのであろうかなあ。源氏さまは、常人には思い及ばぬほど心の長いかたで、かりそめにも見初《みそ》めなさった人は、いつまでも見放されるということがないのだ。それはもう徹底したもので、数多い女君たちのなかには、よほどお気に召した方もあれば、それほどでもないという方もある……が、いずれにしても、それぞれ相応の待遇で六条院に迎え入れて、結果的にはずいぶん多くの女君がたをお集めになっておられるのだが、さるなかにも、まず一と言って二と下がらぬご寵愛の御方は、紫上さまたったお一人というように拝見するからのう。やはり万事はそのお一方《ひとかた》本位のお暮らしぶりゆえ、その他《ほか》の女君がたは、生き甲斐のない住まいをしている……そんな方々のみ多いように拝見するのだがな……、とは申せ、前世からのご縁があって、もしそのように三の宮さまが源氏さまの許《もと》へお輿入《こしい》れなさるということがあるとすれば、いかほどご寵愛著しい御方と申しても、三の宮さまがそれに肩を並べ得ぬ道理もあるまいて。……それはそうなのだが、しかしそれでもなお、やはり難しいかもしれぬと思わぬでもない……。とは申しながら、源氏さまという方は、この末の世にあってなお、位人臣《くらいじんしん》を超えて准太上天皇という御位《みくらい》にまで即かれたわけだから、我が身に、もはや物足りず思うことは何もないのだが、ただ『女に関わる方面だけは思うに任せぬ……なにぶん、女がらみのいざこざのゆえに、人の非難を浴びることもあったし、また自分の心のうちに飽き足りぬ思いに終始したこともある』などとな、気の置けない者ども相手の内々《うちうち》のご閑談の折々に仰せになると聞くぞ。いや、たしかに、我らが拝見する限りでも、それはそのとおりなのだ。……六条院のそれぞれの御殿に置いてお情をかけておられる御方々にしたところが、いずれも、どこの馬の骨か分からぬというような品下《しなくだ》る人々ではない……のだが、といって、いずれもみなせいぜい臣下の家柄の出というほどのことであって、あの源氏さまの無上の御位《みくらい》に相応《ふさわ》しい声望を具えた正室……と、そういう際《きわ》の方がなあ、いっこうにおいでにならぬのだ。そこへ、今後どなたか然るべき御方を娶《めと》られるとなれば、やはり三の宮さまのような方がお出で下さることこそ、どれほど相応しいご配偶《はいぐう》であろうかな」

こんなふうに、左中弁は談じ込む。

そこで乳母は、また別の機会に、こう朱雀院に言上《ごんじょう》する。

「かくかくしかじかと、わたくしの兄の朝臣《あそん》にちらりと申しましたところ、『もし三の宮さまご降嫁のことをお上《かみ》より仰せくだされますなら、源氏さまはきっとお肯《うけが》いなさいますはず。いえいえ、それどころか、年来のご本意が叶ったとお喜びになることは疑いございませぬ。されば、お上のお許しがまことに戴《いただ》けるようであれば、内々《ないない》源氏さまにそのことをお伝え申しましょうか』とまで兄は申しておりますが……、さてもいかがな具合でございましょう。あの源氏さまというお方は、女君がたのそれぞれのご身分お人柄に応じて、ひとりひとりもっとも良いご待遇を用意されるという、まことに希世《きせい》のお心遣いをなさる方のように仄聞《そくぶん》いたしますが、とは申しながら……。いえ、あのその、世間一般の人の世にあっても、妻とすべき人のほかに、また関わりを持って思いを懸けているような女が、家内にもう一人いたりするのは、女の身としては誰でも不満の種のように存じますものを……あのように取り分けてご寵愛深い御方（紫上）がおられるとあっては、三の宮さまお輿入れの後には、きっとご不快なこともございますでしょう。……されば、三の宮さまのお世話を申したいと願う殿方は源氏さまのほかにいくらもおいでのように拝見いたしますゆえ、どうぞ、よくよくご熟慮のうえでお定め遊ばされますことこそ最善と申すべきかと存じます。今どきは、限りなく高貴のお家柄の姫君と申しましても、とかくみなはっきりとしたご意見をお持ちで、のびのびとして、世の中を思いのままに過ごされるという方々もおいでかと拝見いたしますけれど、あの三の宮さまは、わたくしどもが唖然《あぜん》とするほど、なにごとも覚束《おぼつか》ぬご様子にて、お仕えいたしておりましても、ただただ心もとなく拝見しております。……そういうご様子でございますから、お側仕《そばづか》えの女房どもがお世話をするにしても、おのずから力に限りがございましょう。まして下々《しもじも》の者どもは、主《あるじ》の君がなにごとをも決定しご下命を賜《たまわ》ってこそのご奉公にて、どんなに賢い下仕《しもづか》えの者を置きましても、何もご存じない主の君では、しょせんどうにもなりませぬ。されば、三の宮さまのような姫君には、しっかりとしたご後見の殿方がおいでではなくては、なんとしても心細いことでございましょう」

朱雀院は、これを聞かれて、納得なさるところがある。

「いかにも、そのように私もあれこれ分別するからこそ、内親王《ないしんのう》たちが世俗の男に縁付いているありさまをみては、悩ましい思いに駆られるのだよ。そもそも内親王に生まれていながら、世俗の男のものになるとあれば、いかにも情無《なさけ》く軽薄なようでもあり、では高貴な身分の男に縁付いたとしたらどうだろうな……、それはそれで、正室側室など数多い妻女たちに立ち混じって、とかく悔しいようなことも、また不愉快な思いも、どうしてもないというわけにはいくまい……と、こんどは、そのことで心痛く思い乱れる。また、しかるべき後ろ楯となってくれていた男に先立たれるなどの理由で、枝蔭《えだかげ》とも頼る人に別れてしまった後に、さてまた独り身となって世過ぎの叶うものであろうか。……いや、往古《おうこ》は人心《ひとごころ》も平《たい》らかで、たとえば身分違いの男などが内親王のような高貴の女と結婚するなど、もとより許されぬものと皆思っていたものだが、今の世は、そうではあるまい。なにやら好色で乱脈なことも、なにかの話のついでに、ちらりちらりと我が耳にも聞こえてくるようだ。昨日までは、高貴な家柄の親里《おやざと》にあって、みなから崇《あが》められ、下《した》へも置かぬ扱いで大事に傅育《ふいく》されてきた娘が、今日はどうということもない下々の身分の好き者どもに口説き落とされては、あらぬ浮き名を立てられ、欺《あざむ》かれて、結句《けつく》亡き親の面目も全く失われ、その死後の名声を辱《はずかし》めるというようなたぐいの話も多く聞こえてくる……、まず、さようなことをあれこれと申していけば、男に縁付くにせよ、独身を貫くにせよ、危ういのはみな同じことだ。身分が高かろうと低かろうと変わりはない、いずれ前世からの因縁などということは、人知《じんち》を以ては容易に知り難いことなのだから、私は、なにがどうあっても、心配でならぬ。さればな、総じて、結果が悪かろうと良かろうと、しかるべき親兄弟などが、あの男なら良かろうと見許した人物に縁付いて世を過ごすならば、その結果が吉と出るか凶と出るかは、しょせん前世からの因縁と申すもの、その運命次第によって、後の世に運が傾くようなことがあっても、それは自らの過ちとはならぬ。しかしながら、自分の思うまま、親も知らぬうちに、然るべき後ろ楯の人も許さぬまま、密《みそ》かに男を作って通わせたりすることは、いかがであろう。……いや、仮にそんなことをしたとしても、思いも掛けぬ幸いに際会《さいかい》することもあり、結果として見苦しからぬことになる場合は、これはこれで悪くもなかったように見えるかもしれぬが、……ただし、そんなことがふっと耳に入ってきて、唐突に知るところとなった当座は、さようの好色沙汰は、女の身としては、この上もない身の瑕瑾《きず》のように思われるもの、かかるふしだらな仲らいは、まったくただの臣下の者の間ですら、軽薄でよろしからぬことだ……ましてやことは内親王の身にかかわることぞ。……そもそも結婚というようなことは、当人の思いを無視してことを運んだりすべきではなかろうものを、不心得の女房などが手引きするなどして、娘本人の思いとは無関係に男が通い来るなどし、結果的に身の宿運《さだめ》がつまらぬところに定まってしまう……などというのは、これはもうなんとしても軽々しくけしからぬこと、そんなところから、くだんの娘の日ごろの身持ちや心がけが、いかに軽率であったかと推量されてしまうことになるのだ。それが世間の現実というものであろうに……、しかも、三の宮は、妙に頼りない人柄ではないかと見えるありさまなのだからな……。よいか、側仕《そばづか》えの誰も彼も、自分の思うままに勝手なことをしてはならぬぞ。もし万一、今申したようなことが出来して、それが世間へ漏れ聞こえなどしたら、なんとしても憂《うれ》わしいことゆえな」

と、朱雀院は、自分が世を捨てた後の、三の宮の身の成り行きがいかにも気掛かりだと思って、かくもこまごまと仰せいだされるので、乳母たちは、ますますもって煩わしいことと思い合っている。

朱雀院の婿候補批評

さらに朱雀院は言葉を継いだ。

「……それゆえ、私としてはあの三の宮が、もうすこししっかりした分別が付いてくるまで、婚儀のことは見過ごしておこうと、ここ何年かはじっと見守ってきたのだが、そうこうするうちに、私のほうがこういう病を得てすっかり弱ってしまった。この分では、あるいは出家の本懐《ほんかい》を遂《と》げることもならぬままに、我が命のほうが消えてしまうような気もして、早急になんとかしなくてはと追い立てられるような心地になった。あの六条院の大殿《おとど》は……なるほど、ああいうふうに邸内に多くの夫人たちを花々《はなばな》と住まわせている、ということはたしかに気にはなるが、それでもあの大殿は、なにごとも物の道理を弁《わきま》えた立派な人物ゆえ、三の宮の後ろ楯と頼むには、またとない人材であることはまちがいない。邸内に数多く住まわせている夫人たちにしても、その扱いについては、万事ぬかりない大殿ゆえ、まずここで私が案ずるにも及ばぬところであろう。となれば、うまくやっていけるかどうかは、とにもかくにも三の宮本人の心の持ちよう次第であろうな。

そもそもあの源氏というお人は、ゆったりと落ち着いていて、あまねく天下の模範とも申すべく、なにしろ信頼できるということでは、他に並び立つ人とてもないというくらいのお人だ。さよう、源氏以外で、まずよろしかろうと思える人となれば、さていったい天下にいかほどいるであろうかな。

……兵部卿《ひょうぶきょう》の宮、うむ、あの方は人柄はわるくない。源氏とは同じ血筋を引く兄弟同士ということになるから、宮ばかりを他人扱いにして貶《おとし》めるにも当たるまいけれど、あまりになよなよして風流ぶったところが著しい……で、結句、重々しさに欠けるところがあり、少し軽薄な調子が目に立つというわけだろう。それだから、ああいうお人はそれほど頼み甲斐がない……というような感じだね。

また、藤大納言《とうだいなごん》が、三の宮に家来のようにお仕えしたいと言っているそうだが、まず家来のように奉仕するということなら、たしかにあれは実直に務めるであろうけれど、……とはいえ、いかがであろう、あれ程度の、並々の分際《ぶんざい》の男を婿とするとあっては、三の宮としてはいかにも面白くあるまい。昔も、こうした内親王などの婿選びの儀が持ち上がったときは、結局、すべての面で抜群の声望ある人物に落ち着いたものだった。されば、あの大納言程度の者が、いかに無二無双《むにむそう》に大切にかしずいてくれるとしても、単にそれだけをありがたがって婿に定めるなどということは、まったく飽き足らぬ、残念なしわざと言わねばなるまい。

太政大臣の嫡男《ちゃくなん》右衛門《うえもん》の督《かみ》（柏木）も、下心に思いを懸けて、なにやら嘆いているらしいことを、あれには叔母に当たる尚侍《ないしのかみ》（朧月夜）が申しておったが、あの男に限って言うなら、位などがあと一段高くなってそれなりの身分になったならば、まず不似合いということもないだろうと考えてやってもいいところだが、まだ若輩のことではあり、またあまりにも身分が軽すぎる。なんでもあの者は、妻とすべき人についてはずいぶん高い理想をもっていて、今に定まる妻も持たぬやもめ暮らしだというのに、おっとりと構えて高望みしている様子、人物からすれば、たしかに一頭地を抜いているし、漢学の才なども申し分ない。されば、いずれは世の柱石《ちゅうせき》ともなるべき人材だから、将来はたしかに頼もしいところがある。が、こんにちただ今、三の宮の婿選びとなると、この男ではなお不十分だと言わざるを得ぬのではあるまいか」

かにかくに、朱雀院は三の宮のことばかり、ああでもないこうでもないと思い煩われていたのである。

そのいっぽうで、院がそれほど心配もしていないはずの姉宮がたには、ぜひ自分の妻にとうるさく言ってくる男もいっこうにあらわれない。

それなのに、こと三の宮のことになると、朱雀院が内々に囁《ささや》かれたこうしたご内意が、まことに怪しむべきことに、いつのまにか噂《うわさ》として広がってしまった結果、ただただ、この三の宮にのみ心を尽くす男たちが多かったのである。

婿候補たちの考え

右衛門の督の父太政大臣もまた、

「この衛門の督が、いままでずっと定まる妻も持たずに過ごしてきて、皇女《みこ》がたでなければ妻にすまいと思っているのだから、幸いに、いまかかる婿選びの儀が持ち上がった折に、じつはあれが三の宮さまを望んでいるということを、院さまにもよろしくお願い申してみることにしよう。それで、婿としてお召し寄せにでもなったら、その時は、私自身の名誉のためにもどれほど嬉しいことであろう」

と思いもし、また口に出しても言いなどして、朧月夜の尚侍には、その姉四の君、つまりは衛門の督の母を通じて、求婚の意向を内々に申し入れたのであった。

かくて、衛門の督の求婚の思いは、朧月夜の尚侍の口から、至らぬ隈《くま》もなき言葉の限りを尽くして、朱雀院に奏上《そうじょう》され、院のご内意を承《うけたまわ》ることになった。

蛍兵部卿の宮は、今は左大将に昇進した髭黒大将の北の方……あの玉鬘《たまかずら》への求婚をし損なって以来、どんな女を妻に迎えるかということはきっと玉鬘の耳にも入るだろうと思うゆえに、そうそういい加減な女では格好がつかぬとばかり、腕によりをかけて妻となるべき女を選びに選び、……選び過ぎていまも独身なのだが、そういう立場からして、朱雀院の皇女三の宮と聞いては、どうでも心の動かぬはずもなく、今では限りなく思い焦がれているという按配《あんばい》であった。

藤大納言は、ながいこと朱雀院の事務長のような職にあって、院には親しくお仕えし、常々伺候《しこう》し馴《な》れていたのだが、それだけに、院が出家して山籠《やまごも》りしてしまわれた後は、いかに寄《よ》る辺《べ》無《な》く心細い境涯になるだろうと自分の行く末を按じて、この三の宮の後見役としてお世話したい、などということを思いつき、いわば、そのことを口実に院のお情を蒙《こうむ》ろうとして、ご内意を切実にお伺いしているということなのであろう。

源氏の子息権中納言《ごんちゅうなごん》も、こういう事態を仄聞し、また先には人伝《づ》てでなく、直接にあれほど自分をその気にさせるようなことを仰せになった様子を拝見したことゆえ、〈万一にも、なにかの折にふれて、自分の思いを漏らすことをお聞き遊ばすことがあるとしたら、その時は、よもや全く不適格な候補というわけでもあるまいぞ〉と、胸をときめかすことがないでもないのだが、〈……ただ、あの雲居の雁が、今はすっかり心許して自分を頼りにしているものをなあ、以前、あのひどい仕打ちをされて辛かった時にだって、いや、そんな仕打ちを口実にして他の女に思いを懸けたってよかったのに、それだって自分は、いっさい他の女に心を許したりすることなく過ごしてきた……なのに今さら、昔に立ち戻って、意地悪くあの人に物思いをさせたりするのもなあ……。しかも内親王ともなれば、上流のなかの上流の人だから、そういう人にかかずらうとなれば、なにごとも思うに任せぬことであろう。すると、雲居の雁にも心安からず、三の宮にも心安からず、ということになるから、我が身もさぞ苦しいことになってしまうであろうなあ……〉などと、とつおいつ考えを巡らしている。もともとこの中納言という人は、父親に似ず好き好きしいところのない真面目な人柄ゆえ、我が心の内に沸き起こる思いをせいぜい抑え鎮めて、決して口に出したりはせぬけれど、それでも、その三の宮がほかの男のものになり果てるというのも、やはりいかがなものかと思えて、耳をそばだてずにはいられないのであった。

東宮の意向

東宮も、こうした一部始終をお聞きになって、

「さしあたっての目先のことよりも、かかることは後の世の前例ともなるべきことだから、よくよくお考えあそばすべきことである。いかに人柄がそこそこ良いとしても、しょせん臣下は臣下、にもかかわらず、しいて三の宮の降嫁を思い立たれるくらいであれば、あの六条院の源氏にこそ、親代わりというような形で譲り申されるべきではありませぬか」

と、こんなふうに、わざわざ改まっての消息を送られたというわけではないけれど、とにもかくにもそういうご内意を漏らされたのを、朱雀院は、得たりや応とばかりお聞き取りになって、

「まことに、そのとおりである。よくぞそのように仰せ下されたな」

と仰せになり、ますます源氏へ三の宮を譲ることに意を決せられて、まずは、あの弁を通じて、源氏方へ、朱雀院としての意向はかくのごとくであるということを伝達させたのであった。

源氏の心中の迷い

源氏は、朱雀院が、三の宮のことについて、このように思い煩っておられるということは、以前からすっかり聞き知っていたことゆえ、

「まことに、お気の毒なことだね。……が、そのようなご内意だとしても、いかがであろうか、……院の御世《みよ》がいかに残り少ないとしても、私とて似たようなもの、さてさて、どれほど後まで生き残るつもりで、その宮様のご後見のことをお受け申せばいいのであろ

う。たしかに院のほうがいくらかご年長ゆえ、その順序に間違いなく従うとならば、今少しばかりは、私のほうが命長らえるかもしれぬ。もしそうであれば、おしなべての話として、院のいずれの皇女たちをも、無関係なこととして聞き捨てるわけにはいかぬ、どなたもお世話申すべきものに違いない。……とはいえ、その皇女がたのなかで、特にこの三の宮さまのことを取り立ててお心にかけておられるとお聞きするうえは、私としても、その方を特別に……後見役としてお世話を申し上げようとは思うのだが、いや、それだにしたところが、やはり、人の命は老少不定《ふじょう》、定めなきが世の定めゆえなあ」

と漏らしては、また、

「ましてや、親代わりという程度のことでなくて、ひたすら頼りにしていただくという……妹背《いもせ》の筋《すじ》に睦《むつ》まじくさせていただく、などということになると、さてそれはそれで、私が朱雀院に続いて先立ってしまったりした暁には、まことにお気の毒至極なことでもあり、また、自分の成仏の障りにもなろうかというような浅からぬ絆《ほだ》しともなるにちがいない。それに比べては、息子の中納言などは、いまだ若輩で身分も軽々しいようではあるが、将来は洋々たるものだし、人柄も、やがては朝廷《おおやけ》の後ろ楯ともなるはずのしっかりした者だから、三の宮さまのご降嫁の婿として思い寄せなさるに、どうして都合の悪いことがあろうか。しかしながら、あの中納言めは、それはそれはくそ真面目な人柄で、しかも、すでに思う人が定まってあるようだから、院は、そこのところを憚っておいでなのであろうかな」

などとも言及して、自分が三の宮の婿となる気持ちはないような様子である。困ったのは、請け負って仲立ちに立った弁である。

〈院さまが、かく仰せになるのは、決していい加減なお思いつきで仰せになるのでもあるまいに、源氏さまがこれでは、まことに困却の至り、なんと口惜しいことであろう〉と思って、朱雀院がこのように思い立たれた一部始終を、事を分けてさらに詳しく説明すると、さすがに源氏はにっこりと微笑んで、

「なにぶんとも、院が、よほど掌中《しょうちゅう》の玉《たま》のごとくに愛育せられてきた皇女《みこ》のようだから、それで、そのように過去の前例をお調べになったり、将来の懸念を勘案されたりするとみえるね。私は、あれこれ考えずに、ただお上に差し上げたらよかろうと思うが……。内裏には、中宮はじめ、高貴なお家柄の、しかも古参の御方々がいらっしゃるのは事実ながら、それを気にかけるのはあまり意味がない。だいいち、さようなことはさしたる差し障りになるとも思えぬ。仮に三の宮が入内したとして、かならずしも後から入内した御方が

疎略に扱われるなどというわけもあるまいさ。故院（桐壺院）の時代に、あの弘徽殿大后という御方は、故院がまだ東宮でおられた時分にいち早く女御として入内しておおいに権勢を張ったものだったが、さりとて、はるかの後になって入内された藤壺の入道の宮の前には、一時圧倒されてしまったというような事実もある。三の宮の御母君《おんははぎみ》の女御は、その藤壺の宮の姉妹でおわしたのだったな、たしか。しかも、そのご容貌も藤壺の宮についで、たいそう美しいと評判だった人であったのだから、まず、こなたから言っても、かなたから言っても、この姫宮は、そこらにいくらもいるような凡々たる縹緻《きりよう》などということは、よもやあるまいものを……」

などと言う。こういう口ぶりから見ると、源氏自身が、この姫宮にまんざら無関心でもないのであろう。

女三の宮の御裳着の儀

こうしてその年も暮れてゆこうとしている。

朱雀院のご病状はいっこうに本復する気配もないので、万一を思って、なにもかも慌ただしく、ことを思い立ち進められる。

かくて、三の宮の御裳着の準備もただちに着手されたが、それはそれは、過去にも前例なく、これからも二度とはあるまいと思われるほど、厳《いか》めしく気品豊かに準備を進められて、まさに天下挙げての大騒ぎとなった。

お部屋のしつらいとては、柏殿《かえどの》の西面《にしおもて》に、帳台《ちょうだい》を置き、几帳《きちょう》を立て、そのいずれにも国内製の綾錦《あやにしき》は混ぜ用いることなく、ただただ、唐土《もろこし》の后《きさき》の装飾を思いやって、唐《から》より舶来のものばかりを、端然《たんぜん》と、また綺羅《きら》を尽くして、輝くばかりに調《ととの》えさせなさったのであった。

裳着の腰結い役は、かねてから太政大臣に依頼しておられたのだが、この太政大臣という人は、なにごとにもものごとを大仰に考える癖があったため、縁者たる源氏を差し置いて自分がその役にしゃしゃり出るのもいかがなものかと思って、なかなか参内を渋っていた。しかし、それでも昔から院のご下命に背くこともなかったことゆえ、渋々と参上してくる。

右大臣、左大臣、またそのほかの上達部《かんだちめ》などは、よほど差し障りのある人も、病苦を押して、また万障《ばんしょう》繰り合わせて、やっとの思いで参上してくる。親王がた八人、また殿上人《てんじょうびと》どもは、いうまでもないことながら、内裏にお仕えする殿上人も、東宮付きの殿上人も、みな残らず参り集うて、それはそれは厳《おごそ》かな儀礼のありさまは大変な評判であった。朱雀院の催される行事としては、もはや今回が最後になるであろうと、帝も東宮も、院をおいたわしく思われて、蔵人所《くろうどどころ》や納殿《おさめどの》に所蔵の唐土舶来の品をあれもこれも数多くお贈りになられた。

六条院からも、ご祝儀の品々が仰々しいまでに数多く献上されてくる。すなわち、客人がたへのお土産の品々や、奉仕の人々への褒美《ほうび》、また太政大臣への引き出物などの品々はみな、六条院からの献上物を以てこれに宛てたのである。

秋好む中宮からもお祝い贈らる

秋好む中宮からも、三の宮への装束《しょうぞく》、櫛《くし》箱など、いずれも特に念入りに調製させて贈ってくる。しかもその御髪上《みぐしあ》げの道具は、昔、中宮自身が入内する折に朱雀院から賜った物なのであった。ただし、今裳着の儀に相応《ふさわ》しい形に改めるよう細工を施し、それでいて、もともとの高雅な風趣《ふうしゅ》が失われることなくはっきり見えるように加工してある。そんなふうにして、裳着当日の夕方ころに、使いの者に持たせて献上してくる。

このお使者に立ったのは、中宮職《ちゅうぐうしき》の次官であったが、この者は、中宮職に仕官する傍ら朱雀院の殿上人としても出入りしていたので、この役を命じられたのである。使者の伝言として、このお道具一式は三の宮の御許《おんもと》に差し上げてください、ということであったが、中に、次のような歌が入れてあった。

さしながら昔を今に伝ふれば
玉の小櫛《をぐし》ぞ神《かみ》さびにける

さしながら（注、さながら、の意）昔のままに、この櫛を挿しながら今まで伝えてまいりましたゆえ、
玉のように美しかった櫛が、いまではすっかり古めかしくなってしまいました

この歌に目を留められて、朱雀院の心にはしみじみと思い出されることもいろいろにあった。

かかる品によそえて、我が身の幸いにあやかるようにという思いで、譲られたものであろうけれど、そういうあやかりごとがいかにも相応《ふさわ》しいほどに名誉のかんざしなのであっ

てみれば、朱雀院からのご返歌も、昔の恋慕の情はこの際差し置いて、ただ、

さしつぎに見るものにもが万世《よろづよ》を
黄楊《つげ》の小櫛《をぐし》の神《かみ》さぶるまで

その櫛を挿し継いでゆく姫が、そなたに差し継いで、めでたく千年万年の長きにわたって、幸いを身に帯びるように、……そう告げる、この黄楊（つげ）の小櫛が、すっかり古めかしくなってしまうまで

とて、お祝いの気持ちばかりを歌に込めて贈られる。

朱雀院ついに落飾す

朱雀院は、たいそう気分がすぐれないのを堪《こら》え、必死に力を振り絞って、この儀を無事果たされると、その三日後に、ついに御髪《みぐし》を下ろして出家された。

そこそこの身分の人でさえ、「今は」と決意して出家の姿に変わるのは悲しげなことゆえ、ましてや院の御身ともなれば、その哀れもひとしおに、お妃《きさき》がたもみな悲痛な思いに

くれるのであった。

とりわけ御寵愛厚き朧月夜の尚侍は、院の枕辺《まくらべ》にひしと寄り添い、たいそう辛そうに思い沈んでいるのを、院もどう慰めようもなく、

「子を思う親心は闇だ、などと古い歌にも言うけれど、それもこうして今、そなたと別れなくてはならぬことに比べれば、まだまだ心の闇は浅い。これほどに私との別れを心に沁《し》みて悲しんでくれているそなたとの別れは、ほんとうに堪《た》えがたいことよな……」

などと仰せになって、いまにも出家のご決心も揺らいでしまいそうな様子をされる。

しかし、そこを強いて脇息《きょうそく》に寄りかかられながら出家の戒《かい》を受けられる。

比叡山《ひえいざん》の座主《ざす》はじめ、戒を授《さず》ける阿闍梨《あざり》三人が伺候して、ついに院は僧服などをお召しになり、苦しげな朱雀院が、いよいよこの俗世に別れを告げる儀礼を進められるさまは、なんとしても悲しい。

こんな日ともなれば、世の俗情を絶って行ない澄ました僧たちだって涙を留《と》め得ないものを、まして院の姫宮がた、あるいは女御、更衣などの女君がた、数多くの臣下や女房たちなど、身分の上下挙《こぞ》って満堂《まんどう》揺るぐばかりに号泣《ごうきゅう》するありさまをご覧になっては、朱雀院もまたすこぶるに心が動揺して、

「こんな按配でなくて、静謐《せいひつ》な山寺にでも籠ってそのまま出家しようと思ったに、すっかり本意と違ってしまった。それもな、ただあの幼い三の宮の気掛かりさに、このありさま……」

と思いの丈《たけ》をお漏らしになる。

帝をはじめ、各方面からのお見舞いがしきりと至ることは、いうまでもない。

源氏、女三の宮との結婚を受諾す

源氏も、朱雀院のご容態が小康を得られたとの報に接して、さっそくお見舞いに参上する。今や源氏も准太上天皇という重々しい位に備わって、朝廷から賜る封戸《ふこ》などの待遇はみな上皇と等しいのではあったが、こういうお見舞いなどに際しては、まことの上皇と同じような威勢を張ったりはしない。むろん、貴族社会の人々の源氏に対する扱いや敬意は、まことに格別だけれど、そこを源氏は、敢て簡素に内輪にと心がけて、いつものように、あまり大げさにならないような質素な車に乗って、供奉《ぐぶ》の上達部なども、必要最小限の信頼できる者だけが車でお供をする。本来なら、上皇の供奉は数多くの公卿が騎乗で随従するものと定まっているのであるが、源氏はそういう大げさなことをしないのである。

朱雀院は源氏の来訪を心待ちにしておられた。それゆえ、源氏が到着したと聞かれて、たいそうお喜びになり、ほんとうは気分が悪く苦しいのであったけれど、そこを無理に空《から》元気《げんき》を出して、ご対面なさる。上皇と准太上天皇の対面だからとて、とりたてて荘厳なしつらいなど用意するのでなく、まったく常の御座所《おましどころ》に、御座をひとつ用意させただけのところへ源氏を通される。

すっかり窶《やつ》れ果てた朱雀院のありさまを拝見するや、源氏は、前後を忘じてただただ悲しく、落ちる涙をどうあってもとどめることなどできぬ思いがして、しばらく滂沱《ぼうだ》の涙の流れるに任せ、それからやっとのことで口を開いた。

「故院が崩御《ほうぎょ》された時分から、この世は無常だと存ずるようになりましたゆえ、わたくしも仏の道へという思いが深くなるばかりでございました。しかし、心の弱さに出家への決心もつかず逡巡《しゅんじゅん》することのみ多くございまして、とうとう、こうしてお姿を変えられたのをわたくしのほうが拝見する……さように後れを取ってしまいましたわが優柔不断さを、ああ、恥ずかしく存じますばかり……。この身にとりましては、世を捨てるなどということは、いとも易いことよと思い思いする折節《おりふし》もございましたが、いやいや、しかし、いざとなれば、なかなか見捨てがたい絆《ほだ》しばかり多くて、さっぱりと決心することができませんでした」

そう言いながら、源氏の面《おもて》には、なんとしても心を鎮《しず》めかねているらしい表情が浮かんで見える。

朱雀院も、いかにも心細く思われるほどに、ついには堪《こら》えることができず、ぽたぽたと涙を流しながら、昔の想い出や、今の物語など、たいそうか弱げな声でお話しなさる。

「もう私の命も、……いよいよ今日か……明日か、とそんな感じがしてね、それでも一日一日長らえて、もうずいぶん日数が経った。こんなことでは、うかうかと極楽往生の本意を片端《かたはし》すら成就《じょうじゅ》せぬことになってしまうかもしれぬと思って、心を奮《ふる》い起こしたというわけなのだ。……もはや、こんなふうに余命いくばくもないことになってしまっては、これから精々仏道修行への志を立てたところで叶うべくもないが、……いやまずは、かく出家したことゆえ、その功徳《くどく》にて、かりそめにでも死出《しで》の道行《みちゆ》きを緩《ゆる》やかにしておいて、……その暇《ひま》に念仏なりとも懸命に唱えて……と、思っている。こんなぱっとしない我が身ながら、それでもこうして現世《うつしよ》に露命《ろめい》を保っているのは、ただただ、この仏道への志のご利益《りやく》なのであろうと、そう思い知らぬわけでもないのだが、それにしては、今まで、きちんと勤行《ごんぎょう》に努めてこなかったことが、いかにも心もとなく思われてならぬ」

などと朱雀院は仰せになって、そのついでに、これから心中に思い定めておられる修行の企てなどを、くわしく仰せいだされる、そのついでに、

「わが姫宮たちを、大勢現世にうち捨てて先立つのが、なんとしても心苦しい。なかにも、私以外にきちんと後ろ楯になってくれる人のいない姫が一人ある、そのことが、とりわけ気にかかって思い煩《わずら》っているのだが……」

と、三の宮のことを口にされるが、それでもまだはっきりと具体的には仰せられず、ただこのように仄《ほの》めかされるばかりなのを聞いて、源氏は、心中まことにお気の毒にと思わずにはいられなかった。

源氏自身の心の中にも、この三の宮のことは、かの藤壺の宮の姪《めい》に当たる姫ゆえ、ずっと気にかかっていて、このままには見過ごしがたい。

「仰せのとおり、臣下の家の姫とはことかわり、皇女さまがたのようなご身分の姫君に内々《うちうち》の後見役のおられませぬのは、まことに遺憾なことでございましょう。……とは申せ、東宮さまは、このようにしっかりとしておわしますことで、おそれながら、かかる末世にはもったいないほどのお世継ぎの君と、天下の人士《じんし》ことごとく信頼し仰ぎ視《み》ておりま

すところ……、この君がおわします限り、姫宮がたの行く末も何らご心配もなきことと存じます。まして、院さまが、この姫のことを頼んだぞと取り分けて仰せ下しおかれますことなれば、みな御意《ぎょい》のほどを軽んじ奉《たてまつ》るはずもなく、姫宮がたのことは、末々までも案じ悩まれるにも及ぶまいことと愚考いたします。

……さりながら、ものごとには限りというものがございましょう。東宮さまが帝の位につかれましたならば、天下の政《まつりごと》はなにごとも御意のままになろうはず、とは申しながら、姫君がたの御為《おんため》に……ということになりますと、さて、どの程度はっきりとしたご配慮お手助けをなさることができましょう。じっさいには、そこはなかなか難しいかと存じます。それゆえ、姫君がたのためには、さまざまな意味で、真に頼みになる後見役とすべきものが必要にて、それには、やはり夫婦の契《ちぎ》りを交《か》わして、なにがございましてもきちんとお世話を申し上げる守り役ともいうべき男がおりますことが、結局ご安心なる所以《ゆえん》でございましょう。それでもなお、後々のことにご心配が残るようであれば、ここはもっとも相応しい男を、おんみずからご選定遊ばしまして、ごく内々《ないない》に、しかるべき預かり役として、もうお決めになっておくのがよろしいかもしれません」

と、源氏は奏上する。

「私とて、そのように考えつくことはあるが、それも実際となるとなかなか難しいのだよ。いにしえの例を聞き知っているなかにも、帝として世を統べている全盛の頃であってさえ、皇女の降嫁先にしかるべき人を選んで、いまそなたが申したようなぐあいにしたという例も多かったのだ。ましてや、私はこんな調子で、すでに帝位を退いた身ではあり、またもはやきっぱりと俗世を捨て果てようとするこの今において、皇女の降嫁について、ことごとしく思い悩むまでもないのではあるけれど……といって、またこんなふうに俗世を捨てようと思いながらも、やはりさっぱりと捨ててしまえないことがあってね、それで、あれこれと思い煩っているのだ。そうこうするうちにも、病は重くなってゆくし、また決して取り返すことのできない月日はどんどん過ぎていってしまうから、ただ心中に焦りを感じるばかりなのでね……。……ついては、まことにはた迷惑なこととは思うのだが、この幼い内親王ひとり、親代わりとなって特段に育《はぐく》んではもらえまいか。そうして、しかるべき婿の縁なども、そなたの考え一つで定めて降嫁させてほしいと、じつはそのように言いたかった……が、そなたの子息権中納言などが、まだ独身であった時分に、そのようにこちらから申し出ておけばよかったものをな……。太政大臣に先を越されて、あちらの姫の婿に定まってしまったのは、なんとしても残念であった」

朱雀院は、こんなことを述懐し続けた。

「息子中納言の朝臣は、実直そのものという点では、たしかによくお仕え申し上げることでございましょうが、なにごともまだまだ経験が浅く、大人としての分別は至らぬところがございましょう。……されば、まことに恐れ多い申し条ながら、このわたくしめが、どこまでも深い心を以てお世話を申し上げたいと存じます。さすれば、姫さまも、父君のご出家前と特に変わりなく思し召していただけるように致しましょうが、ただ、そのわたくしとても、もはや頽齢《たいれい》にて、この先は短いことと思いますゆえ、最後までお世話し果てずして、中途にてお別れするようなことがあるかもしれませぬ。その懸念《けねん》ばかりは、わたくしとしていかにも心苦しいことに存じますが……」

源氏は、結局、このように言って三の宮を引き取ることを受け入れた。

夜になって、主人《あるじ》の朱雀院方の人々も、また客人方の上達部たちも、みな院の御前に召されてのご饗宴《きようえん》が設けられた。

精進物ばかりの、儀式張ったところのない饗宴《あるじもうけ》で、いかにも清雅《せいが》に調《ととの》え出《いだ》される。院の御前には、浅香《せんこう》の香木《こうぼく》で作った脚付きの膳に、出家らしくお鉢に入れて料理が出される……今まではすっかり様変わりした饗応の様を見て、人々は等しく涙を押し拭うのであった。

この時、心を打つようなお歌のやりとりなどあれこれあったのだが、いちいちは煩わしいので書かない。

源氏は、夜更けて帰ってゆく。参列の人々への賞禄が、各々《おのおの》の身分に従って下賜《かし》される。院の別当藤大納言も、源氏のお見送りに随従してゆく。

主人の朱雀院は、折しも降り添えた今日の雪に冷えなさったかと見えて、ただささえ重い病に風邪の気《け》までも加わって、一段とご気分は悪化され、苦しくお思いになったけれども、さるなかにも、あの気掛かりでならなかった三の宮のことを、すっかり定められて、いまはほっとしておられるのであった。

源氏、紫上を思いやって懊悩す

六条の院では、源氏が、ああして三の宮を引き受けることを約束してしまったけれど、それはいいかげん心苦しいところもあり、ああでもないかこうでもないかと思いは乱れている。

紫上も、そういうことになりそうだということは、うすうす噂に聞いてはいたけれど、〈いや、まさかそんなことはないはず……。あの前《さき》の斎院（朝顔の斎院）のところへもなにかと懇《ねんご》ろに言い寄っていたらしいけれど、それだって、強《し》いてその思いを遂げようともなさらなかったのだもの……〉などと、紫上は思って、取り立てて「そんなことがあるのですか」などと尋ねたりもせず、何ごころもない様子でいる。

この紫上の態度を見るにつけても、源氏は、やっぱりかわいそうだと思わずにはいられぬ。

〈さてさて、いったいどのように、このことを思っているのであろう。いずれ私自身の心はつゆ変わることではない。もしあの姫宮の降嫁というようなことがあるにつけても、私の心は紫上に対してますます愛情が深くなりこそすれ、心移りするなどということは決してあり得ない。しかし、そんな私の気持ちがはっきりと見定めてもらえないうちは、さて、紫上《あれ》が、どれほど思い疑い、苦しむことであろうか……〉などなど、源氏は、心安からぬ思いでいる。

紫上とは、いっしょに過ごし来て久しいことになる。このごろになっては、ますます互いになんの腹蔵《ふくぞう》もなく語り合い、心を許し合った仲らいとなっているのであってみれば、こうしてかりそめにも二人の心に隔てが残ってしまうようなことがあるのは、なんとしても気掛かりであったけれど、しかし、とうとうその思いを口に出すこともなく、源氏はそのまま寝て一夜を明かしたのであった。

翌日、源氏、紫上に打ち明ける

翌日は、雪がしきりと降って、空の気配もしみじみと眺められた。源氏と紫上は、過ぎてきた昔のこと、あるいはこれから先のことなど、こもごも語り合って過ごしていた。

「朱雀院も、すっかりお弱りになられてね。お見舞いに参上したところが、ほんとうに身に沁《し》みて心に感じたこともあれこれあったなぁ。……で、ご出家遊ばされるについては、あの女三の宮のことを、院はなんとしても見捨てがたく思っておられてね、かくかくしかじかのことを、この私にお申し付けなさったのだ。まさか、そのようなことは……とは思ったのだが、なにしろ院のご心痛を思うとお気の毒でな、とうとうご辞退申し上げることもできなくなってしまった。……このことを、また口さがない世間の人々は、さも大げさに噂の種として言い立てることであろうな。……今となっては、さような結婚話など、いい歳をして小恥《こは》ずかしいことでもあるし、またいかにも似つかわしくないようにも思うゆえ、以前人伝てに朱雀院のご内意を漏れ承《うけたまわ》った時には、言《げん》を左右《さゆう》にしてお断わり申し上げたのだが、こたびは対面の機会に、いかにも心深い様子で、縷々《るる》仰せ続けになられたものを、どうしても素っ気なくご辞退申すこともできがたかった……。

そういうわけだから、院が山深いお寺あたりにお移りになる時分には、その姫宮をこの六条院へお迎え申すことにしよう。……そなたは、さだめて興ざめにお思いかな……。しかし、なにがどうあれ、そなたに対して、今までと心を変えるとか、そんなことはさらさらあるまいものを、どうか心隔てをしてくれるなよ。されば、あちらの宮にとっても、私は少しも心をかけてはあげられないのだから、却《かえ》ってお気の毒なことにもなる。それでも、姫が姫だけに、一応はいい加減な形でなくお世話をしようと思う。そうやって、そなたも、あちらの姫宮も、どちらも心のどかに平和にすごしてくださったら……」

など、源氏は紫上に言い聞かせる。

かねて、どうということもないような一時《いちじ》の遊《すさ》びごとの女関係でも、けしからぬことと思って立腹しがちな紫上の日ごろを思うと、こたびの三の宮の降嫁などという一大事を、どれほど不愉快に思うことであろうかと思っていたが、不思議と何も気にしていないような素っ気ない様子で、

「それはまた、なんともお気の毒なお譲《ゆず》りでございますね。わたくしなどが、いかほど不愉快に思いなどして心隔てなど申しましょう。それどころか、姫宮さまのほうで、わたくしなどがここにおりますことを、目障りだとお咎《とが》めになりませぬようであれば、安心してこの邸にこのまま住まわせていただきたいと存じます。姫宮さまのお母君は私にとっては叔母君、そんなご縁もございますことゆえ、疎《うと》からぬ縁者としてご待遇くださいましょうか」

と、紫上はいささか卑下して見せる。源氏は、意外に思った。

「そのようにあまりに心安くお許しくださると、却って、どうしてそのように、もしや私への思いなどなくなってしまったのか、と気掛かりになるが……。いや、しかし、実のところは、そのようにお許しあって、そなたも三の宮もよく心得て、万事平穏にもてなし過ごしてくださるなら、ますますもって身に沁みてありがたい。どうかすると、あることないこと陰口など叩《たた》く者もあるかと思うけれど、そういう者の言うことは、決して真に受け

ることのないようになされよ。すべて世間の人の口などというものは、いったい誰が言い出すものやら、あれこれ根も葉もないことを言いだして、人の夫婦間のことなど、事実を歪《ゆが》め、その結果として心外千万《しんがいせんばん》なることも出来《しゅったい》するものだから、なにごとも、自分の胸ひとつにじっと思い鎮めて、ことのなりゆくさまをよくよくご覧になっているのがよろしい。なにもない先からいたずらに騒ぎ立てて、つまらぬもの怨みなどなさいますな」

源氏は、そんなふうに、諄々《じゅんじゅん》と教え諭す。

これを聞いている紫上は、心のなかで、こう思い続けていた。

〈……こんな、まるで空から降ってきたようなこと、それも朱雀院さまからのお話とあっては、源氏さまだって、きっと逃れがたいことだったに違いない。だから、まちがっても嫉妬《しっと》などして憎げなことを申すことはすまい。まさか、源氏さまも、ご自身のお心に憚《はばか》りを感じたり、また人の諫《いさ》めを受けるような、そういうご自分の心から起こした懸想沙汰《けそうざた》というわけでもなし、堰《せ》きとめることのできないことのなりゆきだったのに、それを愚かしくも思い悩み屈託《くったく》するような様を、世間の人々に知られぬようにしなくてはならないわ。あの継母《ままはは》の式部卿《しきぶきょう》の北《きた》の方《かた》は、いつだって私を呪《のろ》うようなことばかり言い立てて、私にはどうすることもできなかったあの左大将（髭黒）のことだって、さも私の差しがねのように思って怨《うら》み嫉《そね》みなさっているらしいものを、こんどこういうことになったと聞いては、どんなにか「いい気味だ、当然の報いだ」と思い合わせておられるだろうな……〉など、いかに穏やかな紫上の心といっても、たまには、こういうふうに人を思い怨《えん》じるというようなことがないとはいえないのであった。

しかし、〈今までこうやって仲良く暮らしてきたのだから、もう自分の地位を脅《おびや》かす者もあるまいと、我が身を思い上がって、屈託もなく過ごしてきた私たちの関係が、こんなふうに人の笑い物になるかもしれないなんて……〉と、紫上は内心に思い続けていたけれど、うわべにはただおっとりと穏やかに過ごしている。

新年、源氏、四十歳となる

新年になった。

朱雀院では、女三の宮の、六条院輿入《こしい》れの準備が始まっている。

蛍兵部卿の宮や、藤大納言《とうだいなごん》ら、三の宮に思いを懸けていた人々は、みな残念がってうち嘆いている。帝もまた、この姫宮については思し召しがあって、入内《じゅだい》してはどうかと仰せ下されたこともあったが、こういう結果になったことをお聞きになって、そのことは沙汰止みとなった。

それはともかく、源氏もこの春を迎えて四十歳になったゆえ、四十《しじゅう》の賀《が》のことを、帝もお聞き過ごしにはならぬ。もっとも、源氏の四十の賀ともなれば、世を挙げての行事として、以前からたいそうな評判ではあったのだが、源氏自身は、世の中に面倒をかけるような盛大な儀式などは昔から好まない心がけであったから、みな辞退しているのであった。

玉鬘、若菜を献じて、源氏の四十の賀を祝う

正月二十三日、この日は子《ね》の日に当たり、左大将の北の方、あの玉鬘が恒例の若菜を贈ってきた。いや、年中行事の若菜を贈ることに事寄せて、一通り四十の賀のお祝いの品を届けさせてきたのである。

玉鬘は、この若菜と祝賀品を贈ることなど、けぶりにも出さず、たいそう内密に用意していたので、突然に贈られた源氏としては、にわかに説諭して返すということもなりがた

かった。しかるに、これらを贈ってくるについては、いかに内輪《うちわ》のつもりではあっても、夫は左大将、父は太政大臣とあって、玉鬘が六条院へ渡ってくるのも、たいそうな大騒ぎとならざるを得ない。

六条院かたでは、東南《たつみ》の御殿の西面《にしおもて》に、母屋《もや》と廂《ひさし》を一続きにした放出《はなちいで》を作り設けて、そのなかに御座《おまし》をしつらえた。

屏風《びょうぶ》、壁代《かべしろ》（壁代わりの絹の帳《とばり》）をはじめ、古いものは取り払って、なにもかも玉鬘が持参した新しいものに掛け替える。といって、厳めしい唐風《からふう》の椅子《いし》などは立てず、床に敷く薄縁《うすべり》を四十の賀にちなんで四十枚敷き詰め、さらに座布団用の敷物、脇息《きょうそく》など御賀《おんが》のための調度あれこれ、いずれもたいそう清らかに美しく調えさせてあった。

また、螺鈿《らでん》細工の厨子《ずし》を二対四台、衣箱を四つと、みな「四」に因《ちな》んだ数を揃えて置き、さらに、夏冬の装束、香壺《こうご》、薬箱、硯《すずり》、洗髪用の器、結髪用の諸道具入れなど、いずれも一見すると派手さはないが、よく見ると目立たぬところに見事な細工が施してある。挿頭《かざし》の花を活けおく台には、沈香《じんこう》、紫檀《したん》など、かぐわしい香木を材に用いて、そこに希有《けう》なまでの装飾を施し、金銀の飾りも微妙に色使いを工夫して、まことに風趣豊かに、また当世風な見所《みどころ》もある。

玉鬘は、深い風雅の心があって、またひとかどある才女であったから、なにもかも目新しい趣向を以て調えてあるのだが、といって、当たり前のしきたりどおりのことは、源氏の控え目な志向を思いやって、ことさら大げさにならぬように心がけてあった。

やがてお祝いのために人々が参集し座に着く。いよいよ主人公の源氏が着座するばかりになったが、四十の賀の宴席には男しか参席を許されぬゆえ、源氏は、宴に先立ってこれらの用意に心を尽くしてくれた玉鬘の控えている局《つぼね》へ立ち寄って対面をした。

その時、源氏の心中には、かつてのあれこれについて、さぞ思い出すことどもも多かったことであろう。

源氏は、しかし、たいそう若々しく汚れなき美しさで、このように四十の賀だなどとは、とんだ数え違いではないかと思われるくらいの風姿であった。まだまだ青年のような色気が充分にあって人の親とも見えないほどである。

何年かぶりのほんとうに久しい再会に、玉鬘は、この源氏のありさまを見るだけでも恥ずかしい思いがするくらいであったのに、なお、御簾《みす》の隔ても取り次ぎの女房もなく、かつてのように直接に対面をして、なにくれとなく昔今《むかしいま》のことを語り合った。

玉鬘は、二人の幼い若君を連れてきていた。

いずれもたいそうかわいらしい男の子たちであった。玉鬘としては、打ち続き二人も子を儲けたところを源氏に披露したくはないという気持ちを打ちあけたのだが、髭黒の大将が、

「いいじゃないか。ちょうどこんな機会に、二人ともご覧に入れようぞ」

などと言って、二人同じように振り分け髪の無邪気な直衣《のうし》姿で連れてきていたのである。

源氏は言う。

「だんだんと過ぎていく齢《よわい》も、私自身の心のなかでは、取り立てて気にかけてもこなかった……。しかし、四十の賀、などという年になったたな。それなのに、ただただ昔に変わらぬ若い者のような気持ちで過ごしていて、考えを改めることもせずに来た。だがね、こんなふうに子や孫どもの姿に接すると、ああ、私も年を取ったものだと思い知る……そんなこともあるのだね。……息子の中納言のところでは、はやくも子を儲けたとか聞いたが、奴めは、なにやら変に大げさに格式ばったことばかり申してな、まだその年ではないとやらなんとやら言っては、いっこうに見せてもくれぬのだよ。さるなかに、そなたが、他の

人に抜きんでて私の年を数え取って、こんなふうに今日の子の日《ね》を祝ってくれたのは、うれしながらも、やはりちょっといまいましい気もする。このことがなかったら、もうしばらくの間は、四十なんて老いの年のことは、忘れてもいただろうからね」

そんなことを言って源氏は、ほんのりと微笑んだ。

今は尚侍の君《かむきみ》の玉鬘も、源氏に劣らず立派に美しく年を重ねて、そこへ風格のようなものまで身に添うて、いかにも見る甲斐のある様子になっていた。

玉鬘は、

若葉さす野辺《のべ》の小松をひきつれて
もとの岩根《いはね》を祈る今日《けふ》かな

この子の日《ね》に、若葉のさし芽ぐむ野辺の小松の根を引くように、今この二人の幼い者たちを引き連れて、私の育った元の岩根とも申すべき方の千歳のご長寿をお祈りする今日の良き日でございます

と、心を励まして、こんなふうに二児の母らしい口吻《こうふん》で詠み贈る。

この間、沈香《じんこう》の木で作った折敷《おしき》（角盆）を四つ、これも四十の賀の数に因《ちな》んで運ばせ、

一同、そこに用意された若菜の羹《あつもの》に、ほんの形ばかり箸《はし》をつけた。

そして、祝杯の土器《かわらけ》を手に取ると、源氏は、歌を返した。

小松原《こまつばら》末《すゑ》のよはひにひかれてや
野辺の若菜も年をつむべき

その小松たちの末長い齢に引かれて、この野辺の若菜のような私も、
これから年々《としどし》に若菜を摘むほどに齢を積むのであろうな

源氏と玉鬘が、こんな歌を贈答しているうちに、上達部が大勢、南の廂に到着する。

紫上の父式部卿の宮は、髭黒の大将との軋轢《あつれき》のゆえに、玉鬘の催したこの宴には参席しにくく思ったけれど、招待の文《ふみ》があったので、源氏とはこれほどに親密な縁がありながら、なにか下心《したごころ》に含むところがあるように思われても困ると思惟《しゆい》して、あえて遅い時間に、すっかり日が高くなってからやってきた。

いっぽう髭黒の大将は、得意満面の面持ちで、自分は源氏の婿とも言うべき立場なのだからというわけか、我が物顔に諸事斡旋《あつせん》に努めている。それを見せつけられる式部卿の宮にしてみれば、むかっ腹の立つようなやりかたであったけれど、卿の孫……つまり髭黒の

大将の北の方腹の二人の息子たちは、かいがいしく立ち働いて雑役を弁《べん》じている。いずれ、この二人は、玉鬘にとっては継子《ままこ》、紫上にとっては甥たちに当たるゆえ、源氏とは重ね重ねに縁の深い少年たちであった。

四十本の枝に付けた籠《かご》には、それぞれ柑子《こうじ》、橘《たちばな》、栗《くり》、柿《かき》、梨《なし》の五種類の果実を盛り、檜《ひのき》の曲げ物四十個には肴《さかな》の色々を盛って用意してある。

これをまずは子息中納言がそれぞれ取っては源氏に奉呈《ほうてい》し、以下錚々《そうそう》たる面々がいずれもこの祝賀の品を手に手に持って源氏に捧《ささ》げる。

続いては、源氏のほうから、参列の各位に対して祝杯の土器が下され、同時に若菜の羹《あつもの》が供《きょう》せられる。

源氏の前には、沈香《じんこう》の木で作った脚つきの膳が四台、その上にさまざまの食器類がいかにも心惹《ひ》かれる姿に配せられ、これまさに当世風のしかたに調えられている。

本来なら、盛大に管弦の楽などもあるべきところながら、こたびは、朱雀院のご不予もまだご本復にならぬことゆえ、遠慮して楽人《がくにん》などは呼んでいない。ただ、笛などは、太政大臣が、その方面ばかりは用意を調えて、

「世の中に、こたびの御賀にまさって賞嘆すべく華麗の限りを尽くすべき事柄など、あり

はすまいぞ」

と大張り切りで、優れた音色の楽器をことごとく、以前から思い設けて用意しておいたもので、楽人こそ呼ばなかったけれど、内輪の面々でそっと管弦の遊びをする。

各人とりどりに得意の楽器を演奏するなかに、和琴《わごん》は、当の太政大臣こそ天下の名手であったが、それが門外不出秘蔵の名器を持参してきている。太政大臣ほどの名手が、手許《てもと》で心を込めて弾き馴《な》らしている音は、他に比肩するものもなかったが、それだけに、この和琴は他の者には弾きこなしがたいものがある。

太政大臣の子息衛門《えもん》の督《かみ》が、かたく辞退するところを、源氏は、強《し》いて弾けと責めるので、黙《もだ》し難く弾き鳴らせば、なるほどこれも、さすがにたいそう見事に、どうしてどうして、父太政大臣にも劣るまじき腕前なのであった。

どの道でも、名人上手の跡継ぎと言いながら、これほど完璧《かんぺき》に技を継ぐことはできぬものぞ、と皆々すっかり惹きつけられてしみじみと感じ入る。

これと定まった調子ごとに、きちんと楽譜に整えられた曲など、また唐土《もろこし》から伝えられた一定の演奏法などは、却って習い修めるべき手だてもはっきりしているけれども、このように、ただ即興で心の赴くままに掻き鳴らし奏し合わせる、すがき奏法を以てなお、ありとあらゆる楽器の音が、渾然《こんぜん》一体となって響きあうというのは、まさに霊妙なまでの面白さ、なんとしてかくまで美しくと、聴くものが不審に思うくらいに見事な響きである。

なかでも、太政大臣は、琴《こと》の緒をたいそう緩やかに張って、ずいぶん低い調子に調律し、錚々《そうそう》たる残響をたっぷりと聞かせるように掻き鳴らす。それに対して、子息衛門の督のほうは、対照的にほがらほがらとした高音を聞かせつつ、親しみ深く愛嬌《あいきょう》たっぷりの音を弾き合わせる。いやはや、この督がこれほどにまで見事な腕前だとはかねて仄聞《そくぶん》するところがなかったものを、と親王たちも一驚《いっきょう》を吃《きっ》せざるを得ぬ。

琴《きん》の琴《こと》は、蛍兵部卿の宮が弾く。この琴は、内裏の宜陽殿《ぎようでん》に蔵する御物《ぎょぶつ》で、代々《だいだい》に天下《てんが》第一の聞こえある名器であったが、故桐壺の帝の晩年近く、弘徽殿大后腹の女一の宮が、音楽を好むとあって下賜《かし》せられたのを、このたびの御賀《おんが》の折に、この名器がなくては画竜《がりよう》点睛《てんせい》を欠くというわけで、太政大臣が賀宴《がえん》の善美《ぜんび》の完璧を期するために一の宮に請《こ》うて申し受けたものであった。こういうことが叶った次第を推量すると、太政大臣の北の方は弘徽殿大后の妹、かつての右大臣家の四の君ゆえ、一の宮には叔母に当たる……おそらくその筋を伝手《つて》としてくだんの名器の下賜を請うたものであろう。源氏はそのあたりを想像しながら、しみじみと過ぎにし昔のことまでも恋しく思い出している。

これには、兵部卿の宮も、かつは酔いのため、かつは昔恋しさに、おもわず貰《もら》い泣きをしている。そうして、源氏の気持ちを思いやって、琴《きん》を源氏の前に押しやると弾き手を譲った。源氏も心につくづくと感じ入って、そのまま見過ごしにはできず、めったと聴くことのできない秘曲をひとつふたつ弾いて聞かせる。

今は、宮中の正儀《せいぎ》のような格式ばった機会ではないけれど、これほどの名器名手を揃えての、限りなく興趣豊かな夜の音楽であった。

また、楽譜を口で歌い囃《はや》す唱歌《しょうが》担当の殿上人たちを、寝殿南面《みなみおもて》の階《きざはし》のところまで召し寄せ、みなみな朗々たる美声の限りを尽くして歌うところには、楽の調子も格式高い呂《りょ》の調子から、ずんとくだけた律《りち》の調子に下がる。

かくて夜の更けゆくままに、それぞれの楽器も、いっそ親しみ易い調べに転じて、催馬《さいば》楽《ら》の『青柳《あをやぎ》』が歌い出される。

青柳を　片糸《かたいと》に縒《よ》りて　や　おけや
鶯《うぐひす》の　おけや

鶯の　縫ふといふ笠《かさ》は　おけや
梅の花笠や
芽吹いた柳の青い枝を　ゆるりと糸に縫って　ヤ、オケヤ
鶯が　オケヤ
鶯が　縫うという笠は　オケヤ
梅の花笠よ

と、このにぎやかな歌声には、なるほどねぐらの鶯も目を覚ますかと思われるほど、いかにもいかにも面白い。

いちいちの褒美の品なども、准太上天皇の公行事となるとなにかと規定がやかましくて自由にもなりがたいので、こたびは敢て私的な催しということにして、褒美の品なども、まことに見事に用意しておいたのであった。

夜明け前の暁闇《あかつきやみ》のなかを、尚侍《かむ》の君《きみ》玉鬘は帰っていった。

源氏からは、結構な贈り物などが遣わされたことであった。

「まるで世捨て人のようにして明かし暮らしていると、年月の経つのも知らぬ顔でいたものを、こんなふうに四十の賀などと、年の数をお知らせくださるにつけては、かえって老い先が心細く感じられる。されば、ときどきは、この顔がどれだけ老い込んだか、見比べにおいでなされよ。こんなふうに老いた身、しかも立場上なににつけ不自由で、なかなか思うままに対面することも叶わぬことが口惜《くちお》しいばかりだ」

こんなことを源氏は玉鬘に語り聞かせる。その心中には、しみじみとした物思いと、なつかしく趣深い追懐《ついかい》と、あれもこれも思い出されてくる。それなのに、中途半端にちらりと対面したばかりで、玉鬘が、こんなふうに髭黒のもとへ急ぎ帰っていこうとするのを、源氏は、心に満ち足りぬ思いを抱きつつ、かたがた口惜しくも思うのであった。

しかし、玉鬘にしてみれば、真実の父太政大臣のことは、まずそれなりの親子の縁と思うばかりで、それ以上でもそれ以下でもなかったが、こと源氏に関しては、世の追随を許さぬほど心細やかに行き届くお心遣いのほどを、こうしてもう何年も髭黒の妻として暮らし続ければなおさらに、やはり疎《おろそ》かならず感謝しているのであった。

女三の宮の輿入《こしい》れ

かくて、二月《きさらぎ》の十何日かに、朱雀院の姫宮、女三の宮が六条の院へ輿入れしてきた。

六条院でも、その受け入れのための準備は世の常ならぬありさまであった。

先に玉鬘が若菜の羹を源氏に供した寝殿の西の放出《はなちいで》に、三の宮用の帳台《ちょうだい》を立て、寝殿に近いほうから一の対《たい》、二の対と連なる対の屋《や》には、それぞれに渡殿《わたどの》を掛けて、その傍らにお付きの女房たちの局を立て並べるなど、なにからなにまで痒い所に手が届くようにしつらえ、綺羅《きら》を尽くして磨き立てた。

今では源氏も准太上天皇とて、帝に準じた立場ゆえ、そこに輿入れしてくる姫宮も、内裏における入内の作法になぞらえて厳めしく取り運ばせ、朱雀院からも、調度などが運ばれてくる。

ましてや、女三の宮が渡ってくる儀式などは、それはそれはきらびやかなもので、ことあたらしく言い立てるにも及ばぬ。

このお輿入れ行列に供奉《ぐぶ》して、上達部なども数多くやってくる。

例の、三の宮の家司《けいし》にでもなりたいなどと望んでいた藤大納言も、心中穏やかならぬものはありながら、それでも供奉の列に加わっている。

姫宮の牛車《ぎっしゃ》が寝殿南面《みなみおもて》の階《きざはし》に寄せられると、そこに源氏も迎えに出て、手ずから姫宮を下ろしなどする。これは、常の入内の儀礼とは大いに違っているのであった。

なにぶん源氏は本来が臣下の身分ゆえ、それなりの分際《ぶんざい》というものがあって、なにかと中宮入内のやりかたとは様を異にしている……といって、催馬楽の『我家《わいへ》』に「大君《おほきみ》来ませ、婿にせむ」などと歌われているような当たり前の「婿の大君」ともまた違っていて、なにやら世にたぐい稀なる夫婦の間柄ということになるのであった。

それより三日ばかりの間は、朱雀院からも、またあるじの六条院のほうからも、厳かなまでに立派な、そしてまた世にならぶものもないほどの雅《みやび》を尽くしたお祝いの品々が運ばれてくる。

今では、源氏第一の夫人の地位を皇女三の宮に譲って、一介の「対の上《たいのうえ》」(東の対に住む夫人)となった紫上も、この盛大を極めた婚儀の一部始終を見ては、さすがに心穏やかにもしていられなくなってきた。それほどたいそうなお輿入れであった。

〈……いかにも、源氏さまは、ああして「今までと心を変えるとか、そんなことはさらさらあるまいものを、どうか心隔てをしてくれるなよ」と約束してくださった……されば、やわかあの方に引けを取ってないがしろにされることもあるまいけれど……〉と、紫上の心に不安の影がさす。

思えば、今まで紫上は、ほかに比肩すべき人とてもない暮らしに馴れて心安く過ごしていたのだが、生まれ育ちも華やかに、年もずっと若い三の宮が、こうして侮《あなど》りがたく盛大な雰囲気のうちに輿入れしてきたのを見れば、さすがに紫上もいささか当惑せざるを得ぬ。けれども、ただただ平静な態度を崩すことなく、姫宮の渡御《とぎょ》当日も、源氏と心を一つにして痒《かゆ》い所に手の届くかいがいしい働きぶり、まことに労《いたわ》りの言葉のひとつもかけてやりたいようなありさまであったから、源氏は、いよいよますます、この紫上という人は、余人《よじん》を以て代《か》え難《がた》い人だと、心の中で手を合わせるような思いであった。

女三の宮自身は、なるほどまだほんとうに小さくて、とうてい大人の体つきではない。そうして、態度物腰とてもたいそうあどけなく、ひたすら子供子供しているのであった。

源氏は、これを見て、あの藤壺の宮の姪の少女に過ぎなかった紫上を探し出して連れてきてしまった時のことを思い出して、〈しかし、あの時の紫上はなかなか心利きがして、子供ながら、「おお、これは」と思わせてくれるようなところがあったが、こちらの姫宮は、ただただあどけないばかり……うむ、よしよし、この分なら、高慢に構えて紫上に無礼《むらい》の振舞いなどすることもあるまいと見える〉と思いはするものの、といって、あまりに張り合いもなにもないような幼弱《ようじゃく》さに、がっかりとして眺めている。

新枕より三日目の夜

新枕《にいまくら》より三日が間《あいだ》、源氏は、慣例に従って毎晩きちんと三の宮のところへ渡っていく。

紫上としては、源氏の妻となってから、もう何年にもなるが、こんな目に遭うことは一度もなかったのであってみれば、ぐっと堪忍して過ごしはするものの、それでも心のうちには悲哀の感なしとしない。

後見役《こうけんやく》の妻として、出て行く源氏の衣などに、いよいよ念入りに香を焚《た》きしめて世話をするものの、やはりじっと物思いに沈んでいる様子をみれば、なんとしてもいじらしいまでの健気さかわいさが見えて美しい……、と源氏は眺めている。

〈いやはや、なんだってまた、どんな事情があったにもせよ、この人の他に別の女を並べて見なくてはいけないのだ。……移り気で、そのくせすっかり情にもろくなってしまっている我が心の至らなさから、こんなけしからぬことが出来《しゅったい》するのだ。……ほんとうなら、息子の中納言を婿にお考えくださるべきところだったものを、あれは年格好からいえば、この姫宮にちょうどいい配偶だというに、なにぶんくそ真面目な心がけから、あの太政大臣の娘御（雲居《くもい》の雁《かり》）一途《いちず》ゆえ、この姫宮のお相手として院はお考え置きくださらなかったことが、なんとしてもなあ……〉と、我と我が心ながら、ただただ情ない思いに駆られて、源氏はいつしか涙ぐんでいる。

「今宵……輿入れより三日目の今宵ばかりは、どうしても行かねばならぬ。ことがことゆえ、無理もないこととお見許しくださるであろうな。……いや、これから後、万一にもこちらへ来ないようなことがあったら、それこそ我が身に愛想が尽きるというものだが……。とはいえ、今宵のような日にあちらへ行かぬというような疎《おろそ》かな真似をすれば、朱雀院が、なんとお聞きになるか……」

と揺れこう揺れ、源氏の心は千々《ちぢ》に乱れて苦悩しているように見えた。

紫上は、ひんやりと笑みを浮かべて、

「ご自分のお心だって、どちらへとも定めかねておいでのご様子……なのに、ましてわたくしごときが、いずれに道理があるともなんとも、判断のしようもございません」と、突き放したような口ぶりで返答する。これには源氏も、顔向けのできぬような思いさえして、頬杖《ほおづえ》をつきながら物に倚《よ》りかかってため息を吐いている。

紫上は、これを見て、さっそく硯を手許に引き寄せると、一首の歌を書いた。

目に近くうつればかはる世の中を
行く末遠《すゑとほ》く頼《たの》みけるかな

こう目《ま》の当たりに、時移ればやすやすと変わるわたくしたちの仲でしたのに、さてもさても遠い将来まで、頼みにしていたものですこと

こんな恨みごとを歌に托して、それも手習いのように書きすさぶ。はては、心移りの儚《はかな》さを恨む古歌までも、あれこれと書き混ぜ、書き散らして、心を慰《なぐさ》んでいる。源氏はそれを取り上げて見ると、いかにもなんでもないような言の葉ながら、こうして恨むのももっともなことに思って、すぐに返しの歌を書きつける。

命こそ絶ゆとも絶えめ定めなき

世の常ならぬなかの契りを

この命などというものこそ、いずれ絶える、いつ絶えるとも定めなき世の中だ。けれども、私たち二人の仲ばかりは、そういう世の常に反して、決して絶えることのない契りであろうものを……

こうして、源氏は、なかなか三の宮のいる寝殿のほうへ出て行くことができぬままに、ぐずぐずしているのを、紫上は、

「かように行きなずんでおられますのは、かえってわたくしのほうが困惑いたしますほどに、どうぞお出ましになって」

と、源氏の出立《しゅったつ》を勧めなどする。

源氏は、しんなりと風情のある装束に、えも言われぬ薫香《くんこう》をあたり一面に匂わせて出て行く、その様子を見送るにつけて、紫上の心中は、どうでも平静ではいられないことであろう。

〈……ああ、思えば、年来、もしや自分以上の身分の女君が、自分を越えて北の方となったりはすまいかと案じていたことであったけれど、次第に源氏さまの行状も落ち着き、今

や歳も重ねて、もう大丈夫であろうと安心して心を許すようになっていた、その果て果てに、このように世の聞こえも並々ならぬ事が出来するとは……。だから、結局、しかと確かに思っておいてよいような夫婦の仲でもなかったのだから、これから先も、なにが起こるか、おちおち安心していられるものではない……〉と、今や、紫上は思うようになった。

そうして、紫上は、表面上はほんとうに平気らしく装っていたけれど、近侍《きんじ》の女房たちは、気が気でない。

「なんと思いもかけぬ御仲でございましょうや」

「さようでございます。もともと大殿《おとど》には、数多《あまた》の女君がたがおいでのようでございますけれど、どちら様もみな、我が上さまの、お睦まじいご様子には、一歩を譲ってご遠慮申しておいでございましたればこそ、なにごともなく安穏に過ごしておられましたものをなあ……かの姫宮さまの、まるでかさにかかったようなお輿入れのありさまに、こうして負け色のままお見過ごしになるなんて、あってはならぬこと」

「そうですとも。……と言うて、ささいなことでも、我が上さまと三の宮さまとの間に、やすからぬ争いなどが起こるようなことがございましたら、そんな折々には、きっと煩わしいことどもが出《い》で来ることでもございましょうしねえ」

などなど、目引き袖《そで》引き、うち語らっては、嘆きあっている。

そんなことはまったく見て見ぬふりをして、紫上は、たいそうおっとりとした風情で、なにくれとなく物語などしいしい、夜の更けるまで寝ずにいる。

紫上の説諭

ただ、そんなことを女房衆が、ただならず思いもし、言いそやしなどするのを、まことに聞きにくいことに思って、紫上は、つい窘《たしな》めるのであった。

「このように、あのかたこのかたと、このお邸にも女君がたはたくさんおいでのように見えますが、さるなかに、源氏さまのお心にも叶いつつ、なおかつ花々《はなばな》と高貴なお家柄の御方となると、なかなかどなたも相応《ふさわ》しからず、そんな分際《ぶんざい》の方々ばかりを見飽きておいでで、さぞ物足りない思いをなさっておられただろうところへ、この姫宮が、かような按配《あんばい》にしてお渡りになったことは、まことに見苦しからぬこと。そう申すわたくし自身もなお子供心が抜けていないのでしょうか……、これよりあのお若い姫と睦まじくさせていただきたいと思っておりますのに、みなみな、なにやら見当外れに、心の隔てがあるかのように持て扱おうとするようですね。……そもそもお輿入れなさったのが、わたくしと同じくらいか、いくらか下《しも》ざまの身分かなと思うあたりの人だとしたら、やはり互いに心安からぬ思いもありましょうほどに、なにかと聞き捨てにはできないような僻事《ひがごと》だって出来《しゅったい》しかねないかもしれませぬ……が、あの姫宮に限っては、もとより恐れ多いご身分の姫ではあり、また朱雀院さまが深くお心を痛めておいでとみえますから、心を隔てるどころか、なんとかして心置きなくおつきあいを賜りたいと、そう思っておりますものを……」

こう諭されて、中務《なかづかさ》、中将《ちゅうじょう》などという女房たちは、たがいに目配《めくば》せなどしつつ、なにか囁《ささや》きあっている。どうやら、

「なんとまあ、あんまりなるお心遣いですことねえ」

などと言っているらしい。

この女房たちは、その昔は源氏の女房として近侍し、ただ昼間の勤めだけでなく、夜のいこいも含めて仕えていた者たちであるが、須磨退隠に際して紫上に預けられてよりは、ずっとこちらに心を寄せて過ごしているもののように見える。

一方、花散里《はなちるさと》や明石の御方などのあたりからも、

「どんなにご心労のことでございましょう。わたくしどものように、もともと諦《あきら》めのついております立場の者は、かえってこういう場合心静かに過ごせましょうけれど」

など、気を引くようなことを慰めらしく言ってよこす人があったが、紫上の心は慰められない。

〈こんなふうにわたくしの胸のうちを推し量る人こそ、かえって安からぬところがある……どうあっても男と女の仲など、もとよりあてにはならないものだのに、どうしてそんなふうに、くよくよ思い悩むことがあろうか……〉と、紫上は思っている。

紫上、眠れぬ夜を過ごす

あまりおそくまで寝ないでいるのも、常にもなきことと女房たちに怪しまれはせぬかと気が咎《とが》めて、紫上はそっと帳台に入った。すぐにお付きの者が夜の衾《ふすま》を掛けてくれる。が、こんなふうに空閨《くうけい》を託《かこ》って、寂しい夜がもう三日も続いていては、やはり不安に苛《さいな》まれずにはいない。

展転反側《てんてんはんそく》して眠りをなさぬほどに、紫上は、あの源氏が須磨に下っていったときのことを思い合わせてみる。

〈……あの時、今はもうこれ限りと、あんなに遥か遠くへ行ってしまわれたけれど、それだって、ただこの同じ現世《うつしよ》に無事でいてくださると聞けさえしたら、それだけで嬉しく思って、自分のことなどはどうでもいい、ただ源氏さまの御身《おんみ》ばかりが惜しまれて、悲しくって泣いていたものだった。……もし、あの騒ぎの紛《まぎ》れに、私も源氏さまも死んでしまっていたなら……まったくお話にもならないような仲らいであったろうな……でも、あれからこうして何年も幸福に過ごしてこられたのだもの……〉

と、紫上は、強いておのれの心を励ますのであった。

風が音たてて吹いてくる夜の気配はひいやりとして、まんじりともせずにいるのを、近く侍《はべ》っている女房たちに悟られたらきっと怪しまれるだろう、とそう思うと、紫上はじっと身じろぎもせずに臥《ふ》せっている。その様子は、なんとしても苦しげに見えた。

やがて、暁《あかつき》近く、一番鶏《いちばんどり》が鳴いた。

まもなく、夜が明ける……そう思うと鶏鳴《けいめい》が紫上の胸にじんと沁《し》みるのであった。

源氏の夢枕に紫上が立って目覚む

ちょうどその頃、夢枕に、紫上の姿が立って、源氏ははっと目覚めた。紫上は、ことさらに恨めしく思っていたというわけでもないのだが、こんなふうに並々ならず心乱れていたせいで、魂が遊離したのであったかもしれない。

〈いったいどうしたのだろう……〉源氏の胸が騒いだ。

その時、一番鶏が鳴いたのを良い口実に、源氏は、まだ漆黒《しっこく》の暁闇《あかつきやみ》を気にもかけず、急ぎ出てゆく。

三の宮はまだまったく幼くて、乳母《めのと》たちが近くに侍《はべ》っている。

廂《ひさし》の間《ま》の隅の開《ひら》き戸を開《あ》けて源氏が出て行くのを、乳母たちは見送っている。

夜明け前の暗い空のもと、庭に積もった雪がぼんやりと白く光って見えるなかを立ち去っていく源氏の姿は、なんだか幻のように見えた。

その後ろ影が消えてもなお残る薫香の匂い……、「春の夜の闇はあやなし梅の花色こそ見えね香やは隠るる（春の夜の闇はわけがわからない。梅の花の形は見えないのに、香りだけは隠れることもないのだから)」、乳母の一人は、ついつい、そんな古歌を独りごちた。

東の対まで戻ってくると、雪はところどころになお消え残って、もとより白砂《はくしゃ》を敷き詰めた庭の色と、いずれが雪とも砂とも見紛《みまご》うほどであった。源氏は、格子戸の外で待ちながら、白楽天の詠じた唐詩《からうた》をゆるゆると低吟している。

独り朱檻《しゆかん》に凭《よ》つて立ちて晨《あした》を凌《しの》ぐ
山の色初めて明らかにして水の色新たなり
竹霧《ちくむ》は暁《あかつき》に嶺《みね》に銜《ふく》まるる月を籠《こ》め
蘋風《ひんぷう》は煖《あたた》かにして江《かう》を過《す》ぐる春を送る
子城《しじやう》の陰《かげ》なる処《ところ》には猶《なほ》残れる雪あり
衙鼓《がこ》の声の前には未だ塵《ちり》有らず
三百年来庾楼《ゆろう》の上
曾《かつ》て多少《そこばく》望郷《ばうきやう》の人をか経《へ》たる

こうして独り、朱塗りの欄干《らんかん》に倚《よ》りかかって、立ったまま朝を迎えた
山の色がやっと明るくなってくると、川の水の色もはっきりとしてくる

岸辺の竹林は霧に煙って、暁闇《ぎょうあん》の嶺にかかる月を包み込む
川面の浮き草を吹き流す風は煖かく、揚子江を過《よぎ》っていく春を送ってくる
出城《でじろ》の陰《かげ》あたりには、まだ雪が残って
官庁の朝を知らせる鼓《つづみ》の音の前には、どこにも塵一つ落ちていない
ああ、三百年このかた、晋《しん》の庾亮《ゆりょう》の建てたこの高殿《たかどの》の上に
これまでどれほど多くの望郷の人が登って遠望したことであろうか

源氏は、東の対の簀子の朱の欄干に倚りかかり、残雪を見やりながら、あたかも遠く妻を懐かしむ望郷の人のような思いでいるらしい。

これを良い声で低く口ずさみながら、源氏は、格子戸《こうしど》をひそやかに叩き、我慢強く戸の開《あ》くのを待ち続けていた。

しかし、このところ久しく、こんなふうにあるじの源氏が他所《よそ》で夜を過ごすなどということはなかったことに馴れていた女房たちは、空寝《そらね》をしつつ、ずいぶん待たせてから、おもむろに格子戸を引き上げた。

「おお、ひどく長い時間、外に待たされて、すっかり体が冷えきってしまった。こんなふうに真っ暗な時分に戻ってきたのは、そなたを恐れる心のなみなみならぬゆえとお心得あ

れよ。かかることになったのは、ほんらい私の罪ではないのだけれど……」

源氏は、戯れ半分言い訳半分にこんなことを言いながら、紫上の引きかぶっている夜の衾をひきのけようとするが、紫上は、涙にしっとりと濡《ぬ》れた単衣《ひとえ》の袖を見られまいとして引き隠している。その様子は、まことに素直で親しみが感じられるのだが、といって、このように他の女の閨《ねや》から戻ってきた源氏とすぐに打ち解けて寝ようとはしない、そのすっくりと誇り高い態度など、側のものが恥ずかしくなるほどに見事なものであった。

これには源氏も、〈……さてもさても、あちらの姫君は、これ以上貴《たっと》い身分はないというほどの方だが、とてもこの紫上《ひと》のようにはいかぬものだな〉と、あらためて女三の宮と引き比べざるを得ぬ。

〈ああ、あの頃は、この人も三の宮と同じように幼かったが……〉

源氏は、少女のころから睦み親しんできた紫上と過ごした年月、須磨へ下って悲しい思いを共有したことなども、かれこれ思い出しながら、なかなかご機嫌の直らないことを怨《えん》じ語らいつつ、その日一日が過ぎてしまって、とうとう、寝殿の三の宮のところへは渡っていくことを得なかった。仕方ない、源氏は、寝殿の人に向けて消息を書き送った。

「今朝の雪に、風邪でもひいたのでしょうか、いささか体調を崩して気分がたいそう悪いので、気安いところで養生などいたしております」

文面には、そうあった。

三の宮の乳母は憤慨する。

「姫宮さまに、御消息の旨、たしかに申し上げました」

と、まるで木で鼻をくったような返事を口頭でよこしたばかりで、三の宮の返り文などはまったくない。

〈やれやれ、なんという殺風景な返事であろう〉と、源氏は鼻白《はなじろ》む。

〈朱雀院がこんなことを聞こし召すのも厭《いと》わしいから、まず、当面の日数《ひかず》はなんとか取り繕っておこう〉と思うけれど、かくして当てが外《はず》れてしまった。

〈……肝心の宮が、あれではなあ、どうも思った通りだった、……それにしても、弱った弱った〉と、源氏自身も困惑し続けている。

しかし、紫上とても、〈こんなふうに、新婚早々の姫宮さまを差し置いて、こちらに留まっているなんて、私の立場もお察し下さらない源氏さまのお心だこと……〉と思わずにはいられない。まるでこんなことをされては、自分が嫉妬《しっと》ずくで源氏を引き留めているようにあちらに思われやしないかと、紫上は気が気でない。

一夜が明けて、その朝《あした》。源氏は、いつものように紫上と夜を過ごして起き、女三の宮のもとへ手紙を送った。

三の宮は、源氏から見れば、とりたてて心遣いを尽くさねばならぬようなこともない様子ではあるけれど、それでも、筆など充分に吟味しつつ、敢てさりげなく白い紙に、こう書きつけた。

中道を隔つるほどはなけれども
心乱るる今朝のあは雪

わたくしどもの仲を隔てるまでに積もったほどでもないのですが、
ただ、わたくしの心も体も調子が乱れてしまっているのを表わすように降り乱れている今朝の
淡雪でございます

文は、その白雪になぞらえて、白梅の枝に引き結んである。

「よいか、これを寝殿の西の渡殿にいる女房に手渡して、お取り次ぎいただくのだぞ」

文の使いには、そのように命じた。寝殿の西の渡殿には、三の宮の女房たちの局が立ち

並んでいるのである。それから源氏は、そのまま端近《はしぢか》なところに立って、文の使いの立ち去っていく先を見送っている。白い衣を着て、手には白梅の花をまさぐりつつ、降るそばから消えていくような淡雪が、あたかも「白雪の色分《わ》きがたき梅が枝《え》に友待つ雪ぞ消え残りたる（白雪とも色の見分けがたい白梅の枝に、友待ち顔の雪が消え残っている）」と古歌にもある如くわずかに消え残っている上に、またちらりちらりと散り落ちてくる空を、ぼんやりと眺めながら、源氏は、三の宮の返事がもたらされるのを、今や遅しと待ち続けているのであった。

まだ鳴き馴れぬ鶯が、初々《ういうい》しい声で、近くの紅梅の梢に鳴きしきるのが聞こえた。

「折りつれば袖こそ匂《にほ》へ梅の花ありとやここに鶯の鳴く（香り高い梅の枝を手折ったので、わが袖もさぞかぐわしく匂うのであろう。それでここに梅の花があると思って、鶯が近々と鳴くわ）」

ふとこんな古歌を口ずさむや、源氏は、手にした花をさっと袖に隠し、それから御簾をおし開《あ》けて外を眺めてみる……その風姿は、もう大きなお子達の親で、准太上天皇などという重々しい位にある人とは、ゆめゆめ見えぬくらい、それはそれは若々しく、いっそ初々しいといってもいいほどの美しさであった。

しばらくそうやって待っていたが、三の宮からの返事はいっこうに来ない。これでは、まだ当分暇《ひま》が要《い》りそうな、と思って、源氏は端近なところから奥へ入り、紫上に、手にした梅の花を披露する。

「花……というのであれば、せめてこういうふうに匂ってほしいものだな。この匂いを、あの色美しい桜の花に移したなら、もう他の花などは、これっぽっちも見たいとはおもわぬことだろうね」

源氏は、そんなことを言う。それを聞いている紫上の胸中には、「梅が香を桜の花に匂はせて柳が枝に咲かせてしがな（梅の香りを桜の花に匂わせて、それであの優美な柳の枝に咲かせたいものだ）」という名高い古歌が思い浮かむ。それから、また、

「この梅の花というものは、まだ他にはあまり花などの咲いていない時分に咲くゆえ、こんなに目に留まるのではないかな。いっそ、桜の花盛りに、梅の花も並べて見たいものだが……」

などなど、源氏が一生懸命ご機嫌を取っている、その紫上の目前に、三の宮からの返事が届けられた。

返事は、しかも、どこからみても恋文と見ゆる紅《くれない》の薄様紙《うすようがみ》に、目に立つように押し包まれている。源氏は、これを見て、〈しまった……〉と胸のつぶれる思いがした。〈……なん

というばつの悪いところへ届けてきたものだ。これでは今まで一生懸命この人をなだめすかしていたのが台無しじゃないか〉、と源氏は思う。

見ればその文の筆跡は、まるで幼稚だ。源氏は、〈あの、手跡の美しい紫上には当面見せぬようにしたいものだが……なにも隠し隔てるのではないけれど、そうそう軽率に宮のお手紙を人に見せてしまったりしては、まことに恐れ多いことだし〉と思う……けれども、かといってここでその手紙を変に隠したりしては、こんどは紫上が気を悪くするに違いない、と、そんなふうに思って、源氏は、その文のほんの片端ばかりを広げて、見せるような見せないような素振りで見ている。紫上は、その様子を横目にちらりと見ながら、物に倚りかかって横になっている。

文にはこうあった。

「はかなくてうはの空にぞ消えぬべき
風にただよふ春のあは雪
わたくしたちのご縁は、ほんとうに儚《はかな》くて、まるでこのまま中空《なかぞら》に消えてしまいそうでございます。

あの風に漂っている春の淡雪のように」

なるほど、その手跡は、ひどく幼稚でぎこちない。

〈あの姫君ほどのお年になられた方は、これほど幼稚なはずはないものだけれど……〉と、紫上は、ついつい見るともなくその文の片端を目にして……、しかし、敢てなにも見ていないように紛《まぎ》らしつつ、それ以上は見ようともしない。

もしこれが、そこらの女であったなら、源氏も、「かように浅はかな手で……」などと、こっそり言ったりもするだろうけれど、いかにしても相手は三の宮である。そんなことをあらわにしては宮も朱雀院もお気の毒に思うゆえ、ただ、

「ともあれ、こういうお方だから気安く思っておけばよい」

とだけ話すのであった。

源氏、改めて紫上の素晴らしさを痛感す

その日、源氏は三の宮のところへ、昼のころに渡っていった。

この三日がほどは、夜のみの訪れであったから、昼に渡っていくについては、源氏も、せいぜい心を込めて身ごしらえをして出かけていく。

明るい光のなかで初めて源氏の姿を目にする女房たちは、夜の暗がりで見ているときよりは一段と見る甲斐《かい》のある心地でいることであろう。また乳母《めのと》などというような年長《としした》けた女房たちは、そう素直にも喜べない。

〈たしかに、お姿ばかりはたいそうご立派ね。けれども、この分では、いずれ不愉快なことが出《い》で来るにちがいなかろう……〉と、嬉《うれ》し悲《がな》しいような思いをしている者もある。

しかるに、三の宮は、いかにも頼りなげに幼稚な感じで、部屋の調度などは格式ばって立派にしつらえられ、それこそ綺羅《きら》を尽くして厳然たるものだけれど、肝心のご自身は、まるで何を思うでもなく薄ぼんやりとして、見たところは嵩高《かさだか》い装束《しょうぞく》が座っているごとく、体がそのなかにあるようにも見えぬ繊弱《あえか》さであった。

しかも、源氏に対面したとてなんの恥じらうでもなく、まるで頑是無《がんぜな》い子供が人見知りせぬような具合で、ただただ気安くかわいらしいだけの様子なのであった。

〈……それにしても、あの父君朱雀院の帝という方は、男子本来の四角四面な唐《から》の学問などの方面はいささか不得手《ふえて》でおわすと、これは世の定評のように見えるが、いっぽうの風雅の道、和歌管弦や朗詠など、奥床しくも情趣ゆたかな方面となれば、人並み以上にすぐれておいでだ。なのに、どうしてまたこの姫宮ばかりは、こうまでおっとりし過ぎなくらいにお育てになったものであろう。それも、ほかの姫宮がたに比しても一段と鍾愛撫育《しょうあいぶいく》されていた姫という評判だったがな……〉と源氏は思う。それが現実にはこんなことであったというのも、いい加減残念だけれど、それでもやはり憎からぬ姫君だとは思っているのであった。

この女三の宮という人は、まるで自我《じが》がないかのごとく、源氏の言うままに、なよなよと靡《なび》き従うばかり、返事のしようなども、ただ思ったとおりを、なんの思慮分別もなくすっと口に出すという調子なので、源氏としては、やはりとても見捨てるわけにはいかない思いがする。

〈ああ、これが昔の自分だったなら、だんだんと粗《あら》ばかり見えていやになってしまうところであろうけれど、今は、これで世の中というものは人さまざまゆえ、まずまず総均《そうなら》しにしてみれば、良いところもあれば悪いところもあり、一長一短、結局のところは、飛び抜けて素晴らしい人など、世にあるものではない……人それぞれ色々な女がいるものだけれど、あれで三の宮も、なにも知らぬよその男たちから見れば、さぞ理想的なお人と見えて

いることであろうにな〉

源氏は、そんな風に思いもする。

すると、いつも肩を並べ、互いに目も離さずに暮らしてきた今までの年月よりも、こういう状況になった現在のほうが、紫上その人の風姿人柄が比類なく素晴らしいということに気付き、〈そのように育てたのは私自身だが、我ながらよくも育て上げたものだな〉と思いもするのであった。

今では、たった一夜、床離《とこが》れて過ごして、その朝の来る間までの短い時間だけだって、ただもう紫上が恋しくて、気にかかって、いよいよますます愛情が増してくるのを、源氏は自分ながら不審に思う。

〈……どうして、なぜなんだ。こんなに恋しくてならぬのは〉と、そう我が心に問いかけると、なんだか、永《なが》の別れが近づいてくるような不吉な予感が兆《きざ》してくる。

朱雀院から、心を込めた手紙が届く

朱雀院の帝は、この二月《きさらぎ》のうちに、西山《にしやま》の御寺《みてら》に入られた。そうして、そこから六条院の源氏に宛てて、しみじみとしたお手紙が届けられる。

そのお手紙のなかに三の宮のことに言い及ばれることは度々《たびたび》であった。それも、「どうか、父の私がなにを思うかなどということはお気になさらず、遠慮なく、ともかくもあなたのお考え次第にお世話をくださるように」という旨のことが、繰り返し繰り返し頼んであった。そうしておいてもなお、朱雀院のお心には、三の宮のことが胸に沁《し》みて気掛かりで、その幼弱なことをいつまでもご心配なさるのであった。

紫上にも、朱雀院から特にお便りがあった。

「心幼い宮が、何の分別もないままそちらへ移り住んでおりますようですが、なにぶん無邪気な者だと思ってなにごともお見許しのうえ、どうかお世話くださいますように。もとより縁《えにし》を辿《たど》るべき血縁もあろうかと思いますほどに、

背《そむ》きにしこの世に残る心こそ
入《い》る山路《やまみち》のほだしなりけれ

世を捨てて出家いたしましたが、それでもなおこの捨てた世に残っている子（こ）を思う気掛かりの心が、仏道修行の山道に入るわが身の絆《ほだ》しでございました

とかくは、子を思う故の心の闇、その闇も晴らせずにこんなことを申し上げるのも、まことに愚かしいしわざにて」

文には、「世の憂き目見えぬ山路へ入らむには思ふ人こそほだしなりけれ（俗世の辛さを見ずにすむ山奥へ、世を捨てて入ってしまうには、ああ、こうして恋しく思う人が絆《ほだ》しなのであったな）」という古歌になぞらえてそう書いてあった。

これを見ては、源氏も心打たれる。

「なんと心に沁みるお手紙をなあ、謹んで拝するがよかろうぞ」

そういって、源氏は、女房に命じて、文の使いの者に褒美《ほうび》の酒杯《さかずき》を、何杯も何杯も強いて飲ませるのであった。

ついては、なんとお返事を差し上げたらよかろうかと、紫上はいささか当惑せざるを得なかったのだが、ここはことさらに風雅めかした手紙などをお返しするような場合ではないので、ただまっすぐに思いを述べて、

「背《そむ》く世のうしろめたくはさりがたき
　ほだしをしひてかけな離れそ

お捨てになった俗世が気掛かりでおわしますなら、
手放しがたい絆しの君を、どうかそのように強いてお放ちあそばしますな」

などという歌をお返ししたようであった。院からの使いの者への褒美としては、女の装束一式に、細長《ほそなが》を添えて授けた。

この紫上の返事の文の筆跡がはなはだ美しいのを朱雀院はご覧になって、このように何につけてもこちらが恥ずかしいほど優れているように見える紫上のそばに、あの三の宮がただ幼いばかりのありさままで見られているだろうことに、たいそう胸の痛む思いをなさっていた。

朧月夜の尚侍、二条の邸へ帰る

もはや朱雀院にお仕えするもこれまでとて、女御《にょうご》、更衣《こうい》たちなど、おのおの里下がりして別れていくのも、しみじみと心に沁みることのみ多い。

朧月夜《おぼろづきよ》の尚侍《ないしのかみ》は、亡き姉弘徽殿大后の住んでいた二条の邸《やしき》に帰って住むことになった。

女三の宮のことをひとまず別にして考えれば、朱雀院にとって、だれよりもこの朧月夜の行く末が気掛かりなのであった。尚侍自身は、尼になってしまいたいと思っていたが、「こうして、みなが先を争うようにして出て行く折に、そなたも出家するというのは、なにやら私の後を追うようで、いかにも心騒がしく思える。そんなことでは果たして出家の本懐《ほんかい》を遂《と》げるということになるかどうかな。今少しあたりが落ち着いてからにせよ」と朱雀院のお諭しがあって、まずは出家を見合わせ、持仏《じぶつ》の用意など、そのための下準備をぼつぼつと進めることにした。

源氏、朧月夜に文を贈る

六条院の源氏は、もとより思いを深くかけて飽き足りぬ思いのままに別れた朧月夜の御方であったから、何年経っても面影忘れがたく、〈どんな機会に再会することができるだろう……なんとしてももう一度あい逢《お》うて、あの懐かしい昔のことなど、あれこれ語り合いたいものだが……〉と、ずっと思い続けてきた。

けれども、もとより、尚侍と准太上天皇《じゆんだいじようてんのう》とあっては、お互いに世間の耳目《じもく》を憚《はばか》って過ごさねばならぬ身の上ではあり、かつはまた、かつてこの恋が原因となって大騒ぎとなり、須磨へ退去せねばならなかった、あの一件の始末などを思い出すにつけて、なにもかもひたすら我慢して過ごしてきたのであった。

けれども今、こうして朧月夜も里に下がってのんびりとした身分となり、今ごろは世のありさまを静かに思い廻《めぐ》らしているだろうか……と想像するにつけて、源氏は、ますますその動静《どうせい》を知りたくて、なんとしても心にかかってならぬ。いや、そんなことは、あってはならぬ僻事《ひがごと》だとは思いながら、やむにやまれず、まずはさりげないご機嫌伺いとでもいうようなことにかこつけては、常に消息を通《かよ》わしなどするのであった。

もっとも、いまさら若い者どうしの色めいた間柄というわけでもないので、朧月夜からの返事も時節柄のあれこれに事寄せて送ってくる。その紙や墨の趣味といい、筆跡や文柄《ふみがら》の丈高《たけたか》さといい、なにもかも不足なく揃《そろ》って、すっかり整いつくした文のありさまを見るにつけても、源氏はやはり恋心を抑えきれなくなり、むかし通《かよ》っていた時分になにかと手引きをしてくれた女房、中納言の君のもとへ、深い思いの丈をたびたび書きやるのであった。

その中納言の君という女房の兄は、前和泉守《さきのいずみのかみ》であったが、この人を源氏は召し寄せると、まるで若い者のように、いにしえの心に戻って相談をもちかける。

「じつはな、あの御方に、人を介してではなく、障子や御簾《みす》越しにでも直接お話ししなくてはならぬことがあるのだ。そこで、そなたから、上手に申し上げて、なんとかこの段をご承知いただいたうえで、ごく隠密裏《おんみつり》に参上いたしたいと思っている。昔とちがって、今は私もこういう不自由な身の上ゆえ、こうした忍び歩きもよほど隠密裏に運ばねばならぬ。そこで、そなたの口の堅いところを見込んで頼むわけなのだから、そこはそれ、わかっておるな。秘密を守ってくれれば、私も安心、そしてそなたも今後なにかと良いことがあろうぞ」

源氏はそんなふうに口固めをして、この兄に万端《ばんたん》申し付ける。

いっぽうの朧月夜の尚侍は、はてさて、男と女の仲というものの実相を思い知るにつけて、心のうちにつらつらと考える。

〈思えば、昔からつれない源氏さまのお心を、これまでさんざん思い知らされてきた、その果てに、いま朱雀院さまのご出家やご病気という悲しいことどもをさしおいて、いったいどんな昔語りを申し上げたらよいものでしょう……。まったく、このことが人に漏れ聞こえぬように極秘にしておくことは致しようもあろうけれど、私の、この心だけは、どうごまかしようもない……古い歌に「無き名ぞと人には言ひてありぬべし心の問はばいかが答へむ（そんなことは事実無根の浮き名だと人にはごまかしてしまうこともできよう。けれども、この自分の良心にどうなのだと問われたら、なんといって答えたものであろう）」と言うてあるとおりじゃほどに……〉

そんなふうに思っては、ただため息ばかり吐《つ》いている。そうして結局、朧月夜は、どうあっても逢《あ》うことはできませぬという由を、また中納言の君と前和泉守を通じて返答するのであった。

源氏、朧月夜のもとへ忍び通う

〈なにを言っているのだ。むかし、逢うことが、あれほど難儀であった時分にだって、お互いに情《なさけ》を交わさなかったわけでもなかったに……、たしかに、いまご出家なさった朱雀院のお上《かみ》に対して、いかにも後ろめたいようではあるけれど、そんなことを申せば、昔だってお上を差し置いてこっそりと逢うていたのだから、今になって、口を拭《ぬぐ》って潔白らしいことを申したとて、いったん立ってしまった浮き名を、いまさら取り返すすべもあるま

いものを〉

いかに拒絶されても、源氏は、こんなふうに思い直し奮い立って、和泉の国では、名高い歌枕の信田《しのだ》の森を道案内《みちしるべ》とする如く、前和泉守に案内させ、朧月夜の住む二条の邸に通ってゆく。

紫上には、

「二条の東院《とういん》にお住まいの、例の常陸宮《ひたちのみや》の姫君（末摘花）がな、このごろどうもお具合が悪くて、なかなか長引いているのだが、このところの事繁《ことしげ》きに紛れて、ずいぶんとお見舞いもしていないので、あまりお気の毒ゆえ、ちょっと行ってみようと思う。と言うて、昼間にあからさまにお訪ねするのも不都合ゆえ、夜の間に、そっと……と思っておるのだ。まず、そんなことゆえ、このことは誰にも知らせずに内々《ないない》にな」

などと言い言い、しかし、どうもそわそわと落ち着かぬ様子なのを、紫上は見咎める。

〈変だわ。いつも全然気にもかけておいでない御方だというのに……〉

そう思って、つらつら考えてみれば、〈どうもこの頃、あの朧月夜の君のところへ、しきりに文など遣わしているらしい……〉と思い当たる。

けれども、女三の宮の降嫁のことがあって以来は、なにごとも以前のように源氏を深く信頼する気持ちにもなれなくなっているので、今もまた少し隔てを置く心が出来《いでき》て、あえて見て見ぬふりをしている。

いよいよその二条のほうへ通っていく当日になると、源氏は、寝殿の三の宮のところへも行かず、そちらへは、ただ通り一遍の文を書き交わして済ませた。

そのいっぽうで、衣に焚《た》きしめる香などには、念の上にも念を入れなどして暮らしている。

宵を過ぎた時分に、ごく気心の知れた供人だけを四、五人連れ、さりげない網代《あじろ》の車（檜《ひのき》などの薄板を編んで装った質素な牛車）を用意させて、あたかもその昔、姿を窶《やつ》して女のもとへ忍び通ったころのような姿で、出かけていった。

二条の邸につくと、まずは前和泉守を使いとして、来意を告げさせた。

すぐに、源氏の来訪を、中納言の君が忍びやかに伝えると、おどろいたのは朧月夜である。

「そんなことは納得できません。いったいなんと言って源氏さまにお伝えしたの」

とひどく不機嫌になったが、前和泉守も、諦めない。

「と……仰せになりましても、ことは源氏さまのお成りでございます……それを、そこらの男が風流ぶってやってきたのを追い返すようなことをなさいましては、却《かえ》って具合がよろしくなかろうと存じますが」

そんな理屈をこねては、無理無理に妹と算段を廻らして、ともかくも源氏を廂《ひさし》の間《ま》まで案内してしまった。

源氏はもっともらしく、永の無沙汰を詫びるやら、しかるべく挨拶をして、

「どうか、そんな奥まったところにお隠れにならず、この廂の際《きわ》までお出ましくださいませぬか。せめて、障子越しの物語でも申し上げたく……いや、昔のような、けしからぬ心などは、今はもう、さらさら残っておりませぬほどに」

と殊勝《しゆしよう》らしい口調で言い入れる。

朧月夜の尚侍その人の声とおぼしくて、しきりとため息を吐きながら、それでも端に近いところまで躙《にじ》り出てきた気配がある。

〈ふふふ、やはりな……こういう押せば靡《なび》く心弱さは、昔のままだ〉と、源氏はそんなことを思っている。

もとより、かつては相思相愛で情《じょう》を交《か》わしあった男と女である。戸障子越しで互いの姿こそ見えぬけれど、ただ身じろぐ気配だけで、そこにいる女の肢体が、源氏には手に取るように分かり、男の心のなかには安からぬ思いが沸き起こる。

そこは東の対であった。

その東南《たつみ》の方の廂に、源氏は座っている。二人の間を隔てる戸障子は、その端をしっかりと錠で鎖《さ》してあるので、さしもの源氏もそこから先へ忍んで行くことができぬ。

「なんとずいぶん厳重に御用心なさったものですね。まるで心の逸《はや》る若い者でもおあしらいのようだ。はるか昔にお別れして以来、過ぎてきた年月を、幾年幾月《いくとせいくつき》と、誤りなく数え上げることができますほどに、ずっとお慕い申しつづけておりますわたくしに、こんな覚《おぼ》束《つか》ないおあしらいとは……あまりにも辛うございます」

源氏は、せめてそんなことを怨《うら》みわたる。

夜は沈々《しんしん》と更けてゆく。

「春の池の玉藻に遊ぶ鳰鳥《にほどり》の足のいとなき恋もするかな（春の池の美しい藻に戯れているカイツブリが、水中では休みなく足を動かしているように、私も心の休まらぬ苦しい恋をすることよ）」

と古い歌には歌ってあるが、今は、つがいで仲良く玉藻に遊ぶオシドリが、お互いに鳴き交わす声なども聞こえてきて、〈ああ、ああしてオシドリだって仲良く睦《むつ》みかわしているものをなあ〉と、源氏はしみじみと思いに耽《ふけ》る。

〈かつてはあれほどにぎやかであったこの邸も、いまはしんみりとして人目も少ない……まことに移れば変わる世の中だ……〉と、源氏は昔今のことを思い続けている。すると、女のために空泣《そらな》きをしたという、あの『平中物語《へいちゅうものがたり》』の男の真似をするのではないが、まことに涙もろく、しきりとせき上げる。

昔とは事変わり、源氏は、いかにも分別ある大人らしい口調で穏やかに話しはするものの、内心には、〈この開かずの隔てを、なんとかせねば……〉と思って、しきりと障子を動かしてみる。そうして、こんな歌を詠み入れた。

年月《としつき》をなかに隔てて逢坂《あふさか》の
さもせきがたく落つる涙か

久しく逢えなかった年月を中に隔てて逢うというのに、かくも障子に仲を隔てられては、かの
逢坂の関（せき）でも堰（せ）き止めがたく、こんなにもしきりと涙が落ちるよ……

朧月夜は、すぐに歌い返す。

涙のみせきとめがたき清水《しみづ》にて
ゆき逢《あ》ふ道ははやく絶《た》えにき

わたくしも涙ばかりは、逢坂の関の清水のように堰（せ）き止めがたく流れますが、いかに逢坂は人が近江路（あふみぢ）へゆき逢う道（あふみち）と申しましても、わたくしたちが逢う道はもうとっくに絶えてしまいましたもの

かにかくに、朧月夜は源氏の思いをよそに、逢おうとはしない。

しかし、その内心には、昔のことを思い出して、〈……でも、誰のせいで、あんな天下の大騒ぎになって源氏さまがとんでもない目に遭われたのであろう……多くは、私にも責任があったわけだし〉と、そんなふうに考え至ると、〈そうだ、そう思ったら、今一度だけお目にかかったっていいのかもしれない〉と、堅かったはずの決心もしだいに緩んでくる。もともとどっしりとした人柄でもなかったこの君は、あれ以来は何年もの間、良いにつけ悪いにつけ、男女の間《あいだ》の機微《きび》も思い知るところとなって、源氏とのことも悔やまれたし、公私ともに、心の痛むことばかり多かった、そんな経験を積んできて、今では心から

深く自重して過ごしているのではあったが、それでも、今、すぐそこに源氏が来ているという状況のなかでは、昔まだ若かった時分のことも、つい昨日のことのように思われて、最後まで心強く拒絶しつづけることもできなくなってしまうのであった。

障子が、そっと開いた。

十五年ぶりに再会した朧月夜は、その垢抜《あかぬ》けた美しさといい、若々しく親しみ深い様子といい、昔とちっとも変わっていない。それが、世の聞こえを憚っておろおろとしつつ、といって、嬉しさも嬉しいしで、心は千々《ちぢ》に乱れ、ただただため息ばかり吐いている。そんな女の様子を見れば、源氏も、今初めて逢瀬を遂げるよりも新鮮な思いに胸は波立ち、無我夢中で抱き寄せる。

やがて夜明けが近づいてきた。

が、帰りたくない、と源氏は思って、暁が過ぎてもなお閨《ねや》のうちに女を離さない。夜色《やしょく》が退《しりぞ》いて、少しばかり空が白んでくる。その明け方のほのぼのとした空に、はやさまざまの鳥の囀《さえず》り交《か》わす声がうららかに聞こえてくる。

源氏は、そっと閨をすべり出《い》でた。

桜はもうすっかり散り果て、その名残《なごり》のような芽吹きに、梢《こずえ》のあたりがぼおっと霞んでいる浅緑《あさみどり》の木立《こだち》……、閨を立ち出でて、外の景色を眺めやるにつけても、過ぎし昔が思い出される。

〈ああ、そうだった、昔、右大臣の邸で、満開の藤《ふじ》の花を愛《め》でる宴が開かれたのも、ちょうど今ごろであった……、あれから数えれば、もう二十年か……ずいぶんな月日が過ぎてしまった……〉と、帰らぬ昔を追懐《ついかい》して、源氏の胸中には、あの宴の夜にこの君と危うい一夜を過ごしたことなどなど、それからそれへと思いがあふれ出てくる。

いかになんでも、もうすっかり明るい時分になっては、源氏は帰らなくてはならぬ。が、女は、どうしても床《とこ》から起き上がることができぬ。お付きの中納言の君が、せめて源氏を見送りに出てきて、部屋の隅の開《ひら》き戸を押し開《あ》けると、源氏は名残惜しさにまた閨に立ち戻り、女に声をかける。

「この藤の花……、どんなふうにしてこんな見事な色に染めたものであろう。この色のあでやかさは、曰《いわ》く言い難いなつかしさを憶《おぼ》える。どうしてこのまま立ち去ることができようぞ」

そんなことを囁《ささや》きかけながら、まったく無分別にも立ち去りがたそうに佇《たたず》んでいる。庭の築山《つきやま》のむこうに、やがて朝日がはなやかにさし昇り、藤の花が輝かしい光に照り映えている。佇んでいる源氏は、目もくらむほどの美しさで、そこへ歳を重ねていよいよ風格の備わってきた風姿を、朧月夜は床のなかから見上げている。思えばほんとうに久しぶりに目の当たりにする源氏の姿、それは以前にも増して魅力的で、とても世の常の人とは思われない。中納言の君は、〈ああ、どうしてこれほどの君を、尚侍《かむ》の君さまの婿がねとして拝見することができぬままに過ごしてきたのだろう……いかに尚侍《ないしのかみ》として宮仕えされたとはいっても、しょせんは単なる宮仕え、帝のお妃に召されることもなかったものを。しかもあの弘徽殿大后さまが、いろいろとお心を尽くされたのが却って仇になって、あんなふうに、とんだ大騒動になってしまったことで、わが女君には、浮ついた評判まで世に広まってしまって……〉などと、こちらはこちらで思い出している。

名残は尽きない。まだまだ語り足りないことがいくらもあるような気がして、せめて逢瀬の最後に、もう少し居残っていてほしいところだったが、さすがに、源氏の重々しい身分がらといい、なにもかも思うに任せぬ身の上ゆえ、うかうかしていて多くの人の目についたりしては大変だ……だんだん日が高くなって行くほどに、源氏は気の急《せ》くまま蒼惶《そうこう》として立ち去ろうとする。

中門廊《ちゅうもんろう》の戸口のところへ牛車をさし寄せた供人どもも、さすがに遠慮がちに警蹕《けいひつ》の咳払《せき》いなどするのが聞こえる。

源氏は、なお供の者を呼びつけ、ふっさりと松の木に咲きかかっている藤の花を一枝折らせ、その花房に添えて一首の歌を贈った。

沈みしも忘れぬものをこりずまに
身も投げつべき宿の藤波《ふぢなみ》

かってそなたゆえに、あの須磨の浦に沈淪《ちんりん》した私だったが、そのことを忘れはしないのに、まだ性懲りもなく、こうして身を投げてしまいそうな、この邸の藤（ふぢ）の花の、その淵（ふち）の波でございます

たいそう物思いに沈んだ様子で、そこなる簀子《すのこ》の欄干《らんかん》に倚りかかっている源氏の姿を、中納言の君は、胸の痛む思いで見上げている。

朧月夜の君も、こうなってしまったことを、今さらに気恥ずかしくも思うし、心のなか

はさまざまに思い乱れている。それでも、あの美しい花のような源氏のおそばには居たいと心惹《ひ》かれながら、こんな歌を返した。

身を投げむ淵《ふち》もまことの淵ならで
かけじやさらにこりずまの波

身を投げようと仰せになりましても、その淵はまことの淵ではございませぬほどに、今さら性懲りもなき恋の波を袖にかけて、涙に濡らすこともいたしますまい

年がいもなくこんなふうに忍び逢う振舞いを、源氏は、我と我が心には〈許されぬことだ〉とは自覚しながら、今はもうあの弘徽殿大后も、父親の右大臣もいないこの邸には、『伊勢物語』に「人知れぬわが通ひ路《ぢ》の関守は宵々《よひよひ》ごとにうちも寝《ね》ななむ（人目を忍んで密かに通っている我が恋、その恋路を邪魔立てする関所の番人のような親どもは、どうか宵になるごとに毎日ぐうぐうと寝ていてほしいものだ）」と詠じてある恋路の関守……逢瀬の邪魔立てのない気安さからであろうか、すっかり明け放れているというのに、なお、またの逢瀬をくれぐれも約束などし置いてから、やっと帰ってゆく。

思えば、あの時分にも、余人にすぐれて深く思っていた人ながら、諸事に妨げられてわ

ずかばかりの逢瀬で絶えてしまった仲らいゆえ、こうして誰に遠慮もなく逢うことができる今の思いは、どうしたって一通りでは済むまい。

朝帰りの源氏と紫上

ひどく人目を忍んで帰ってきた源氏の、その寝乱れた姿を、待ち受けていた紫上はいやおうなく目にして、〈おおかた、こんなことだろうと思った……〉と察しがついたけれど、敢てなにも気付かぬふりをして黙っている。

源氏としたら、ここで焼きもちでも妬《や》いてくれたほうがまだ気楽というもの、なぜこんなに知らん顔をしているのだろうと、却って胸が痛み、〈こんなふうに知らん顔をしているのは、どうしてなのだろう。私への思いが冷めてしまったのだろうか……〉と不審にも思う。そこで、妻に去られて「わするらんと思ふ心のうたがひにありしよりけに物ぞかなしき（もうそなたは私のことを忘れてしまうのだろうと思う心の疑いから、以前にも一層まさって心悲しいことだ）」と嘆いた『伊勢物語』の昔男ではないが、以前より一層まさって恋しさがつのり、来世も来来世もと、深い深い約束をして聞かせたりするのであった。

朧月夜の尚侍のことは、ほんとうなら誰にも漏らすべきでなかったけれど、紫上だけは、昔の例の事件のことも知っているゆえ、事実のとおりではないけれど、打明けることにした。

「きのうは尚侍の君に久しぶりにお目にかかったけれど、なにぶんとも障子を隔てての対面であったからね、なんとも心残りなことであったよ。されば、もし誰にも見咎められることなくお目にかかれるのなら、もう一度お目にかかりたいものだが……」

などと、源氏は、いかにも腹を割って話しているようなふりをしてみせる。

紫上は、ふっと笑うと、

「それはまたずいぶんと今どきの者のように若返ったお振舞いですね。昔の恋を、ただ今の恋の上に付け加えようというおつもりがあるのは、そのどちらでもなく、中空《なかぞら》に浮かんでいるようなわたくしには、ほんとうに辛く……」

そんなふうに「中空《なかぞら》に立ちゐる雲のあともなく身のはかなくもなりにけるかな（あの中空に浮かんでいる雲が跡かたもなく消えてゆくように、私の身もたよりないものになってしまいました）」と歌を返した『伊勢物語』の女を思い浮かべて言いながら、たちまちに涙ぐんだ。その目許《めもと》が、そのままには捨て置けないようなかわいらしさに見えて、源氏は語り続ける。

「こうも気を悪くされた様子は、見ていて辛い。そんなことなら、いっそ素直に私を抓《つね》るなりなんなりして、どうしたらいいのか、教えて欲しいものだよ。今まで、私は、そなたになんでも心置きなく話してくれるように、よくよく言い諭《さと》してきたつもりだが、なんだか思いもかけない心がけになってしまわれた……」

など、一生懸命に宥《なだ》めたり賺《すか》したりしているうちに、とうとう、なにもかも残らず告白してしまう結果となったと見える。

三の宮の許へは、すぐにも顔を出さず、ひたすら紫上のご機嫌を取り結ぶのに汲々《きゆうきゆう》として源氏は過ごしている。

が、宮ご本人は、例によってなんとも思わずにいるので、後見役の乳母や女房たちは、〈はたしてこんなことでよろしいのであろうか〉と、穏やかならず思っている。もしこれで、焼きもちを妬《や》きなどするようであれば、それこそ紫上以上に気をもまなくてはならなかったはずのところだが、源氏にとっての三の宮は、ただただおっとりとかわいらしいばかりのおもちゃのようなものであった。

明石の女御懐妊、六条院に下る

桐壺に局《つぼね》を賜《たまわ》った明石女御《あかしのにょうご》は、入内このかたずっと里下がりもせずに過ごしていたが、なお当面お暇《いとま》を頂戴できそうにもないので、それまで子供らしく気ままに過ごしなれていた心には、たいそう窮屈で退屈でたまらない。

ところが、その夏ごろ、にわかに気分が悪くなるということがあり、なんとか里で養生したいと願ったものの、東宮はお許しにならないので、女御は、まことに辛いと思う。

この体調不良は、じつのところ、まことにおめでたいことゆえの悪心《おしん》なのであった。

まだ十二歳という幼弱な身での懐妊となると、はたして大丈夫だろうかと、誰も誰もが心配していることであろう。

やがて、やっと里下がりが許された。

六条院では、三の宮の住む寝殿の東面《ひがしおもて》に、明石女御の御座《おまし》が設けられてあった。母明石の御方は、今では、女御にぴったりと寄り添って宮中に出入りするというのも、考えてみれば、これ以上はないというほど素晴らしい因縁を持って生まれてきた女人なのであろう。

紫上は、東の対から明石女御に対面しに行くついでに、

「三の宮にも、御殿の中仕切りの戸を開けてご挨拶申し上げましょう。かねてから、そうしたいとは思っておりましたのですが、なにかのついででもなくては、いささか気恥ずかしくもございますものね。でも、こんな折にお目にかかってお近づきに願えましたら、今後なにかと心丈夫に存じます」

と源氏に願い入れた。

源氏は、これを聞くとにっこりと微笑み、

「おお、それよそれよ、それこそかねて私が望んでいたとおりのご懇談と申すべきだろうな。ただ、あの宮はたいそう幼くて何もご存じないようだから、なにかと安心のゆくようにいろいろと教えてさしあげなされよ」

と言って、これを許した。

紫上にとっては、三の宮よりも、あの明石の御方のほうが心にかかる。なにぶんにもあのようにこちらが恥ずかしくなるほど立派な品格を具《そな》えた御方、あのゆるぎない風姿《ふうし》物腰《ものごし》

で、こたびの対面に同席するであろうことを思うと、紫上としても、おさおさ怠りなく準備をしておかねばならぬ。それで、せっせと髪を洗い、装束を整え、化粧も念入りにしている、その美しさと心用意は、世に二人と似る者のないように見える。

源氏は、女三の宮のところへ出向いて、このことをあらあら語り聞かせる。

「きょうの夕方に、あちらの対に住んでいる人が、淑景舎《しげいさ》（桐壺の唐名）からお下がりになっている女御に対面のため、こちらへ渡って来るそのついでに、そなたにお近づきに願いたいと思っているようだから、どうかそのつもりで面会を許してご懇談なさい。なに、かの対の上という人は、人柄はごくいい人だよ。それに、まだ若々しくてね、そなたのお遊び相手としても似合わぬわけでもないし」

三の宮は、これを聞いて、

「なんだか、わたくしのほうが恥ずかしいほどのお方にて……、さて、どんなことをお話しいたしましょう」

と、おっとりとした口調で言う。

「人と対座するときのお返事は、先方が言うことにしたがって、その都度、臨機応変にお考えになればよろしい。ともかく、心の隔てを置いてお相手するようなことがないようになさいませ」

と、源氏は、事細かに教え諭す。そう言いながら、内心には、〈どうか二人が、礼にかなった形で仲良く粛々《しゆくしゆく》とお過ごしになれるように……〉と念じているのであった。こんなふうにして二人が対座して、三の宮のあまりにも幼稚な実相を紫上に見透かされるのも、源氏としては、いかにもきまり悪くやるせないところではあるけれど、〈……といって、せっかく紫上があぁして語らいたいと言っているものを、心隔てをして会わせないのもよろしくないし〉と源氏は思っているのであった。

紫上内心の思い

紫上は、そんなふうに自分から出向いていく支度などをしはするものの、内心は決して穏やかではない。

〈この六条院にあって、私より上に立つなんて人があっていいものだろうか。私だって、父式部卿の宮の許《もと》にあって源氏さまを婿として通わせなどしたのだったら、まさかこんなあしらいはされなかったものを。ただ、あんなふうに北山のお祖母《ばあ》さまのところで、頼りなく暮らしていたところを見初められて、きちんとした婚礼の儀もないままに来てしまった、それがいけなかったのね……〉などなど、それからそれへと思いは募って、ただぼんやりと考え込んでいる。

せめての気晴らしに、手習いなどをするにも、自然に思い浮かんできて筆先に書く古歌なども、どうしても恋の物思いに沈んだような歌ばかり……さては、よほど我が身には苦悩の種が積もっているのだなと、我ながら思い知られるのであった。

源氏は、こうして三の宮のところ、明石女御のところと渡って来て、いずれの女君もまだ若々しく、〈どちらもかわいらしいことだな〉と思って見ている。その源氏の目からみて、紫上はもう長年連れ添うて見慣れているはずのお人、これがもし平凡な縹緻《きりよう》品格の人であったなら、これほどまでにハッとする魅力を感じるはずもないのに、やはり紫上を見るたびにのっぴきならず心惹かれてしまうのは、世にたぐいもない素晴らしい女だなと、あらためて自得《じとく》するのであった。

紫上は、考えられる限りに気品高く、はたの人が恥ずかしくなるほど美しく整っているばかりか、その上に花々とした新鮮な美しさもまさににおいたつばかり、とりたてて飾りたてもせぬのに内発する美しさが具わって、なにからなにまで、まさに賞《め》で称《たた》えるべき女盛りと見える。

しかも、去年よりは今年、昨日よりは今日と、一日一日、その魅力がいや増しになってゆくにつれて、いつ見ても、その時初めて見るような新鮮な驚きがあるのを、源氏は、〈どうしてまた、これほどまでに素晴らしく生《お》い出《い》でたのであろう……〉と思う。

書きすさびにした手習いの紙を、紫上は硯の下に差し入れて隠していたが、源氏は、それを目ざとく見つけると、繰り返し繰り返し眺めている。その手跡は、とりたてての上手というわけでもないのだが、いかにも書き慣れて巧みに、しかしかわいらしく書いてある。

身に近く秋や来ぬらむ見るままに
青葉《あをば》の山もうつろひにけり

わたくしの身に近々と秋がやってきたのでしょうか。こうして見る見るうちに、
あんなに青々としていた山も色あせてしまったもの

そんな歌が書いてある。これに源氏は目を留めた。そして、

水鳥《みづどり》の青葉は色もかはらぬを
萩《はぎ》のしたこそけしきことなれ

水鳥のあの青い羽ではありませぬが、私の青い葉のような愛情は少しも変わっておりませぬのに、萩は下の方から次第に色が変わってくると申します……あなたのお心のほうが下心から色を変えておいでなのではありませぬか

などと怨むがごとき歌を書き添えなどして、源氏は手習いに打ち興じる。いろいろなことがあるにつけて、紫上が胸を痛めていることが、あたかも萩の下葉が色を変えるようにちらちらと見えてはいたのだが、それも、おおごとにすることなく、じっと心鎮めて過ごしている。それを知る源氏は、〈こんな人はほんとうに探したって得られるものではない、なんとけなげな人であろう……〉と思う。

源氏、またも朧月夜のもとへ

が、その宵時分。

きょうは、女たちはみな互いに忙しいゆえ、三の宮のところへも、紫上のところへも行かずに済みそうだ……そこで源氏は、かの忍び所、朧月夜のところへ、無理に無理を重ねて出かけていった。それは、なんとしてもあってはならぬことと、いたく反省はするのだが、それでもやはり心の逸《はや》りは抑えることができないのであった。

紫上、女三の宮に初めてまみえる

東宮妃明石女御は、実母明石の御方よりもこの紫上を親しみ深く思ってなついている。いっぽうの紫上のほうでも、我が子のようにして育てた女御が、たいそうかわいらしげに、しかしすっかり大人びてきたのを、隔心なく愛情深く見ている。

二人は、積もる物語など、いかにも心親しげに語らいあって、それから中ほどの戸をあけて、揃って女三の宮にも対面したのであった。

三の宮は、まったく幼げに見えるので、紫上は、すっかり気楽に思って、年長の者らしく、あるいは親のような態度で、親たちのお血筋について尋ねる。

中納言の乳母という、宮の近侍のものでは重々しい立場にある女房を呼んで、紫上は尋ねてみる。

「もともとの血縁を辿《たど》ってまいりますと、恐れ多いことながら、宮とわたくしとは切っても切れないご縁つづきと承《うけたまわ》っておりますが、いままでお目文字《めもじ》の機会もないままに過ごしてまいりましたところを、今からは疎遠に過ごすことなく、あちらの対のほうへもお運びを賜りまして親しくおつきあいを願わしう、もしも、わたくしに不行き届きの段などございましたら、どうぞご遠慮なくお叱《しか》りくださいましたなら、それこそ嬉しいことに存じます」

こんなことを申し入れる。

中納言の乳母は、

「わが姫君さまは、母君さまに早く先立たれ、いままた杖柱《つえはしら》とも頼む朱雀院さまもご出家あそばして、お頼みする木陰とてももはやございませぬ。されば、なんとしてもお心細くておわしましたに、今こうしてご懇篤《こんとく》なお言葉を賜りますれば、もはやこれ以上の幸いとてもあるまじく存ぜられます。ご出家あそばされましたお上《かみ》の思し召すところも、ただただ、今宵のように、お心を隔てられることなく、まだご幼弱でいらっしゃいます宮さまを御養育いただきたい、とそのような趣でございました。お上は、わたくしどもごく内々《うちうち》の者どもにも、そんなふうにくれぐれも仰せでございました」

など打明ける。

「さきに、お上から、そのような旨の恐れ多いお手紙を頂戴いたしましてからというもの、なんとぞしてお力にもなりたいと存じておりましたが、何につけても、わたくしの取るに足りない身の上が口惜しいことでございました」

紫上は、こんなふうにやんわりと大人びた口調で応対し、宮の心に添うべく、物語絵《ものがたりえ》のことやら、お人形がかわいくてしかたないことやら、いかにも子供っぽく話すので、三の宮も〈源氏さまが言っていたとおり、ほんとに若々しくて優しそうな人だわ〉と、子供心にもすっかり心を許すようになった。

こういうことがあった後は、二人の間には、常々手紙のやりとりなどして、おもしろい遊びなどにつけても、いかにも仲良しらしく言葉を通わせあった。

とかく世の中の人というものは、けしからぬことに、ここまでの身分に昇った方々のことは、なにやかやと面白ずくの噂《うわさ》など言いそやすもので、三の宮降嫁の当初は、

「これでは対の上のほうは、どう思うておいでやら」

「源氏のご寵愛《ちょうあい》も、どうしたってこれまでと同じというわけには行きやすまい。おそらく、少しはお夜離《よが》れなどもな……」

などと言い交わしていたが、事実は、まったく違って、源氏の情愛はますます深まり、三の宮を迎えてから却っていや増しになったほどであった。となると、こんどはまた、

「さては、宮さまのほうは、いかがなものであろうか」

などと、良からぬことを言い触れる人々もある。

しかし、実際には、こんなふうに互いに憎げなところはみじんもなく、仲良く言い交わしているので、しまいには悪い噂も絶えて、誰の目にも好ましく映るようになった。

十月、源氏四十の賀の法要を執行

十月《かんなづき》、対の上――紫上は、源氏の四十の賀に、薬師仏を造らせて、嵯峨野《さがの》の御堂《みどう》に献納し供養をする。といって、なにごとも大仰なことはせぬように、というのが源氏の意向なので、万事をささやかに内輪《うちわ》にするよう紫上は差配する。

とはいうものの、仏像、経を納める箱、また経を巻いておく簾《す》、などいずれも荘厳《しょうごん》を尽

くして、目《ま》の当たりに極楽が出現したようであった。

国家《こっか》安康《あんこう》を祈願しての金光明最勝王経《こんこうみょうさいしょうおうきょう》、仏道成就《ぶつどうじょうじゅ》を願っての金剛般若波羅蜜多経《こんごうはんにゃはらみたきょう》、また長寿と往生とを願う一切如来金剛寿命陀羅尼経《いっさいにょらいこんごうじゅみょうだらにきょう》、などなど、まことに周到至らぬ隈《くま》なき祈願のありさまであった。

法要には上達部も多く参列する。

嵯峨野の御堂は、それ自体風情豊かなこと筆舌に尽くし難く、紅葉の盛りなる道を分けていく道中の景色からして見《み》ものであったが、参列の人々も半ばはこの紅葉を愛《め》でようという心がけで競うように集まったものであろう。

そうして、野辺の道は、はるばると白く霜に覆われて、そこに馬や牛車の行き違う音が囂《かまびす》しく響き渡る。

六条院に住む女君がたは、われもわれもと、盛大に厳かに読経をさせるのであった。

二条院にて精進落としの宴

おなじき二十三日は、法会《ほうえ》の精進落としの日と定めたが、六条院には、どこもここも多くの女君、女房たちで隙間もないこととて、紫上は、幼少のころから住み慣れて今では自らの私邸のように思っている二条院に陣取って、この日の一切を取り仕切るのであった。当日着用の源氏の装束から、その他一通りの用意は、みなこちら紫上のほうで一手に引き受ける。その上で、各御殿の女君がたも、それぞれの立場立場で、進んで手分けをして奉仕をするのであった。

東西の対《たい》の屋においては、女房たちの局《つぼね》を設けてあったのを取り払って、そこに殿上人、また親王家、摂関家などに勤める家司《けいし》の人々、さらには六条院の事務官から下役人《したやくにん》までの饗応の席を立派に作り設ける。いっぽうまた寝殿には、放出《はなちいで》を例のとおりにしつらえて、そこに螺鈿細工《らでんざいく》の美々《びび》しい椅子《いし》を立ててある。

寝殿の西の間には、一年十二カ月それぞれの装束を飾る机を十二立てて、そこに夏冬のお召し料《りょう》、また夜の衾《ふすま》なども恒例にしたがって置き、その全体は、紫の綾絹《あやぎぬ》の覆いですっかり覆われているのも威儀重々しい様子に見え渡る。すべてが覆われているので、中はどのようになっているのか、あらわには見ることができぬ。

源氏の御前《おまえ》には、飾り物を置く机を二台、いずれも唐渡《からわた》りの生地で下に行くほど濃くぼかしに染めた絹で覆ってある。挿頭《かざし》の花を載せる台は、沈香《じんこう》を材として、花を象《かたど》った脚を持ち、そこに黄金《こがね》の鳥が銀の枝にとまっているという絵柄が細工してあるが、これは、淑《し》景舎《げいさ》すなわち桐壺の女御（明石女御）の受け持ったところ、実際には、その母明石の御方の差配で誂《あつら》えたものであった。まことに趣深く格別の出来である。

また、背後の屛風四帖《びょうぶしじょう》は、式部卿の宮の担当したところ、これもたいそう見事な出来で、絵柄は例によっての四季絵だが、風変わりな泉水《せんすい》が、面白い石組みで囲われている図柄なども目新しく面白く眺められる。

北の壁に沿っては楽器を納める厨子《ずし》を二具立《ふたよろい》てて、その他の調度一切はすべて常の通りに調《ととの》えられている。

南の廂《ひさし》に、上達部が座を占める。左右の大臣、式部卿の宮をはじめ、それ以下の身分の人々は一人残らず馳《は》せ参《さん》じてきている。

舞台の左右に、楽人《がくにん》の楽屋の仮部屋がしつらえられて、西東に、下人どものための御強《おこわ》の卵形お結びを盛った器八十具、賞禄《しょうろく》用の衣《ころも》などを入れた唐櫃《からびつ》を四十ずつ、ずらりと立て並べてある。

未《ひつじ》の時（午後二時頃）ばかりに、楽人たちがやってきた。

『万歳楽《まんざいらく》』、『皇麞《おうじよう》』などを舞ってから、やがて日が暮れかかるころに、高麗楽《こまがく》の開始を告げる調べがあって、すぐに『落蹲《らくそん》』を舞い出でる。日ごろから目馴れない高麗楽の舞ざまであったから、それが終わるとすぐに、源氏の子息権中納言《ごんちゆうなごん》、太政大臣の子息衛門《えもん》の督《かみ》が降り立って、楽人たちの群れに和《わ》しつつ、『入綾《いりあや》』（退場の舞）をひとさし舞って、そのまま紅葉《もみじ》の陰に隠れるように退場していった、その名残惜しさたるや、まことにいつまでも見ていたいほど面白いと、みなそう思うのであった。

むかし、朱雀院への行幸《ぎようこう》の折に、当時中将であった源氏と、頭中将であった太政大臣が、袖を連ねて『青海波《せいがいは》』を舞った、その素晴らしかった夕べを知る人々は、ついその折のことを思い出さずにはいられない。

権中納言も衛門の督も、負けず劣らず父の後に続く世の声望や人ざまで、容貌風采《ようぼうふうさい》などもおさおさ劣らない……〈ああ、まことに、齢《よわい》のほどを指折って数えてみれば、さよう、今の子息がたのほうが、いくらか若いくらいだのに、官位からすれば、一段勝《まさ》ってさえいるじゃないか、……まずこれぞ前世からの因縁というものであろう、いやまったく、昔からこうして、代々《よよ》を重ねて相携《あいたずさ》えていかれる両家の仲であったのだなあ〉など、みな賞《しよう》すべきことに思うのであった。

主人の源氏も、これを見ては、胸にこみ上げるものがあって、涙ぐみながら思い出すとのみ多かった。

夜になって、楽人たちは退出する。

二条院の北の政所《まんどころ》（奥向きの事務所）の別当《べとう》どもは、それぞれに下役《したやく》の官人《かんにん》どもを引き連れては、賞禄用の唐櫃《からびつ》に寄り来て、中から褒美の装束を一つずつ取って楽人たちに賜《たまわ》る。みな白い装束を肩に戴《いただ》いて帰っていく、それが築山《つきやま》のあたりから池の岸辺を歩んでいく様を遠くから見やると、あたかも、催馬楽『席田《むしろだ》』に「……伊津貫川《いつぬきがは》に、や、住む鶴《つる》の、住む鶴の、や、住む鶴の、千歳《ちとせ》をかねてぞ、遊びあへる……（伊津貫川に、やあ、住む鶴が、住む鶴が、やあ、住む鶴が、千歳の齢を予祝《よしゆく》して、遊びあっている）」と歌ってある、鶴の白い羽の群れ遊ぶめでたい情景が彷彿《ほうふつ》とするのであった。

その後は、またうちうちの管弦が始まって、それもたいそう面白い。琴《きん》、箏《そう》、琵琶《びわ》などの楽器類は、東宮かたより一式揃えて調進《ちようしん》されたものであった。それらは、朱雀院からお下げ渡しになった琵琶や琴《きん》、また帝から下賜せられた箏など、みな昔聴き憶えた懐かしい音色の名器ばかりで、それをこうして珍しくも合わせ奏《かな》でたものだから、その音の一々に、ああ、あの時の、その折の、と過ぎて帰らぬ昔の、自分のこと、また内裏あたりのありさまなど、それからそれと源氏の胸中に思い出される。

〈……それにしても、あの三十七歳で亡くなられた藤壺の入道の宮がご存命でおわしたなら、こんな賀宴など、私から進んで奉仕させていただいたはずのところだが、……ご在世中に、私はいったいどんなことを以て、こういう赤心《せきしん》を知っていただくことができただろうか。なにもできぬままに、宮は遠いところへ行ってしまわれた……〉と、なんとしても飽き足りぬ、そして口惜しい思いばかりが源氏の心を苦しめるのであった。

お上も、母宮藤壺の宮がここにおわさぬことを、何をする甲斐もなく、また寂しく物足りない思いでおられたが、まことの父六条院の源氏に対して、世の前例にのっとった父子の礼を尽くすことなくこれまで過ごしていることを、時の経つほどに、我が心に飽き足らぬ思いがして、せめて今年は、この四十の賀に事寄せて、六条院へ行幸などもするよう御《ぎょ》意《い》を仰せいだされてあったが、源氏は、

「さような大げさなことは、あげて世の中の煩《わずら》いともなりましょう、この儀は決して実施なさいませぬように」

と堅く辞退することがたびたびであったので、口惜しいけれども、帝は行幸を思いとどまられた。

秋好む中宮も六条院にて賀宴を催す

師走《しわす》の二十日過ぎのころ、秋好む中宮は、内裏から六条院の御殿に里下がりしてきた。そうして、今年も余すところわずかな日々のお祈りとして、奈良の七大寺《しちだいじ》に誦経《ずきよう》をさせ、お布施には、布四千反、また京都の四十寺《しじゆうじ》にも同様に絹四百疋《ぴき》を分かち納めて経を上げさせた。

中宮は、これまで源氏がたぐいなく懇《ねんご》ろに養い育ててくれた、そのありがたさが身に沁みていながら、ではその恩義をどんなふうにしてお返しして、自分の深い感謝の気持ちを分かっていただけるだろうかと思い、また、亡き父宮、母御息所がもしご在世であったら、こうもなさるか、ああもされるかと、そこまで考えては、その気持ちも添えてお祝いをしたいと思うけれど、帝のお気持ちさえ、ああやって堅く辞退に辞退を重ねて、大げさなことは取り止めにしていただいたということを思い合わせて、中宮も、結局はやりたいと思っていたさまざまの祝賀の行事をほとんど中止してしまったのであった。

「四十の賀ということは……先の例を仄聞《そくぶん》するに、もはやこののちの齢が長いという例は少ないのだから、どうか、この度《たび》の賀については、やはり世の騒ぎになるようなことはおやめになって、じっさいに、あと十年二十年たって、五十、六十という真にめでたい長寿を全うするように、我が歳を数えておいていただきたいものです」

源氏は、そのように中宮を諫《いさ》めたけれど、せめて六条院の自らの御殿での賀宴ばかりは催すことになった。とは申せ、ことは中宮の御宴ともなれば、公式の催しとならざるを得ず、内輪の宴のつもりでも、やはり大変に威儀厳然たる大饗宴となった。

中宮の住まい、西南《ひつじさる》の町の寝殿に、しかるべく賀宴の席をしつらえ、玉鬘や紫上の催した宴に変わらないふうであったが、さすがに中宮として一線を画するところもある。まず上達部の賞禄などは、正月の群臣の参賀の折のそれに準じて用意し、親王がたには、特に女装束一式、非参議《ひさんぎ》の四位《しい》や五位の大夫《たいふ》などの身分の殿上人たちには白い細長一襲《ほそながひとかさね》、下っては楽人たちへの褒美として腰に巻いて頂戴する巻絹《まきぎぬ》などに至るまで、それぞれの分際《ぶんざい》に応じて与えられる。

源氏のお召し料として献じた装束は、限りなく気品高く美しく、名物の帯、佩刀《はいとう》など、父宮の故皇太子家に形見として伝来したものを献上したのも、またしみじみと心に響く。かくて、昔から天下第一のものとして伝わっている名品名物は、ことごとくこの源氏のもとに集まってきてしまった御賀というわけであった。

昔物語にも、かくのごとく物を与えることを、さも面白げに列挙したりして書いているようだけれど、仮にこの源氏の君の御賀に贈られた物々を列挙するとなれば、あまりにも煩雑で、真の上流の方々のおつきあいともなると、一々に数えあげるなど、とうていできぬことであろう……。

中納言（夕霧）、右大将を兼任、帝の命を受けて賀宴を催す

とはいえ、帝も、せっかく思い立たれたことどもを、いかに源氏に諌められたとは申せ、そうあっさりと止めてしまうお気持ちにもなれず、中納言に申し付けなさったのであった。

その頃、右大将の地位にあった人が、病気で任を退くということがあって、その後釜《あとがま》

に、この中納言を宛て任じられたのも、じつはこの御賀につけてなにか慶《よろこ》びになることを加えようと、帝が思し召したがゆえの人事であった。

源氏は、もちろん帝の御好意に対して喜ばしく謝意を言上したものの、

「まことに、かくもにわかに、身に余る慶事を賜りますのは、なにやら性急すぎるような心地がいたします」

と、卑下して申し上げたことであった。

ついてはその新右大将が、自分の育った東北《うしとら》の御殿に、源氏の御賀の饗宴のしつらいを設けて、できるだけ派手にならぬようにと心がけたつもりであったけれど、今日は、帝直々《じきじき》の御下命とあって、やはり特別に儀式ばったところが目立ち、御殿内各所に設けた饗宴の用意なども、みな内蔵寮《くらづかさ》や穀倉院《ごくそういん》から下し置かれる。庭に用意された下仕《しもづか》えの者どものための強飯《こわいい》のお結びなども、内裏の格式そのままに、わざわざ頭中将《とうのちゅうじょう》を差配役と定める宣旨《せんじ》が下り、蔵人所《くろうどどころ》がこれを管掌する。

当日参席の主立《おもだ》った人々は、親王がた五人、左大臣右大臣、大納言二人、中納言三人、参議五人、それに宮中各御殿からはこぞって殿上人を遣わしてきたので、内裏、東宮、院の御殿いずれも残っているものは少なかった。

この宴席に用いる御座《おまし》、また調度類などは、太政大臣がくわしく帝の御内意を承って忠実に用意させたものであった。

今日は、帝からお言葉を賜ったので太政大臣もこの饗宴にやってきた。迎える源氏もこれには恐れ多いことと恐縮しつつ、用意された御座に着席する。その母屋《もや》の御座《おまし》に向かい合って、太政大臣の席も用意されている。

太政大臣は、たいそうすっきりとした美男ぶりではあるが、今では貫禄《かんろく》も充分な太りじしで、まさに今を盛りの声望家という風采である。

いっぽう、これに対座している源氏は、今なお「若き源氏の君」に見えるのであった。

饗宴の飾りとしては、帝御《おん》みずから染筆《せんぴつ》された詩句の屏風四帖《しじよう》、これには、唐渡《からわた》りの綾《あや》織《おり》の薄いぼかし染めの絹地に下絵が描かれているのだから、いやがうえにもすばらしいものであった。ありがちな四季図屏風の作り絵などよりも、この宸筆《しんぴつ》の御屏風の墨付《すみつき》の輝かしいまでの見事さは目眩《めくるめ》くばかり、それも余人にあらず帝の御手《おんて》と思って見るせいか、一段とすばらしく思える。

楽器を載せる厨子、またそこに納むべき弦楽器や管楽器など、いずれも宮中蔵人所からの賜りものばかりであった。

あるじも今は右大将を兼任して、その威勢もいよいよ厳然たるものとなっているゆえ、その威風もうち添うて、今日のこの饗宴のありさまはまことに格別であった。

帝からは、お馬四十疋、これを左右の馬寮《うまづかさ》、左右の近衛《このえ》、左右の兵衛《ひょうえ》、左右の衛門《えもん》の官人《にん》たちが付き添うて、庭の上《かみ》から下《しも》へずらりと牽《ひ》き並べ終わるころには、すっかり日も暮れ果ててしまった。

恒例の『万歳楽《まんざいらく》』、『賀王恩《がおうおん》』などの舞を、舞人《まいびと》どもがあっさりと舞い終えて退《しりぞ》くと、いよいよ管弦の御遊《おおんあそ》びに移る。きょうは、かの和琴《わごん》の名手太政大臣が珍しくも臨席しているので、管弦の演奏には皆いちだんと心がこもる。

琵琶は例の蛍兵部卿の宮、この宮は、どんな楽器であれ自在に弾きこなすという天下に希有《けう》な名手であって、その意味では並び立つ者もいない。源氏の御前には琴《きん》の琴《こと》、太政大臣は和琴と、それぞれに得意の楽器を受け持つ。

この年ごろ久しく太政大臣の和琴の音を耳にしなかったせいでもあろうか、今宵の演奏はいや増しに優れて心に沁みいるように感じるので、源氏も、琴《きん》の秘曲を余すところなく弾いて聞かせる。かれこれ、筆舌に尽くし難い妙音《みょうおん》が、あたりにみなぎるのであった。

やがて若かった頃のなつかしい話なども出て、昔も楽しかったが、今は今でまたこうして仲良く音楽に打ち興じたりするのは、源氏かたから見ても太政大臣かたからみても、いずれ深い縁で結ばれた間柄、こうして生涯仲良く過ごすのも当然であろうな、などと互いに快く語り合う。

酒杯も巡り巡るうちに、座の盛り上がりもいや増しになり、かたがた感極まっての酔い泣きも、みな止《とど》めることができなくなった。

太政大臣への礼物《れいもつ》に、源氏は優れた和琴を一つ、お好みの高麗笛《こまぶえ》を添えて、それから紫檀《したん》の本箱一式に唐渡りの手本をあれこれ、また日本の仮名書きの手本も入れて、もう車に乗り込んだ太政大臣の後を追うようにして贈呈するのであった。

庭では、内裏より拝領の馬どもを迎え立てて、右馬寮《うまのつかさ》の官人どもが、高麗の楽を奏でつつにぎやかに囃《はや》している。

左右の近衛府以下、六衛府の官人どもに与える褒美は、右大将に補《ふ》せられた源氏の子息がこれをとりしきる。

源氏の心づもりでは、なにかと簡素にしたいということであったので、内裏での儀式ばったことどもは、この際とりやめになったけれど、お上、東宮、朱雀院、それに秋好む中宮と、それからそれへと続く縁者たちは堂々と立派な人々ばかり、それこそ筆も言葉も及び難いことゆえ、やはりこういう御賀の折のなにもかも、賞賛すべきものがあるように思われた。

ただ、子息としてはこの右大将たった一人しかいないのが、源氏にとっては物足りぬ、また張り合いのない思いがする。その右大将は、世間の声望も格別によろしく、人柄も誰一人肩を並べることができぬという立派な人物であるにつけても、かの亡き母葵上が、伊勢の御息所(六条御息所)と恨み深く、たがいに挑みあったその結果として、御息所の姫はいま秋好む中宮となり昇り、葵上の子息はこうしてやっと右大将になったというばかりで、その前世からの因縁の果てがここに現われているのも、人それぞれというところであった。

源氏のこの日の装束は、宴の催されたこの東北《うしとら》の御殿の夫人、花散里《はなちるさと》かたで調製したものであった。それから、さまざまの賞禄の品々は、おおかた三条の邸に住む右大将夫人雲居の雁が用意したもののようであった。

今まで、なにかの折につけて六条院で営まれる催し事や、家内の装束や調度などを美しく調《ととの》える仕事などについても、花散里かたでは、ただ余所事《よそごと》として耳にするばかりで、いつも蚊帳《かや》の外ゆえ、どんな場合に、あれほど御立派な御方々の一人として数えてもらえることだろうと思っていたのだが、こたびは、右大将の君の育ての母というご縁を以て、このように確かな夫人の数に入れられたのであった。

年明けて、明石の女御お産のため西北《いぬい》の町の中の対に移る

年があらたまった。

桐壺女御（明石の姫君）のお産が近づいたというので、正月朔日《ついたち》から、不断《ふだん》の祈禱《きとう》を執《しゅ》行《ぎょう》させる。そればかりか、寺々社々《てらでらやしろやしろ》ごとに平産《へいざん》のお祈りがまた、数知れず行なわれている。

源氏は、かつて葵上が産後に落命するという不吉なことを見てきて、こうしたことがどれほど恐ろしいものか、身に沁みているので、紫上が、お産というようなことを経験しないのは、かたがた物足りず残念ではあるけれど、またいっぽうで嬉しくも思うのであった。

けれども、こたびのことは、あまりに幼弱な姫君のことではあり、いったいどうなるであろうかと、予《かね》てから胸を騒がせていたのだったが、二月に入るころから、どうも首を傾《かし》げるような妖《あや》しい症状が現われて苦しむ様子が見える。これには源氏も、既往《きおう》を思い出して胸騒ぎが一通りでなかったろう。

陰陽師《おんみようじ》どもは、住み所《どころ》を変えて物忌《ものい》みをするようにと占い申したが、まったく他の場所の縁の薄い邸に移すのは案じられてならぬゆえ、あの明石の御方の住む御殿の、中の対に移すことになった。この西北《いぬい》の町には寝殿などはなく、大きな対の屋が二つ、その間を廊が巡っているという構造であったが、祈禱のための護摩壇《ごまだん》をぎっしりと立て並べ、そこに霊力著しい験者《げんざ》どもが大勢集まって、大音声《だいおんじよう》に祈り上げている。

このお産の帰趨《きすう》が、自分自身の運勢を占うことになるゆえ、母の御方も気の揉《も》めることがひとかたでなかった。

明石の大尼君、女御に昔のことを物語る

あの明石からついてきた大尼君《おおあまぎみ》も、今ではひどく老い惚《ほう》けてしまっていたらしい。この

姫の姿を目《ま》の当たりに見られるなど、ただ夢のような心地がして、さっそく近くへ寄り来たり、親しげに付添いなどする。

今まで、母明石の御方は、こうして姫君の女御に付添い暮らしてはいたけれど、明石の里に侘《わ》び住《ず》まいしていたころのことなどは、まともに話をしたこともなかった。けれども大尼君は、うれしさのあまりに、すぐに姫の側に這《は》いよっては、ぐすぐすと涙にくれながら、もう大昔のことどもを、震える声で問わず語りするのであった。

女御は、最初のうちは、この老尼を、なんだかわけのわからない煩わしいお婆さんと思って、じっと見つめたりしていたが、こういう祖母がいるということは、かねて仄聞《そくぶん》していたことでもあり、やがて納得して心親しくお相手をするようになった。

……姫君がお生まれになったころのこと、……源氏の君が、あの明石の浦においでになったありさま、……今はこれまでとて京へ上られるという時には、皆々心もくれ惑い、もうこれですべては終わり、これっきりのご縁であったのであろう、などと嘆きあったこと、……すると姫君がお生まれになって、そのご縁を以てこうして自分たちをお救いくださったこと、その前世からの宿命の、なんと悲しいことでございましたろう……などと述懐しつつ、ほろほろと尼君は泣く。これを聞いて、女御は、〈ほんとうに心に沁みるようなことのいろいろあった昔の話を、こうして聞かせてくださらなかったら、わたくしは何も知らぬままに過ぎてしまうところだったわ〉と思って、声を上げて泣くのであった。

そしてその心のうちには、

〈わたくしは、今はこうして晴れがましい立場になっているけれど、もとをたどれば、なるほどこんなふうに宮中で遠慮なく暮らしていられるような高貴の身分の生まれではなかったものを、対の上さま（紫上）のやさしいご養育に磨かれて、世間の人の思うところなども生半可ではないようにしていただいたこと……。それなのに、自分の身をこの上ない高貴のものと思い上がっているからこそ、宮仕えに際しても、朋輩《ほうばい》の人々を軽く見て、なんともいえぬ傲慢《ごうまん》な心でいたもの、……でも、世間の人は、表面はともかく裏ではわたくしの出自について、ひそかに言い謗《そし》るようなこともあったにちがいない〉と、なにもかも思い知ったのであった。

もとより、母君はすこし下《しも》ざまな身分の人だということは薄々承知していたけれど、まさか、生まれたところが、そのような辺陬《へんすう》の里であったなどということまでは思いも寄らなかったのである。

……こんなことも、すなわちこの姫君があまりにもおっとりとしているためでもあったろう。さてさて、なんともはや、わけのわからぬ覚束《おぼつか》ないことであったが……。あの明石の入道は、今では仙人のようになって、まるで世離れた暮らしをしているそうだと聞くにつけても、姫君としてはひどく胸が痛み、さまざまに思い乱れることであった。

こうして女御がひどく悲しげにふさぎ込んでいるところへ、明石の御方がやってきた。ちょうど日中の加持祈禱のために、あちこちの部屋から験者たちが出てきて参集し、騒がしい声を上げて祈り上げていたが、女御の近くには誰もおらず、ただ尼君だけが我が物顔に床《とこ》近く侍《はべ》っているのであった。

明石の御方は、母尼君を窘《たしな》める。

「おやおや、なんて見苦しいことでしょう。短い几帳《きちょう》なりとも、もっと引き寄せておいでなさいませ。風などが吹き騒ぐ折には、自然と垂絹《たれぎぬ》の隙間《すきま》から中が見えてしまいましょうほどに。母上も、なんですか、まるで医師《くすし》のように馴れ馴れしく床《とこ》の辺《べ》にまで上がって……ほんとうに、お年も佳《よ》きほどをずいぶん過ぎてしまわれました……」

と、いささか見ていられないような感じを覚える。

尼君自身は、度が過ぎるほどに気を遣って振舞っているつもりでいるらしいのだが、もうろくして耳がろくに聞こえない。

「え、ええっ」

などと、しきりと首を傾げている。

そうはいうものの、実際には、そんなにいうほどたいそうな高齢ではないのであった。六十五、六というところだったろうか。

尼姿もたいそう清らかで、気品高い様子ながら、また目にいっぱいに涙を溜《た》め、まぶたを腫《は》らしているのは、なにやら昔を思い出している様子……明石の御方は、〈これはまたなにか、とんでもないことを……〉と驚いて、

「大昔のでたらめ話でもなさいましたか。尼君はよくこの世のこととも思われないような覚え違いのことがらを取り混ぜながら、訳の分からない昔語りを口から出任せに話されますからね。なんだか夢のなかのお話を聞いているような……」

と、御方は苦笑いしながら女御を見る。

女御は、まことにほんのりと飾り気のない色香があって、清らかに美しい。それがいつにも増して思い沈んでいて、なにか心のなかに屈託のありそうな様子に見える。これを見て明石の御方は、とても我が子という気もせず、ただ恐れ多い感じがして、〈さてはまた、

尼君が、うっとうしいことを申し上げたのではあるまいか。それでこんなに思い乱れておられるのだろうか。これから姫が立后《りっこう》して、女として無上の位を極めよう折にでも申し上げようかと思っていたに、余計なことを尼君が……いや、そんなことをお聞きになったからとて、思いくずおれて自信をなくされるようなこともありますまいけれど、それにしても労《いたわ》しいことじゃ、さぞがっかりしてしまったことであろう〉と姫君を思いやる。

やがて加持祈禱が果てて、僧どもは退出していった。

あたりが静かになったところで、せめて果物なりと、と床の辺に差し入れ、

「せめてこれくらいは召し上がらないと」

と、たいそう心を痛めつつ食事を勧める。

尼君は、女御を、すばらしい、かわいらしい、と見るにつけても涙は止め得ない。その顔は笑顔となり、歯の抜けた口は見苦しく空っぽになってしまっているが、目許《めもと》のあたりには涙がたまって笑い泣きのような表情になっている。

〈そのような老耄《ろうもう》した姿で、見苦しいことですよ〉というつもりで、御方は目配せするけれど、尼君はまるで応えない。それどころか、

「老《おい》の波かひある浦に立ち出でて
しほたるるあまを誰《たれ》かとがめむ

老いの波が立ち重なった私でも、貝（かひ）のある浦に立ち出でて……そのように生きている甲斐（かひ）のあるこの晴れやかなところにやってきて、漁《いさ》りをする海士（あま）の潮が垂れるように、涙の潮垂れているこの尼（あま）を、いったい誰が咎めだていたしましょうぞ

昔の世にも、こういう老人は、どんな罪だって大目にみてくれましたものを」
と言い返す。そこで、女御は、硯箱《すずりばこ》のあたりにあった紙に、こう書きつけた。

しほたるるあまを波路《なみぢ》のしるべにて
尋ねも見ばや浜の苫屋《とまや》を

その潮垂れている海士（あま）のような尼（あま）君を、遠い波路の案内者として、どうか尋ねてみたいものですね、その浜の小屋とやらを

これには、明石の御方も堪《こら》え難く、嗚咽《おえつ》を漏らす。

世を捨てて明石の浦にすむ人も

心の闇ははるけしもせじ

俗世を捨ててあの明石の浦に住む入道殿も、どんなに世を捨てたつもりでも、「子ゆえの親心の闇」ばかりは、晴らすこともできずにいるでしょう

御方は、こんなことを詠じて、話を紛らそうとする。

その入道と別れてきた暁のことも、話には聞いても、夢のなかにすら思い出すことができないのを、女御は、〈なんとしても口惜《くちお》しい……〉と思う。

三月、若宮誕生

三月《やよい》の十日過ぎ、お産は事故《ことゆえ》なく済んで若君が生まれた。

お産の前には、おどろおどろしいまでの祈禱など大騒ぎであったけれど、じっさいのお産はさして苦しむということもなくて、男御子《おとこみこ》さえ生まれ出でるという結果となり、これぞなにもかも願ったり叶ったりであったと、源氏もやっと愁眉《しゅうび》を開いた。

しかるに、この西北の御殿は物陰に当たっていて、邸も小さく、また人の気も近いとい

うのに、若君の誕生とあって、厳然たる格式をもって産後三日、五日、七日と順次に産養《うぶやしない》の祝いごとが立て続く。その囂《かまびす》しくものものしいありさまは、なるほど「かひある浦」と詠んだとおりに、尼君の目には映ったけれど、しかし、いかんせんこのままでは格式に外《はず》れるというので、もとの東南《たつみ》の町の寝殿へ戻ったほうがよいということになった。

紫上も、お産の見舞いにやってきた。

慣例に従って真っ白な装束を着、まるで人の親めいた様子で、若宮をしっかりと抱いているさまは、たいそう美しい。上《うえ》自身は、まだこうしたお産という経験はないし、他の人のお産にも立ちあったことがないので、生まれたばかりの若宮を見ては、ほんとうに物珍しく、かわいいかわいいと思うのであった。

まだふにゃふにゃとして扱いの難しい時分から、紫上が絶えず若宮を抱き取り、ほんとうの祖母君《おばぎみ》にあたる明石の御方は、それを上に任せて、自分はもっぱら産湯の湯殿《ゆどの》のお世話などに奉仕している。

折しも、東宮に立太子《りったいし》の宣旨《せんじ》を取り次いだ女房が、典侍《ないしのすけ》の身分であったが、このお湯殿におなじく奉仕していた。

この時、産湯を使わせる役を紫上に譲って、明石の御方が、みずからはその介添えとしてかいがいしく立ち働く様子を見て、典侍は胸打たれる。この御方のこと、姫君のこと、うちうちの事情を、典侍は仄聞《ほのき》いて知っているので、〈……もしこれで、御方に少しでも至らぬところがあったなら、女御さまには、さぞ不本意な思いをされるであろうに〉と思って見るけれど、明石の御方は、びっくりするほど気高く立派で、〈なるほど、これでこそ、こういう貴《たっと》い宿縁が格別に備わっておられる人なのだな〉と、見直しなどするのであった。

このあたりの儀式のあれこれを、いちいちここに書き連ねるのも、今さら……と思われるゆえ、これ以上は書かないことにしよう。

若宮が生まれて六日目という日に、女御は、住み馴れた東南の町の寝殿東面《ひがしおもて》の部屋へ戻ってきた。

七日の夜、帝からも勅使が遣わされて、産養《うぶやしない》の品々が届けられた。これは東宮の父朱雀院が、こうして世を捨ててしまわれたので、院の代わりというおつもりであったろうか。蔵人所から、頭《とう》の弁《べん》が宣旨を拝承《はいしょう》して勅使として立ったのだが、その品々の盛大なことは世にためしもないほどであった。

また参列の人への賞禄の衣《きぬ》などは、これとは別に秋好む中宮のかたから遣わされてきたが、さすがに女御の腰結い役を務めた中宮とあって、帝から下し置かれた公式の禄よりも盛大に用意されている。

さらには、各親王がた、大臣の家々と、いずこの家もこのことで持ち切りという按配で、われもわれもと善美を尽くして届けられてきたのである。

源氏の大殿《おとど》も、この度のことは、いつものように質素に簡略にと命じることもなく、世に例《ためし》のないほど天下を揺るがす大騒ぎとなった。それゆえ、うちうちの形式ばらない心細《こま》やかなお祝いの品や歌などあれこれは、ここに伝えるべきことが少しも目にとまることもなく過ぎてしまったことであった。

こたびは、源氏も、若宮をすぐに抱き上げるなどして、

「右大将のところでは、もう何人も子供をもうけていると聞くが、今までその孫どもを見せてくれぬのは恨めしいな。けれども、その代わりに、こんなにもかわいらしい孫をこの手に得させていただくことができた」

と、どこまでもかわいがり大切にするのは、まことに道理であった。

若宮は、日々に、なにか物を引き伸ばすように大きくなっていく。若宮の乳母《めのと》などには、気心のしれない新参《しんざん》の者は呼ばずに、今まで仕えていた女房どものなかで、人品、性格のすぐれた者ばかりを選んで奉仕させることになった。

明石の御方という人の日ごろからの心がけが、いかにも行き届いていて、なおかつ気高く、度量の大きな性格でありながら、しかるべき折には謙遜《けんそん》して偉ぶらず、我が物顔で小憎らしく振舞ったりしない、そういう人柄を褒めない人はいない。

紫上は、いまではそうそう正面切ってというわけでもないが、折々に顔を合わせる。すると、かつては源氏が明石の君のところへ通っていくたびに、あれほど許せぬ思いでいたのに、今では、こうして若宮が生まれたことの恩徳として、たいそう仲良く、また大切な人だと思うようになった。

もともと紫上という人は、子供を慈《いつく》しむ性格で、魔除《まよ》けの這子《ほうこ》人形《にんぎょう》なども、手ずからつくるのに精を出して、たいそう若々しいことであった。

かくて紫上は、明け暮れこの若宮のお世話ばかりに日を過ごしている。

あの昔者の大尼君は、女御が東南の町に引き移って以来、若宮をゆっくりと見ることができないのを、なんとしても物足りぬことに思っている。なまじっかに、生まれたばかりの若宮を近々と見たりしたもので、かわいさ見たさに恋い焦がれ、これでは焦がれ死にでもしそうな様子に見えた。

明石の入道、入山を決意

いっぽう、明石の里の入道も、この若宮ご平産のことを風の便りに聞いて、あのように俗心を去ったはずの心にも、さすがに嬉しく思ったゆえ、

「よし、今という今、この俗世の境涯から心安らかに行き離れることができようぞ」

と弟子どもに言って、住んでいる家を寺とし、あたりの田んぼや畑などは、みなその寺のものとして寄進してしまった。

この国の奥の郡《こおり》には、人も易々《やすやす》とは通いがたい深い山があるのだが、入道は、年来そこに土地を占有して持っていた。が、〈あそこに籠ってしまったら、その後には、再び俗世の人に会ったり面会を受けたりするべきでないから〉と思うにつけて、まだいくらかは気

にかかることが残っているとて、今まで明石の邸に住み続けていたのである。

けれども、若宮の誕生を知って、今はもう思い残すこともない、ただ仏神《ほとけかみ》を頼み申すと言って、その山奥の庵《いおり》に移り住んだのである。

明石の入道、遺言状を送り来る

以前は折々に京へ人を遣わして、妻子の消息を探りなどしていたものだったが、ここ数年というものは、特別の用件がなければ人を遣わすこともなく過ごしてきた。ただ、京のほうから使いの者が下ってきた時だけ、その人に言付けて、ほんの一行ほどでも尼君に折々の消息なども知らせるという程度であった。

しかし、今度という今度は、意を決して世を捨てるその閉じめとして、改めて文《ふみ》を書き、明石の御方に送り届けてきた。

「ここ数年は、おなじ世の中にうろうろとしておりましたが、なんとしてかかる入道の身で、世にあり顔をして音信《おとずれ》など申し上げるべきでございましょう。されば生きながらあの世に身を変えたように思いなしまして、特段のことがない限り、消息なども交わさずにおります。女手《おんなで》の仮名文《かなぶみ》を読むのは、目で追うのにも暇《ひま》がかかり、その分念仏も怠りがちになってはまことに無益《むやく》のことにて、こちらから消息もさしあげませぬが、人伝てに承りますれば、姫君は東宮に入内して男宮《おとこみや》を儲《もう》けられたよし。深く喜び申すことでございます。そのわけは、わたくしなどは、もとよりかようにしがない山伏《やまぶし》の身で、今さらに現世の栄光など思いもかけませぬ。さりながら、過ぎ去りし昔の何年かの間、まことに潔《いさぎよ》からぬ心がけにて、一日六度の勤行《ごんぎょう》にも、極楽の蓮《はちす》のうてなに往生すべき願いを差し置いて、ただそなたのことのみ心にかけて一心に念じてまいりました。

そなたが生まれようとしたその年の二月のその夜の夢に見たことは、こういうことでありました。

自分は須弥山《しゅみせん》を右の手に捧げておった。その山の左右から、日輪月輪《にちりんがちりん》の光があきらかに射し出《いで》て世を遍《あまね》く照らす。自分自身は山の下陰《したかげ》に隠れてその光に当たらぬ。山をば広い海に浮かべておいて、小さな船に乗って、西のかたをさして漕《こ》いでゆく、とまずそういうところが見えたのでありました。その夢が覚めての朝《あした》から、自分のような物の数でもない者に、未来に向かって頼みとするところが出来たとは申しながら、かような途方もない夢のお告げを、いったいどういうことにかけて待ち設けることができようかと、心中には思っていたことでございました。さるところ、その頃そなたが母の胎内に宿るということになって以来、唐《もろこし》の学問の書物を見るにも、また仏の教えを読み求めるなかにも、夢を信ずべきことは数多くございましたので、わが卑賤《ひせん》なる懐《ふところ》のなかとは申せ、そなたをもったいないお方と思って、ただひたすら大切に養育して参りました。さりながら、我が身の不甲斐《ふがい》なさに思い余り申した結果として、かかる辺土《へんど》へ赴いたことでありました。そこでは、またこの国のことのみに係《かかずら》い沈み果てて、もはや老いの波たつ身にして、ふたたび都へは帰るまいと決心いたし、この明石の浦に年来過ごしておりましたうちにも、ただわが姫君だけを頼みの綱に思い置いておればこそ、ただ一心に多くの願立てをしたことでありました。その願叶《かな》って、無事お礼申しもでき、まさに願ったとおり時の運に遇《あ》いなさった。しかもその姫君が、帝のお世継ぎを生んでやがて国母《こくぼ》となられ、満願叶ったその時にこそ、願をかけた住吉のお社をはじめ、諸社にお礼参りをなさいますように。

この上、なにを疑うことがございましょう。夢に見たとおりに国母になるという願いが、今まさに叶ったも同然、自分にとっては、はるか西方《さいほう》、十万億土の遠き彼方の、九品《くほん》の浄土に成仏の望みも、もはや叶うことと疑いなきこととなりましたるうえは、今はただその弥陀《みだ》の来迎《らいこう》を待っておりますほどに、その往生を遂げる夕べまで、水も草も清らかな山のほとりに籠って、ひたすら勤行をいたそうと存じ、この山の奥に入ります。

光いでむ暁ちかくなりにけり

今ぞ見し世の夢語りする

いよいよ朝日の射す暁近くなって……その朝日の光のような輝かしい皇子《みこ》が御位《みくらい》に即《つ》く暁も近くなってまいりました。されば、今こそ、かつて見た夢の話をいたしましょう」

とあって、その奥に何月何日と書いてあった。そしてそのさらに奥に追って書きがあった。

「私などの命が終わる月日など、さらさらお知りになるに及びませぬ。昔から、習わしとして皆着る定めとなっている藤色の喪服なども、なぜご着用になる必要がございましょうぞ。ただ御身は神仏の化身とお考えおきあって、この老いぼれ坊主の往生のため功徳《くどく》になることをお積みくだされ。この世の楽しみにつけても、なお後の世のことをお忘れあるな。私が願いのとおり極楽に往生できましたならば、そなたは神仏の化身ゆえ、かならず極楽にて再会できましょう。どうかこの人間界で再会しようなどと思し召すな。ただあの彼岸《ひがん》の極楽に至って、早くまた相逢おうとお思いくだされよ」

と、こう書いて、住吉大社《すみよしたいしや》に立て集めた願文《がんぶみ》どもの控えを、大きな沈香製《じんこうせい》の文箱《ふばこ》に、きちんと封をして収めてあった。

妻の尼君には、とりたててのことも書かず、ただ、

「この三月《やよい》の十四日に、草の庵《いおり》を立ち離れて、深い山に入ります。生きて甲斐なきこの身を、熊狼《くまおおかみ》にでも施《ほどこ》してやりましょう。そなたは、なおそちらにいて、願ったとおり、若君が一天《いってん》を掌《たなごころ》にするその時節をお見届けになるように。やがて明るい浄土とやらで、再び対面申しましょう」

とのみあった。

尼君は、この文を見て、文を届けてきた僧に尋ねてみると、

「入道は、このお手紙をお書きになって三日目という日に、あの人跡《じんせき》絶えたる峰にお移りになりましてございます。それがしどもも、そのお見送りに、麓《ふもと》までは参りましたが、そこで皆をお帰しなさいまして、僧一人、童《わらわ》二人だけをお供にお連れになりました。かつて、ご出家なさいました折に、それがしは、これが悲しいことの最後と思いなどいたしましたが、どうしてどうして、まだその先がございました。年来のご勤行の隙々《ひまひま》に、物に倚《よ》りかかりながら掻き鳴らしなさった琴《きん》のお琴《こと》や琵琶をお取り寄せになりまして、すこし掻

き鳴らしなどされてから、御本尊さまにも辞去のご挨拶をなさいまして、それからこれらの楽器は御堂《みどう》にお布施《ふせ》なさいました。そのほかの物どもも、多くは仏に寄進され、その残りを、お弟子の六十余人、これはみな親しく師事させていただいた者ばかりでしたが、この弟子たちに、それぞれの分際に応じて形見分けとしてくださいました。そしてそのさらに残ったものを、京の皆様へのお形見分けとしてお贈り申し上げるという次第でございます。『今はこれまでじゃ』と仰せになって山の中にお姿を隠され、あのはるばるとした山の雲霞《くもかすみ》に紛れて去ってゆかれた、その空しい御堂に留まって、悲しみにくれ惑うている人々がたくさんございます」

などなど、この僧も、かつて京から下ってきたときに、童《わらわ》として随行して来た人だったが、後に入道にしたがって出家し、今では老法師《おいほうし》となって明石の浦の寺に留まりつつ、まことに悲しくも心細いことだと思っているのであった。

仏の御弟子《みでし》の賢明なる名僧たちとて、師の魂はその説法《せっぽう》の地、霊鷲山《りょうじゅせん》に永劫《えいごう》に留まっていると信じて頼みにしてはいるものの、それでも薪《たきぎ》が燃え尽きて火が滅《めっ》するごとくに、仏陀が入滅《にゅうめつ》し果てた夜の心惑いは深かったにちがいない。ましてや、この尼君が、悲しいと思ったことは、限りがなかった。

明石の御方は、女御に付き添って東南の御殿にいたが、

「こういうお手紙が参りました」

という知らせがあったので、人目に立たぬように心を配りながら、西北の町の大尼君の様子を見に行った。今では若宮の祖母という立場となった御方は、それにふさわしく自重して軽々しい振舞いは厳《げん》に謹んでいるために、格別の事由のあるとき以外は、尼君のところへ行き通い面会することもままならぬのであったが、こたびは、

「悲しいことでございます」

と聞いて、なんとしても気にかかるので、そっと忍んで尼君に会いにいったのであった。

すると、尼君は、それはそれは悲しそうな様子で、ぽつねんと座っていた。

御方は、さっそく灯《ともしび》を取り寄せて、この父入道からの手紙を見ると、なんとして涙を堰《せ》き止めるすべもなかった。

これが他人の文であったなら、別にどうということもなく読み過ごしてしまうようなことでも、一行一行、読むに従って昔明石で過ごした日々のことが思い出され、今でも故郷

の明石が恋しいと思い続けている御方の心には、懐かしい父に、このまま二度と逢えずに命果ててしまうのであろうかと、そう思って見るほどに、なんと言いようもないほどの哀痛が心を領《りょう》するのであった。

涙にくれながら、明石の御方は、つくづくと思い続ける。

〈こんな夢物語があったのか……、もしも、たしかにこの夢の通りだとしたら、この先のことも頼もしく思われる、……でも、あの時は、父入道の頑愚《がんぐ》な心のせいで、あるはずもない高望みをして、とんでもないところへ彷徨《さすら》っていかされたものと、恨めしく心迷いをしたことがあったけれど、さては、こんな儚《はかな》い夢なんかに頼みをかけて、どこまでも高い理想を持《じ》しておられたのだったか……〉と、今になって辛うじて得心《とくしん》が行ったのである。

尼君の嘆き

尼君も、長いこと泣きくずれていたが、やっと落ち着きを取り戻すと、

「そなたのお蔭さまで、こんな、嬉しく晴れがましいことにて……それはそれは、身に余る栄華と、この上なくありがたいことに思うてもおりますぞ。されど、思えば私の一生

は、悲しくも鬱々《うつうつ》とした思いばかりでもございました……。もとより、物の数でもないような身分ではあったけれど、それでもな、長く住み馴れた都を捨てて、あんな明石などという片田舎に身を沈めていたということだけでも、世間一般の人とはちがった宿縁につながれていたのであろう……とは思うておりましたがな、連れ添うた夫に生き別れて、かくも遠く離れ離れに住むようになる夫婦の仲らいとは思いもかけず、ただ極楽の一つ蓮《はちす》の花の上に共に往生しようと、そんな後の世の頼みまでかけて、何年も何年も過ごし来たが……あの、にわかに、かような思いもかけぬご縁ができましての……、こうしてひとたびは見限った俗世に、もう一度立ち戻ってまいりましたが、その甲斐のあったそなたの弥栄《いやさか》を目《ま》の当たりにして、それはそれは喜んではみたものの、いまいっぽうでは、明石に独り残った入道の身が気掛かりで、ただ悲しい思いばかりうち添うて、絶えることがなかったのじゃ。……さるほどに、こんなふうに、とうとう再会することも叶わず、遠く隔たったまま、この世の別れとなってしもうたのは、ああ、口惜《くちお》しゅう思うことぞ。……入道という人は、まだ官途《かんと》に就いていたころじゃとて、まず変わったお人での、人とはなにもかも違っておった。それゆえ、世の中を斜《しゃ》に睨《にら》んでおったのじゃけれど、私ら二人ともまだ若くてな、お互い頼みに思いあって、この上なく深い契《ちぎ》りを交わし、それはそれは深く信頼しあっておったものじゃ。それが……なんとして、すぐに消息を通わせることのできるほど近いところにおりながら、こうして生き別れをすることになったのであろ……」

と、かぎりなく嘆き続けて、たいそう辛そうな様子で顔をくしゃくしゃにして泣きべそをかくのであった。

御方も、身をよじって泣き、

「人並み外れた将来の栄華など、なんとも思いはいたしませぬ。もとより物の数にもはいらぬほどのつたなき身の上では、たといわが実《じつ》の娘がどれほど栄達しましょうとも、しょせん、それをはっきりと表向きにはできませぬ……とはいえ、父君に悲しいお別れをして、ついには、生きておいでかどうかも分からぬままになってしまう……そんな、そんなこと……口惜しくてなりませぬ。なにもかも、万事は、そうなることを願っていた父君の御ためと……そう思っておりましたに……、かく山奥にこもられた挙句、しょせんは定めなき世の中ゆえこのまま消えておしまいになったら、それこそ、何の甲斐もないことでございましょうに」

そういって、御方と尼君は、夜もすがら、しみじみと語り明かしてしまった。

「昨日も、わたくしが若宮のお側にいるところを源氏さまはご覧になっておられましたから、なんの断わりもなく、にわかに姿を隠したようになっておりますのは、いかにも軽率なことのように思われてしまいます。わたくしの身ひとつなどは、ここへ参りますのにもなんの憚りもないことでございますけれど、ただ、今では女御には若宮がご一緒でございますから、いきおいわたくしも、軽々しい振舞いはなにかと女御と若君の御為《おんため》によろしからず、それで思いのままに振舞うわけにもいかぬこと……」

と言い訳をしながら、御方は、まだ真っ暗な暁のうちに帰っていこうとする。

「若宮は、どうしておらるるかの。なんとしてお目にかかることができましょうぞ」

尼君は、そんなことを言ってまた泣く。

「もうじき、お目にかかれましょう。女御の君も、いつも懐かしく思い出されては、尼君はどうしてか、とお尋ねになりますようですから。源氏さまも、なにかのことのついでに、『かようなことを今申すのは、まことに恐れ多く不吉なことながら、やがて世の中がいい、いい、いい、思うようになるのを見届けるまで、ずっとご長命でいていただきたいものだね』と仰せのようでございました。さて、どのようにお考えあそばすことやら……」

御方は、こう言って、やがて若宮が東宮になるのを見届けるようにと、それとなく尼君

に伝えると、いままで泣いていた尼君は、にわかににっこり笑って、

「いやさ、さればこそ、この尼は、あれもこれも、世にたぐいのない果報者《かほうもの》なのじゃろうな」

と喜ぶのであった。

かくて、入道が送ってきた願文の入った文箱はお付きの女房に持たせて、御方は寝殿のほうへ帰っていった。

東宮より女御に参内のお召し至る

東宮からは、女御に、早く参内するようにとばかり仰せがあるので、

「東宮さまが、そのように仰せになるのも道理でございます。こたびは世にもおめでたいことまで相添うてのことですもの、どんなにか待ち遠《まどお》に思し召しておられましょう」

と紫上も言って、取り急ぎお忍びで若宮を内裏へ参らせる心用意をする。今は桐壺の御息所となった明石女御は、いったん参内すると、なかなか気安く里下がりをご許可いただけないのに懲りて、お産というようなことのついでに、もうしばらく里の邸にいたいと思

っている。

まだまだ子供の体なのに、お産というような恐ろしいことをしたのだから、さすがに少し面やつれして、透き通るように美しい様子をしている。

「かように産後の肥立ちがままなりませぬほどに、いましばらく、こちらにて養生をいたしましたらいかがでございましょう」

と、明石の御方などは、胸を痛めつつ言うのであったが、源氏は、

「いや、このように面痩《や》せたところをお目通り願うのも、またかえって思いを深くしていただけることなのだよ」

など言う。

明石の御方、入道の文を女御に披露する

さて、紫上が若宮を抱いて対のほうへ引き上げていったその夕方、あたりもしんみりと静かであった折に、明石の御方は、女御のもとへやってきて、例の入道の送ってきた文箱のことを話して聞かせた。

「なにもかも思う通りに叶うその時までは、かようのものは取り隠しておくべきものでもございましょうけれど、さりとて、定めなきが世の定めとやら……なにかと心配でなりませぬほどに、ご披露いたします。……どんなことでも、女御さまご自身でご分別なさることがおできになるようになる前に、わたくしに万一のことがございましたなら、その今際《いまは》のきわに、お看取りいただけるような我が身でもございませんものね……、やはり、正気の失《う》せぬうちに、どんな小さなことでも申し上げておいたほうがよろしかろうと存じまして、読みにくく見苦しい筆跡ではございますが、わたくしの父入道の文、これもどうぞご覧下さいませ。この願文《がんぶみ》は、お手近の御厨子《みずし》などに納めおかれまして、かならずしかるべき折にご覧になって、願が叶った暁には、この願文のなかに書いてある礼物《れいもつ》は、住吉の明神などに、あやまたずご奉納なさいますように。ただし、気の許せない人には、決してお漏らしになってはなりませぬ。願いの通り、今はこうして若宮も授かりましたことゆえ、よろわたくし自身もはやく出家して俗世を離れたいと思うようになってまいりますから、よろずにつけて、のんびりとはしておられません。ついては、対の上（紫上）さまのお心のかたじけなさを、くれぐれも疎《おろそ》かに思い申してはなりませぬぞ。世にも稀なる、まことに情《なさけ》深いお心のさまを拝見しておりますから、わたくしなどよりはずっとずっと長くこの世にいていただきたいと思うことでございます。もともと、わたくしが、御身に付添いまいらせるということについても、なにぶん賤《いや》しい我が身ゆえ、御身のことはすべて上さまにお任せいたしました……その当初は、やはり、いかにしても継母《ままはは》継子となれば、さまざま辛いこともありがちで、まさかここまで親身になって育ててはくださるまい……と、何年間か、ありがちな誤解をして過ごしておりました。が、上さまは、そのようなお方ではありませんでした。今では、過ぎし日のことも、これから先のことも、なにもかも安心してお任せできるようになりました……」

などなど、多くのことを話して聞かせた。女御は、涙ぐんでこれを聞いている。

このように、本来ならば実の親子ゆえ、気を許して接してよい間柄であるのに、明石の御方は、つねにこうして裃《かみしも》を着たように規矩準縄《きくじゅんじょう》な態度で、ことのほか遠慮がちにしている様子であった。

この入道の文の言葉づかいはまことにうんざりするほどごつごつとして、堅苦しいものだったが、それも、陸奥紙《みちのくにがみ》が古くなって黄ばんでばさばさとしているのに五、六枚、それでも香《こう》だけはたいそう深く焚《た》きしめてある料紙に書いてあった。そんな文であったけれど、女御はたいそうしみじみと心を動かされて、額髪《ひたいがみ》が、次第次第に涙に濡れそぼってゆく。その様子を側で見ていると、まことに貴《あて》やかで初々しい美しさに満ちている。

源氏、入道の文を見出して読む

その頃、源氏は、寝殿西面《にしおもて》の三の宮のところにいたが、その東西を分ける戸障子を引き開けて、ふいに女御のもとへ姿を現わした。

あまりににわかのこととて、とっさにはその文箱を引き隠すこともできず、せめて几帳ばかりを少し引き寄せると、明石の御方は身を小さくしてその陰に隠れる。

「若宮は、お目覚めになったかな。わずかの間でも恋しいものだね」

源氏は、そんなことを言いながら、若宮を見たそうにする、が、御息所はなにも返答しない。その代わり、母親の御方が答える。

「若宮さまは、対《たい》の上さまかたにお預けしてございます」

源氏は、それを聞くと、

「なんと、対にか。それはあまり感心せぬぞ。紫上《あちら》のほうでは、この宮を我が物のように思って、懐からまったく離さず、誰にも渡さず、しまいにはあらぬ水に衣まで濡らして、ねんじゅうお召し替えをするなんてことになってるようだね。どうして、さように軽々しく若宮をあちらに渡してしまうのだね。むしろ、あちらからこなたへ参上してお世話申すのが筋でもあろうに」

と、冗談のように言う。明石の御方も、ふと微笑み、

「それは、いかにも思いやりのないおっしゃりようでございます。たとい若君が深窓に秘すべき女の子だったとしても、もとより上さまは実の祖母も同様のお方、なんのそちらでお世話くださるのに不都合がございましょう。まして男宮さまでございますもの、いかに限りなく高貴な御子《みこ》とは申しましても、そこは気を揉まれるにも及ばぬはず。お戯れにも、さように心を隔てるようなことは、賢《さか》しらぶって仰せあそばしますな」

とて、一歩も引かない。

さすがに源氏も、からからと笑って、

「さようか、それなら、若宮のことは、そちらのお二人のお心任せにして、野暮なことはいわずと知らん顔でいろ、ということだね。はっはっは。ということは、つまり私をこう分け隔てして、今は、みんなが結託して私をのけ者にしようと……それで『賢しらぶって』だとかなんとか言うのだろう、それはしかし、考えが浅いというべきだ……が、お

や、そんなところに妙に隠れて、知らん顔して私をこき下ろそうという腹と見えるな」

と、言いざま、にわかに几帳《きちょう》を引きのけた。

すると、明石の御方は、母屋《もや》の柱に寄りかかりつつ、さっぱりとした風姿で、こちらが恥ずかしくなるほど端正に座っている。

あの入道の文箱も、いまさらここで慌てて隠し立てするのも体裁が悪いので、そのままにしておいた。すると、

「おや、それは何の箱だね。さぞ深い謂《いわ》れでもあるのであろう。さては、だれか良い人からの、よほど長々とした歌でも書き連ねた文などをしまいこんであるのではあるまいかな」

と、源氏は、戯《たわむ》れかかる。

「まあまあ、滅相《めっそう》もないことを……。よほどお若返りとみえますほどに、お心のほうもお若い方のように、わたくしなどには理解も及ばぬご冗談が、そのお口からときどき出てくるようでございますねえ」

御方は、そんなふうに言い返して、かすかに笑みを浮かべる……が、その面にはあきらかに悲痛な思いにくれていたような様子が見て取れた。源氏は、〈はてな、これはいった

いどういうことであろう……〉と首を傾げた。

不審に思っているらしい源氏の様子に、御方はもう煩わしくなって、まっすぐに事実を話した。

「あの明石の岩屋から、父入道が、密《ひそ》かに行《ぎょう》じましたご祈禱の数々を書きつけました巻物、それに、まだ成就いたしませぬ願どももございますことで、いずれも、いずれは大殿のお心にもお知らせすべき折があるなら、ぜひご覧になっていただいておいたほうがいいのではないかと思って送ってまいりました願立てどもでございますが、ただ、今はご覧いただくべき機会とも思えませぬゆえ、なんのお開《あ》けになることがございましょう」

これには、源氏も、〈なるほど、そういう入道からの消息ならば、悲しげに見えたのも道理よな〉と思って、

「入道殿は、どんなにか行ない澄ましてお過ごしであろうかな。もうずいぶんなご長寿ゆえ、年来勤行を積んできた功徳《くどく》に、ずいぶんと罪障《ざいしょう》も消滅したことであろう。世の中に、貴僧《きそう》だ善知識《ぜんぢしき》だと名高い人でも、そうかと思って仔細《しさい》に見てみれば、じっさいは俗世間にどっぷりと漬かっていて、心にはそれなりの濁りが著しいなんてことがある。そういうのは、才学こそ優れているかもしれぬが、しょせんそれだけのこと、心柄などは御父《おんちち》入道に

は遠く及ばぬことであろう。入道は、まことに悟りの深い方でありながら、一方ではまた物の風情ということがよく解ったお人でもあった。いかにも聖人ぶって、俗世を捨てたような顔もしなかったけれど、しかしその下に秘めた心は、もはやあの極楽へでも自在に行き通いしているように見えたものだった。まして今では、心を苦しめる係累《けいるい》もなく、すっかり煩悩《ぼんのう》を捨て切っておられるであろうな。私がもっと気楽な身分であったなら、なんとしても密かに会いに行きたかったが……」

と、こんなことを述懐する。

「今は、かつて住んでおりました所も捨て、鳥の声も聞こえぬような、まことの奥山に隠れたと聞いております」

御方は、「飛ぶ鳥の声も聞こえぬ奥山の深き心を人は知らなむ（空を飛ぶ鳥の声も聞こえないほどの奥深い山、それほどにも深くあなたを思っている私の恋心を、あの人に知ってほしいものだが）」という古歌を仄《ほの》めかしつつ打明けると、源氏は、

「そうか、それならば、それは遺言《ゆいごん》なのであろうな。消息などは通わしていたのかね。いずれ、尼君はどんなに思い沈んでおられるであろう。親子の仲よりもまた妹背《いもせ》の契《ちぎ》りは格別なるものがあるからね」

と、そういって涙ぐんだ。

「だんだん年を取って、世の中のありさまをなにかと思い知るほどに、どういうわけか分からぬが、恋しく思い出されるのがあの入道の人となりだ……、かねて深い契りに結ばれた間柄ともなれば、どれほどにご心痛であろうな」

こんなことを源氏が口にするのをきっかけにして、明石の御方は、もしやこの入道の言う夢語りのことで、思い合わせることがありはせぬかと思って、入道の文をさしだした。

「まことにわけのわからぬ梵字《ぼんじ》ではなかろうかというような悪筆《あくひつ》ではございますけれど、もしや、お目にとまるようなところも混じってはおりませぬかと存じまして……。そのかみ、わたくしどもが上洛いたしします折に、今はこれ限りと思い切って別れてまいりましたつもりでおりましたけれど、それでもやはり思慕の情は残っているものでございました……」

そんなことを呟《つぶや》きながら、御方は、上品にしおしおと泣くのであった。

源氏は入道の文を手に取った。

「うむ、これはたいそう立派なお手紙、いまだすこしも老耄《ろうもう》してはおられぬのであろうな。ご筆跡なども、その他のなにごとについても、とりたてての達人と申してもよかったはずのお人だが、ただ、世渡りの心がけだけが、今一つ不足であったのであろう。……あの入道の先祖の大臣は、まことに立派な、世にも稀《まれ》なる至誠《しせい》を尽くして朝廷《おおやけ》にお仕えした方だったが、なにかの行き違いがあって、その報いで、このように子孫が絶えるのだなどと人は言っているようだ。しかし、娘の筋によってではあるけれど、こんなふうに血筋はつながっていないわけではない。それもこれも皆、入道が積年《せきねん》、真面目に勤行をしたその功徳《くどく》でもあろうな」

そんなふうに源氏は言って、涙を押し拭《ぬぐ》いながら、この夢語りの一節に目を留《と》めた。

〈あの入道という人は、とかく妙にひねくれて、わけもわからず高望みをする奴だとなにかと批判されてもいたし、また私自身も、流謫《るたく》の身でありながら、かかるあやしの受領《ずりょう》の娘と契るなど、あるまじき振舞いをかりそめにもするものだと、みずから良心の呵責《かしゃく》も感じたものだったが、それもこれも、やがてこの姫君が生まれたときに、なるほどそういう前世からの深い因縁があったのだと、思い当たるところがあったものだ。ただ、目の前に見ることのできぬはるか昔のことは、なかなか諒知《りょうち》し得ないとずっと思っていたのだが、これでよくわかった。入道は、こんな夢のお告げを頼みにして、それで強いて高望みをしたのであったか……。となると、私がわけもなくあのような辛《つら》い目に遭い、須磨明石などに漂浪《ひょうろう》したのも、思えばこの姫君を得るためであったのであろうな……さて、入道は、どんな願を心中に立てたのであろうか……〉、そこが知りたいと思って、源氏は、心中に拝礼するつもりで願文を取り上げた。

源氏、明石の女御に継母継子の仲を諭す

「この願文には、私としても、さらに添えて奉るべき願文があります。いずれそれはお知らせ申し上げましょう」

源氏は、女御に向かって、そんなことを言う。そのついでに、

「今は、こうして昔のことの起こりからすっかりお分かりになったことであろうけれど、それでも、紫上《あのかた》のお心ばえのありがたさを、あだやおろそかにお思いになってはなりませぬぞ。もとより、しかるべき夫婦の仲や、どこまでも離れることのない親子の縁とはことかわり、なさぬ仲の間柄でありながら、かりそめにも優しい心をかけ、一言でも好意に満ちた言葉をかけてくれるのは、けっしていい加減なことでもありません。まして、実母の御方がここにこうしていつも付き添っているのを見ていながら、終始その優しい心がけを

変えず、深く篤実な愛情で接してくださっているのですからね。とかく、昔から言い習わされている喩《たと》えのように、『継母などというものはうわべだけ可愛がっているふりをするものだ』などと、気を回して考えるのも小賢しいというもの。仮にそういううわべだけを信じることが誤りであったとしても妙に小賢しい考はもたぬがよい。じっさい、継子に対して、ねじけた心を持った継母だとしても、つねにまっすぐな心で裏表なく接していったら、いずれは改心して、『なんでまた自分はこんないじわるばかりしたのだろう……こんなことをしていたらやがて天罰を得るかもしれない』と、そんなふうにしみじみ思い直すこともあるだろうと思うからね。はるか昔の、並々ならず誠ある人は、一時的には行き違う折々があっても、継母か継子いずれかの一人が善良な人柄である場合には、自然と良い形になってゆく例《ためし》などもあるようだね。……反対に、さしたることもない些事《さじ》にとげとげしく難癖《なんくせ》をつけて、かわいげもなく人を疎外しようとする心があるのは、まことに親しみがたく、思いやりに欠けるやりかただと言わねばなるまいな。……私とて、そうたくさんの実例を見てきたわけでもないが、人の心の、あんなところこんな様子を観察してみれば、情緒的な方面をはじめとして、人それぞれに、まずまずの才覚や気働《きばたら》きなどがあるように見える。されば、みなおのおの自分の得意のところがあって、取り柄がないこともあるまいが、といって、また取り立てて自分の世話をしてくれる妻として、まじめな意味で選ぼうと思うと、これはまたなかなか人材に乏しい。そういうなかで、ほんとうの意味で、心に良からぬ癖がなく、まともな人柄という意味では、まずはこの対の上（紫上）ばかり、この人こそ心《しん》から穏やかなお人だというべきであったな、とそのように私は思っている。しかしね、いかに人柄が良いといったところで、またあまりにもとりとめのない心がけで頼りにならない人……となると、……まあ妻としては残念なところだね」

源氏は、こうして紫上のことばかり誉《ほ》めちぎる。その口ぶりから、もうおひとかたの、寝殿にお住まいの御方の頼りない実相が、そこはかとなく思いやられたことであった。こんなことを女御に諭し聞かせてから、源氏は、明石の御方に、声を忍ばせて語りかける。

「そなたは、だいぶ物の道理を弁《わきま》えておられるように見えるから、ああ、よろしい。せいぜい紫上《あちら》と仲睦まじくされて、この女御の後ろ楯として、心を合わせてお仕えなさるがよい」

「そのようにおっしゃっていただかなくとも、上さまの、世にたぐいもないほど行き届いたお人柄を日々に拝見しておりますほどに、明け暮れに、ただただ上さまのお心の忝《かたじけ》なさを話の種にさせていただいております。とかくは、わたくしのような者を目障りに思し召して許さないというのはありがちなことでございますが、もしそうだったら、これほどまでに親しくお目にかかることもできなかったはず。それを、こうしてきまりが悪いほどに人数《ひとかず》のうちに入れてお話しくださいますのですから、わたくしには、却ってまぶしいほどの思いがいたします。もとより取るに足らぬ身の上ゆえ、姫のためには姿を消してしかるべきところ、それでもこうして消えずにお仕えしておりますことを、世の中の人がなんと噂するかと心苦しく、また気の引ける思いでおりますのに、上さまのお情にて、こうして差し障りのないふうに、よくよくかばっていただいておりますものですから」

御方は、そう紫上への感謝を口にする。

「いや、紫上《あれ》の心づもりは、別段そなたのために特になにかしてやろうというのでもあるまい。ただ、この女御の様子を、いつもそばに付き添って見てもいられないのが気掛かりゆえ、そなたにお役目をお譲りになっているように思えるぞ。しかもまた、そなたが万事取り仕切っているにもかかわらず、しゃしゃり出て露骨に親ぶったりしないそのなされようのおかげで、なにもかも穏便《おんびん》に体裁よく運ぶこと、私にとっては心配がなくて嬉しいところなのだ。なにぶん、些細《ささい》なことでも、物の心得《こころえ》がなくてひねくれたような人間は、誰とつきあうにしても、相手がひどい目に遭わされるということがありがちだ。ところが、二人とも、まずそういう欠点がないようだから、安心なのだよ」

源氏がこのように褒めてくれるのを聞くにつけて、御方は〈ああ、よくぞここまで我ながら我慢を重ね、身を低くして過ごしてきたこと……〉と考え続ける。

源氏は、紫上の待つ東の対へと帰っていった。

源氏の姿が見えなくなると、明石の御方は、ちょっと複雑な表情を浮かべた。

「あんなふうに、対の上さまのことを特別に思われるお気持ちばかりが募るように見えますこと。事実、上さまは人よりずいぶんと違った、なにもかも具《そな》わったお人柄だから、それも道理とお見受けする、そのこと自体がまたすばらしいですね。それに比べると、三の宮さまのほうは、うわべは、さも丁重にお世話しているように見えて、実際にはなかなかお渡りもないように見えるのは、まことに恐れ多い仕方と、どうしてもそのように見えますものね。もともとお二方は同じお血筋を引いておいでですけれど、あの……宮さまのほうは、ひときわ高い身分にお生まれだけに、おいたわしいことで……」

こんな陰口を利《き》くにつけても、自分の前世からの果報の並々ならぬことに思いが至るのであった。

〈三の宮さまのように高貴なお生まれのかたでも、あんなふうに、思うに任せぬのがこの世の定めだというのに、まして、私などこんな立派なところへ立ち交わることなどできるはずもない、つたない身の上だったものを……辛いこと、悲しいこともあったけれど、なにもかも今は恨めしいこともない。……ただ、あの跡を絶って山に籠ってしまわれた父君のことだけが心配……〉と、そう思うと、御方は、胸が締めつけられるようで、不安な気持ちに呵《さいな》まれるのであった。

尼君も、「耶輪陀羅《やしゅだら》が福地《ふくぢ》の園に種まきてあはむかならず有為《うゐ》の都に（この有為転変《ういてんぺん》きわまりない現世《うつしよ》に善因《ぜんいん》の種を蒔《ま》いて、やがて仏陀《ぶつだ》の妃だった耶輪陀羅女《やしゅだらにょ》がおいでになるあの福徳《ふくとく》円満の地、極楽に往生いたしましょう）」という古歌の心を頼りとして、やがて後の世にはまた、極楽で夫の入道に再会できるだろうことだけを思い思いしつつ、ぼんやりと伏し沈んでいた。

右大将（夕霧）、三の宮と紫上を思い比べる

さてまた右大将の君は、この三の宮のことを、かつて我が妻にと思わなかったわけでもないので、こうして目の当たりにその人がいるのを見れば、どうしても平静ではいられない。

そこで、なにかにのご用を承《うけたまわ》るのにかこつけて、この三の宮のあたりへも、しかるべ

き折々ごとに来馴れている。それゆえ自然と、宮の様子やら、人柄やらを見聞きする機会があったのだが、ただ幼くおっとりとしているばかりで、父源氏も、表面的な格式ばかりは厳《いか》めしく、世の語りぐさになるほど丁重を極めたお世話をしてはいるけれど、そうそうはっきりと目に立つほどには心ばえの深い御方とも見えぬ、と大将は見ている。お仕えしている女房衆なども、きちんと分別のある大人の女房は少なく、ただ若く見目《みめ》良い女房たちがむやみと華やいで振舞って、浮ついた女ばかり多く、しかも、数えきれぬほど大勢お側《そば》を囲んで侍《はべ》っていて、なんの苦労もなさそうなお暮らしぶりであった。

もっとも、それらの女房たちのなかには、落ち着いた心がけの人だっていたには違いないのだが、とかくそういう落ち着いた心というものは表面にははっきり見えないもの、仮に、その人の身に人知れぬ物思いの種があったとしても、こういう万事思いのままに滞りなく運んで晴れやかな心地で暮らしている朋輩《ほうばい》衆のなかに混じれば、周囲の朗らかさに引《ひ》かれて、同じような様子や態度で周囲に合わせがちなもの……。そこで、皆が皆、明けぬ暮れぬと日がな幼稚な遊びにかまけている童女らのありさまなど、源氏は、〈いかにも感心せぬことだな〉と見るふしぶしもある。が、なにもかもを一様に考えたり処理したりすることをよしとしない性格ゆえ、こういうこともやりたいようにさせつつ、〈まだ子供ゆえ、こんなふうにしたいのでもあろうな〉と見許して、注意したり改めさせたりはしない。ただ、三の宮ご本人だけには、よくよく教え諭しなどするので、さすがに多少は取り繕うところがあった。

こういう三の宮の日常を目にして、右大将は〈じっさい、なかなか理想的な女君などは世の中にはいないものだな。……それに引き比べ、あの紫上は、お心用意といい、お振舞いといい、もうずいぶん長い年月が経つけれど、とやかく外部に漏れて噂になるようなところもなく、ただ落ち着いた心を第一として、そのうえでしかし、性格はまっすぐで、人をないがしろにするようなこともせず、我が身は品高くもてなしている、まったく心憎いばかりの態度が身に添うておいでだ……〉と、いつぞや野分《のわき》の朝に垣間見《かいまみ》た面影を忘れ難く思い出すばかりであった。

大将は、北の方雲居の雁のことも、もちろん愛情深く思っていることは間違いないのだが、〈しかし紫上と比べてしまうと、芯《しん》の強さとか、さまざまの技芸に優れている才覚とか、そういうところはどうしても欠けたところがあるな、……雲居の雁も、かつてはなにかと気を揉んだものだったが、今はもう歴々の妻で子供もあるのだから、一安心というものだ〉とそんなふうに思って、日々に見慣れてしまっているゆえ、つい心が緩む。すると、この六条院に集まっているさまざまの女君がたのありさまが、みなとりどりに見所があるのを、内心興味を持たずにはいられない、……ましてや、この三の宮となれば、その出自を思うだけでも、ほかの女君がたとは格別の、内親王という身分であったのに、源氏の愛情は特に深いというわけでもなく、ただ人目を慮《おもんぱか》って飾っているだけのことだと、大将には内実が見え透《す》いている。そうすると、とくに恐れ多い野心を抱いたというようなことでもないのだが、〈なんとかして、この目でお姿を拝見する折があるだろうか〉と、やはり興味を抱きながら過ごしているのであった。

太政大臣の子息衛門の督の執心

一方、太政大臣の子息の衛門《えもん》の督《かみ》も、朱雀院には常に参向《さんこう》して、親しくお仕えし慣れていた人ゆえ、この三の宮を朱雀院の帝が大事に撫育《ぶいく》して掌中《しょうちゅう》の玉《たま》のように思っているお気持ちであったことを、近くで拝見していたし、また、その婿がね選びに際しては、さまざまのお考えがあったころから、自分もその候補にと願い出て、しかもそのことを院が必ずしも目障りなことは仰せにならなかったとも仄聞《そくぶん》していた。

それなのに、結果は、こういう掛け違ったことになってしまって、そのことが残念で悔しくて、心が痛む思いがしていたので、いまもなお完全には諦めがついていない。

その婿選びの時分から口説《くど》きよって懇《ねんご》ろにしていた女房を通じて、三の宮の様子などを、はるかに聞き伝えるのをせめてもの慰めにしていたのは、いやまことに儚《はかな》いことであった。

「どうやら三の宮さまのご寵愛は、紫上さまにはとうてい及ばぬらしいぞ」

と、公卿たちが噂しているのを聞いては、〈恐れ多いことながら、もし私が、あの宮の婿になっていたら、決してそんな物思いはおさせ申さぬはず、まことの意味で、あれほどのご身分の姫に、私などは相応《ふさわ》しくはないかもしれないけれど……〉などと思って、常にその、仲立ちをしてくれる小侍従《こじじゅう》という女房……これは三の宮にとっては乳母子《めのとご》にあたるのであったが……を督励して、〈とかく世の中は無常なもの、あの源氏の大殿《おとど》とて、もとよりご出家のお志深いと聞くのだから、もしそのご本懐《ほんかい》を遂げられた暁《あかつき》には、この私が……〉などと、抜け目なく考えては、諦めずに機会を窺《うかが》っているのであった。

六条院の蹴鞠の庭にて

三月《やよい》ころの、うららかに晴れた日のこと。

六条院に、兵部卿の宮、衛門の督などが集まっていた。源氏もそこに出てきて、しばし物語などしている。

「こういう静かな住まいも、こんな春の日永な時分には、まったくなにもすることがなくて、退屈の紛らしようがないね。公私ともに、世はこともなし、というところさ。さても、何をして一日を過ごしたらよかろうかな」

などといって、また、

「そういえば、今朝、右大将が来ていたが、今どこにか……。こう手持ちぶさたなのだから、いつものもの、小弓《こゆみ》でも射《い》させてみればよかったが……。ほかにも弓を好むとみえる若い者どもも来ていたものを……、残念、もう帰ってしまったかな」

と、お側のものに、大将の消息を尋ねさせる。

その結果、大将は、いまちょうど花散里の住む東北《うしとら》の町に、多くの人を集《つど》えて、蹴鞠《けまり》を

させて見物している、と聞いて、

「蹴鞠か……。蕪雑《ぶざつ》な遊びだが、それでも、目覚ましには持ってこいの、なかなか気の利いたものだぞ。では、こちらへ参るようにと……」

源氏は、こう言って、使いの者に伝達させる。

早速、右大将らはやってきたが、しかるべき家柄の若君という風情の者が多かった。

「鞠は、持たせておいでか。さてさて、誰だれが来たのであろうかな」

そう源氏が言葉をかけると、右大将が答える。

「かくかくしかじかの者が参っております」

「おお、そうか、こちらへ来られぬか」

源氏は、そう言って、寝殿の東面《ひがしおもて》へ一同を招《しよう》じ入れる。折しも東面の主《あるじ》桐壺の御息所(明石女御)が若宮とともに東宮に上がっている頃で、そこは人気もなくがらんとして人目に立たぬところであったのだ。

こちらの御殿には、鞠の庭などはなかったのだが、ちょうど遣水《やりみず》が合流するあたりが広々としているので、そこらで風情のある場所を探して一同庭に降り立った。

太政大臣の子息たち、頭《とう》の弁《べん》、兵衛《ひようえ》の佐《すけ》、大夫《たいふ》の君など、年長《とした》けた者、まだ未熟な者、年齢格好はさまざまであったが、みなこの鞠の技にかけては人並み優れた数奇者《すきしゃ》ばかりが揃っている。

だんだんと日が暮れてくる。きょうは風も吹かず、蹴鞠にはうってつけの日だと、みな打ち興じて、興の極まるところ、殿上に見物していた頭の弁までが、矢も楯《たて》もたまらずという風情で蹴鞠の輪に加わった。

「おお、おお、頭の弁ともあろうものが、我慢できなくなったとみえる。いや、上達部の身分なりとも、若い衛府《えふ》勤めの者たちが、どうしていっしょに一騒ぎせずにいられるものであろう。そういう私とて、この若者たちの年ごろには、いかにしきたりとは申せ、蹴りもせずただ眺めているのは、残念無念に思ったことであったぞ。しかし、それにしても、この遊びのさまは、いかにも軽々しいものだな」

源氏がこんなふうに唆《そそのか》すと、さっそく、右大将も、衛門の督も、みな一斉に庭に降りて、えも言われぬ桜の花陰にしきりと動き回る。

折しも空は暮れて、西のかたに残った夕映えの光のなか、公達《きんだち》の姿は、いかにもすっきりと美しげに見える。

蹴鞠は、本来お世辞にも上品とは言えないような、騒々しく蕪雑な遊びと見えるが、それも所柄、また遊び手の人品によるのであった。

風情豊かな庭の木立に春霞がぼうと立ち籠め、色とりどりにつぼみも開け初《そ》めようという花の木々、柳にはまた浅緑の若芽も萌え出している。しょせんはこんな埒《らち》もない遊びではあるけれど、それでも技の巧拙《こうせつ》の差はあって、互いに腕前を競いつつ、我劣らじと思っているらしい顔のなかに、かの衛門の督が、ほんの小手調べ程度に一同に立ち交じって蹴った、その足さばきに並ぶ人はまったくいないのであった。

衛門の督は、容貌も爽《さわ》やかに美しく、いかにも若々しい姿で立ち、鞠に意識を集中して、それでもにぎやかに蹴り回る様子は、まことに魅力的に見える。

御殿の階《きざはし》の柱のあたりにある桜の蔭に寄って、人々が花のことも忘れて鞠に熱中している様子を、源氏も兵部卿の宮も、簀子《すのこ》の隅《すみ》の勾欄《こうらん》の辺りまで出て見物している。

右大将と衛門の督、女三の宮を垣間見る

さすがによほど稽古《けいこ》を積んだのであろう、その甲斐が見えて、蹴り巡らせる番数《ばんかず》も次第

に増えてゆくにしたがって、高貴の身分の人々も夢中になり、冠がすこしゆるんで仰《あお》のけざまになってしまっている。

日ごろはあまり乱れるということのない大将の君も、権中納言と右大将を兼ねるという歴々たる官位の身にしては、きょうはずいぶんな乱れようであったけれど、それでも、一《いち》瞥《べつ》したところでは、他の人々よりもいちだんと若々しく、また美しい。桜襲《さくらがさね》（表白、裏紫）の直衣《のうし》の、着馴れてややしんなりとしたものに、指貫《さしぬき》の裾《すそ》のほうが、すこしふっくらとして、いくらか引き上げて穿《は》いている。その風姿は軽々しくも見えず、ただ、清新なくつろぎ姿に、桜花がまるで雪のように降りかかる。大将はそれを見上げ、目の当《ま》たりに垂れている枝を少し折り取って、階《きざはし》中ほどあたりに腰掛けた。

続いて衛門の督もやってくる。

「花が、ずいぶんむやみと散るようではありませんか。この風も桜を『避《よ》きて』こそよかれと申すもの……」

衛門の督は、「吹く風よ心しあらばこの春の桜は避きて散らさざらなむ（おい、吹く風よ、もしお前に心があるなら、この春の桜ばかりは避《よ》けて吹いて、花を散らさないでおくれ）」という古歌の心を引いて、桜を惜しむのであった。そしてそこから、女三の宮の部屋の前あたりをちらりと横目に見ると、どうやらそこの御簾うちに、いつもながら落ち着きのない若い女房たちの気配がある。

色とりどりに御簾の裾からこぼれ出た袖口、またほのかに見える透《す》き影《かげ》など、往《ゆ》く春に手向《たむ》けた幣袋《ぬさぶくろ》かと見るばかりに華やいでいる。

御殿のなかでは、目隠しの几帳などをだらしなく片側に引き寄せて、御簾のすぐ内側のあたり、男たちが呼びかければすぐにでも答えそうなほど、皆端近《はしぢか》なところへ出てきているらしく見える。

そこへ、唐渡《からわた》りの猫の、たいそう小さくてかわいらしげな一匹を、もう少し大きな猫が追い回して、にわかに、その御簾の裾から走り出てきた。そのなりゆきに女房たちがびっくりして騒ぎたて、うろうろとそこらを動き回る様子、またその衣擦《きぬず》れの音などが耳にうるさいまでに聞こえてくる。

この唐渡りの猫は、まだあまり人に懐《なつ》いてもいないのであろうか、首に付けた綱を長々と引きずっていたが、それが、どうやらどこかに引っかかり、無理やりに逃げようとして強く引っ張った拍子に、御簾の裾がめくれて内部があらわになってしまったのを、すぐに引き直す女房もいない。

この柱のもとにいた人々も大慌《おおあわ》てのていで、ただおろおろとするばかり、誰もいっこうに手が出せぬ様子である。

……その几帳の側から、すこし奥まったところに、袿姿《うちきすがた》で立っている人がある。……女三の宮その人であった。

階《きざはし》から西へ二つ目の柱の間《ま》の東側のあたりなので、見紛《みまが》いようもなくあらわにその姿が見えてしまっている。身に着けているのは、紅梅襲《こうばいがさね》（表紅、裏紫）であろうか、色の濃きから薄きへと、次第次第に重ね着ているその色々の移りようも華やいで、まるで色変わりの紙を次々に重ね綴《と》じた冊子本《そうしぼん》の小口を見るようであった。そこへ、さらに桜襲の細長《ほそなが》を羽織っているのでもあろうか。目をその裾のほうへ移せば、長い黒髪の末までも際《きわ》やかに見え、まるで糸を撚《よ》って懸けてあるようにするすると後ろになびき、毛先はふっさりとして、しかし、きれいに切りそろえてあるのが見える。その髪の風情も、いかにもかわいらしげで、おそらく身の丈より七、八寸も長いように見えた。

身に着けている衣が、ばかに裾ばかり長いように見えるのは、体がよほど細くて小さいのでもあろう、……全体の姿かたち、あるいは髪のかかっている横顔など、えも言われず貴《あて》やかで愛らしい。

折しも夕明かりのことで、その姿はさまではっきりと見えたわけではなく、庭から見れば、いかにも奥まって暗い感じがするのは、なんとしても飽き足らぬ思いがして口惜《くちお》しい。

が、鞠を蹴るのに没頭している若公達が、こうして花の散るのを惜しみもせずにいる様子を見るのに夢中で、女房たちは、自分たちの姿が外から丸見えになっているのを、すぐには気付かずにいるのでもあるらしい。

猫がしきりと鳴くのを聞いて、ふと見返った女三の宮の面もちや、また身のこなしなど、いずれもたいそうおっとりとして、……おお、若くかわいらしい人だな……ふっと庭の男たちの目に入ってしまった。

右大将は、見るに見かねる、というような思いがしたが、といって、御簾を下ろしにそーっと近寄っていくというのも、これまた軽率なことゆえ、ただ、この現実をあちらに知らせようと思って、エヘンエヘンと、咳払いなどして聞かせる、それで気付いたのだろう、三の宮はそろりと奥へ引っ込んでいった。

こうなったらこうなったで、しかし、大将自身の気持ちのなかには、〈ああ、もっと見ていたかった〉という思いがある。そうはいっても、御簾にひっかかっていた猫の綱を中にいる女房が外してしまったので、御簾はすとんと降りた。これを見て、大将の口に、ついつい思いがけず大きなため息が漏れる。

ましてや、以前からあれほど心に思いを込めている衛門の督ともなれば、胸がぐっとふさがってしまって、〈あれこそ、三の宮以外に、他の誰であり得ようぞ、これほどたくさんの女たちのなかに、一人だけそれと目立つ袿姿……これはもう他の人と紛れようもなかったお姿よな……〉と、心にかかって忘れ得ぬ。

衛門の督は、努めてさりげないふうを装っている。しかし〈これでは、衛門の督も、きっと目を留めたことであろうな……〉と確信した右大将は、〈いやはや、三の宮のために弱ったことになった……〉と眉《まゆ》を曇らせた。

胸中のやるせない思いを慰めようと、衛門の督は、くだんの猫を招きよせて抱き上げてみると、宮の衣の移り香だろうか、とてもよい香りがして、いたいけな声でしきりに鳴く。この猫の香、声、肢体、そのすべてをあの姫宮になぞらえて思うなど、まことに色好みの沙汰《さた》だと言わねばなるまいか。

東の対に宴しつつ、衛門の督は恋に懊悩す

この様子を、源氏が遠くから見やって、

「これこれ、上達部の座が、そんなところではまことに軽輩《けいはい》めいているぞ。こちらのほうへ参られよ」

と声をかけると、そのまま東の対の南面《みなみおもて》、廂の間に入っていった。そこで、大将も衛門の督も、みなあとについてそちらへ入ってゆく。

蛍兵部卿の宮も、御座《おまし》を改めて、一同物語をする。

それより以下の殿上人たちは、簀子に円座を持ってこさせて、そこに座を占める。そうして、蹴鞠の場《にわ》にはお決まりの、椿《つばき》の葉でくるんだあまい餅《もち》やら、梨《なし》、蜜柑《みかん》などの品々が、さまざまな箱の蓋《ふた》などに盛り合わされて出ているのを、若い公達は、ふざけなどしながら取って食べる。やがて、こういう座に相応しい鳥肉の干物《からもの》だけを肴《さかな》として、酒杯が供せられる。

衛門の督は、たいそう深く思い沈んで、ややもすれば庭の桜の木ばかりをながめやっている。右大将は、そのわけを推知して、〈どうしてあんなことになったものだかわからぬが、さっき御簾の間《あいだ》から見えた三の宮の面影を思い出しているのでもあろうな〉と思っている。

〈いかになんでも、あんなに端近なところにおいでとは……衛門の督も、かならずや心を奪われたにちがいないが、心の片方ではまた、軽率な宮のお振舞いだと思ってもいるであろうな、きっと。いやいや、こちらの対の御方、紫上のお振舞いは、断じてあんなふうではあるまいものを〉と思うにつけて、〈こんな調子だから、三の宮は、世の評判こそ大したものだが、その割には、父君の内々《うちうち》のご寵愛が薄いのでもあろう〉と合点がいって、〈さればこそ、家内のことも、また外向きのことも、とかくに思慮が足りず幼いのは、なにやら労《いたわ》しいようなかわいさもあるけれど、実生活では不安心のように思われるな〉と、一段低く思わざるを得ない。

衛門の督は、今では参議《さんぎ》を兼ねて、宰相《さいしょう》の君と呼ばれることもある。

その宰相の君は、しかし、三の宮がかように端近なところにいて、つい姿を人に見られたりしている、そういう思慮の足りないところなど、恋に目がくらんでついぞ思い至らず、それどころか、思いがけず御簾の隙間からちらりとその姿を垣間見《かいまみ》るに及んで、〈おお、これはもしや私が昔から思い慕っていた念願が、いよいよ叶うべき予兆かもしれぬ〉と、ただただ、その前世からの因縁深かりしことが嬉しくて、ひたすら〈ああ、もっと見ていたかった、なんとかして逢えないだろうか……〉とばかり思い続けている。

源氏は、昔の想い出話に花を咲かせる。

「あの、太政大臣《だいじょうだいじん》は、いろいろなことで私を相手に勝ち負けを争ったりされたものだったが、そのなかに、蹴鞠の腕前だけは、どうしても歯が立たなかったものだったよ。いずれつまらぬ遊びで、これといって厳めしい伝授事《でんじゅごと》などがあるわけもないが、名人上手の血筋というものは、やはり大したものがあったな。いや、きょうの蹴鞠の腕前は、まことに底知れぬばかりの見事さであったぞ」

こんなふうに、父親の太政大臣まで引き合いにだして、衛門の督の蹴鞠の技を褒め讃える。すると督は、にっこりと微笑んで、言葉を返した。

「いいえ、ご政道のしっかりした方面にかけては大したこともない血筋でございますれば、そんな当家の家風を、仮に蹴鞠ごとき見当はずれな方角に吹き伝えたといたしましても、さて、後の世のためには、なんの足しにもならぬことでございましょう」

衛門の督のこの謙遜らしい言葉を聞いて、源氏は、

「なにを言われる。どんな遊芸であろうとも、人並み外れた名人技のほどは、きちんと記録しておくべきものだ。されば、家の伝書などに書き留めておくのが、いかにも面白かろうというもの……」

と、またからかい半分に舌を揮《ふる》うその様子がまた、輝くばかりにすっきりと美しいのを見るにつけても、督は内心に思い続ける。

〈ああ、これほどまでに非の打ち所のない人を見慣れておられるあの方だもの、今さらどれほどのことにかけて、そのお心を移すような男があり得るだろうか。いったいどんなことをしたら、好いては下さらぬまでも、せめて、かわいそうな者だと私のことを見許してくださる……その程度にでもそのお心を動かしていただけることであろう……〉と、とつおいつ思い巡らすに、思えば思うほど、ますますこの上もなく、あの方の身辺までは遥かに遥かに隔たった身の程であることが痛感されて胸はふさがるばかり、鬱々《うつうつ》としたまま衛門の督は退出していった。

右大将と衛門の督、帰途の車中に語らう

そうして、帰途は右大将の君と一つ車に同乗して、道々なにくれとなく物語りをする。

「やはり……こういう季節の手持ちぶさたな折々には、この六条の院に参って退屈を紛らわすのがいいでしょうね。今日みたいな閑暇《かんか》の隙《ひま》を見つけて、花の盛りの過ぎぬうちにまた参れと父君は仰せであったから、春を惜しみがてらに、この三月《やよい》のうちに、一度小弓など持参でまたおいでくだされ」

そんなふうに、右大将は、衛門の督に語らい、約した。

こうして、おのおのの邸へ別れる道のところまで、道中なにくれとおしゃべりをして行く。そのなかに、やはり三の宮のことをどうしても話したいと思ったので、衛門の督は、ついつい、こんなことを口にした。

「源氏さまは、やはりこの東の対のほうにばかりいらっしゃるように拝見しますが、それは、対の上（紫上）に対してのご寵愛がまた格別だということなのでありましょうね、きっと。そうすると、この三の宮のほうは、どんなふうにお思いなのでしょう。朱雀院の帝

が、この姫宮のことは、この上なくかわいがられて、ずっと愛育されてきたというのに、今はそういうこともなく、きっと心に屈託を抱えてお過ごしになっておられるであろうと、それを思うと胸が痛みます」

思えば、言わずもがなの言い草であった。

右大将は、やや色をなして窘《たしな》める。

「なんと、とんでもないことを言われる。まさか、そんなことがあるわけはない。紫上《こちら》のほうは、なにぶんちょっと風変わりな経緯で、幼少から育て上げたという、まず長い年月の睦まじさが他の御方とは違っているというばかりで、決して三の宮よりも重んじているというわけではない。それどころか、宮のほうは、なにかにつけて、それはもうきわめて大切に思いやりなさっているように見えるものを……」

しかし、衛門の督は納得しない。

「いやいや、うるさいうるさい、そんな話はおよしなされ。みな内実は聞き知っております。なんでも三の宮には、たいそうおかわいそうな様子の折々もあるというではありませんか。そんな按配では、世に並々ならず評判高い宮だというのに……全く考えられぬようなお扱いぶりだ」

そういって督は三の宮に同情を寄せるのであった。

「いかなれば花に木《こ》づたふ鶯の

桜をわきてねぐらとはせぬ

いったいなぜ、花の枝から枝へと伝い鳴く鶯は桜を選んで塒《ねぐら》としないのであろうか……あの源氏の君は鶯のようにあちこちの女君に通われて、いちばん大切な三の宮のところを塒としないのはなぜであろう

春の鳥が、いちばん肝心な春の花の桜にとまらない……という心さ。私にはなんとしても、そこが納得いかぬところなのだが」

と、歌いながら言いかける。

〈……おやおや、なんともはや、無益な差し出口を、よし、それなら……〉と、右大将は思う。

「深山木《みやまぎ》にねぐら定むるはこ鳥も

いかでか花の色に飽くべき

深山の木に塒を定めているあのハコ鳥（カッコウか?）だって、どうして桜の花の色に見飽きたりするものでしょうか……紫上のもとに宿りを定めている源氏とて、どうして三の宮の美しさに見飽きたりするものですか

それもこれも仕方のないこと……。そうそう桜ばかり、というわけにもまいりますまいに……」

こんなふうに右大将は父の肩をもって、もうこの問答も煩わしく思ったので、これにて打ち切りということにした。それからは、話頭《わとう》を転じて言い紛らし、やがてそれぞれの邸へと別れていった。

衛門の督、小侍従のもとへ消息を送る

衛門の督は、いまもなお、太政大臣邸の東の対に、独身で住んでいる。

思うところあって、もう何年もそういう住まいをしているについては、別に誰のせいというわけでもなく、ただ寂しく心細い思いにかられる折々もあるけれど、〈自分の身は、こういう大臣家の出自なのだから、どうして思う通りにならぬことがあろう〉とばかり、

いささか傲慢に思っている。

が、あの三の宮を垣間見た蹴鞠の夕べ以来、心が鬱屈《うっくつ》して、物思いがちで、〈ああ、どんな折に、またあの程度の垣間見でもいいから、ちらりとでもあのお姿を見られるだろうか……自分が、どうにでもごまかしようのある身分であったなら、たとえばかりそめにも、たやすく物忌みやら方違《かたたが》えやらの口実をもうけて、出歩くなどということも軽々しくできようから、そういう紛れに自然と、なにかの隙をみつけだす方法だってあるかもしれぬ……が、私にとっては、そんなふうに心を晴らす方便とてない。だいいち、あちらは楊《よう》貴妃《きひ》のように深窓に養われているというお人だ。されば、どんな手だてを使ったら、私にこれほどの深い思いがあるのだという、そのことだけでもお知らせすることができようか〉などと、思えば思うほど胸痛く、心の屈託は募る一方であった。

そこで、三の宮の乳母子の小侍従《こじじゅう》の許《もと》へ、いつものごとく、消息を遣わした。

「ある日のことでございます。吹く風に誘われて、お垣根うちの原を分け入ってまいりましたのですが、宮さまには、それはそれはどんなにかわたくしをお見下げあそばしたことでございましょうか。その夕べから、思い乱れるばかり心もくれて、『あやなく今日はながめ暮らし』たことでございます」

など、「見ずもあらず見もせぬ人の恋しくはあやなく今日やながめ暮らさむ（まったく見たことがないというわけでもなく、といってよく見たというわけでもない、そういう人が恋しいので、わけもなく今日は物思いに沈んでぼんやりして過ごしてしまうのでしょうか）」という古歌の心をここに込めて、ほんのちらりと垣間見《かいまみ》ただけの三の宮への恋慕を仄《ほの》めかし、その奥に、

よそに見て折らぬ嘆きはしげれども
なごり恋しき花の夕かげ

はるか遠くに見るばかりで、手に折ることもできない嘆き……という木の枝ばかりは繁っているけれど、ただただ名残の惜しまれる花の、あの夕影の色でございました

と、こんな歌が書きつけてあったが、仲立ちをする小侍従は、衛門の督が先日蹴鞠の庭で三の宮を垣間見たという事実を知らないから、「見ずもあらず見もせぬ人……」などと言われても、何を言っているのか分からず、ただ当たり前の恋の物思いを書いてよこしたのかとばかり思っている。

たまたま三の宮の周囲に、お付きの女房なども多くは侍《はべ》っていなかった折であったので、小侍従は、衛門の督の文を持参して、

「この人が、ただこんなにまで忘れられぬとかで、なんですか、お手紙をお寄越《よこ》しなさいましたのも、煩わしいことでございますね。でも、あまりに心を痛めておいでのご様子ゆえ、これではわたくしも見るに見かねまして、なんとかしてさしあげようか、などという気持ちも起こしかねないものでもございません……我と我が心ながら、その成り行きは計り難いところがございます、ほっほっほ」

と、笑いながら三の宮に報告する。

「まあ、なんて嫌らしいことを言うものでしょう」

宮は、ただそれだけをなんの屈託もなく言い、小侍従がくだんの文をくつろげてみせたのを見た。

すると、くだんの「見ずもあらず見もせぬ」の歌を仄めかしたところが目に入った。そこで、あの呆《あき》れはてた……御簾の端のめくれた一件を思い合わせて、ぱっと赤面する。そうして、源氏がことあるごとに、

「よろしいか、くれぐれも右大将に姿を見られるようなことがあってはなりませぬぞ。そなたは、とかく幼いところがおありのように見えるゆえ、万一にも、不注意で右大将《あれ》がお姿を見てしまうということがあるかもしれぬから」

と、あれほど訓戒していたのを、いま思い出すにつけて、〈しまった、これで右大将が、かくかくしかじかのことがございましたと源氏にご報告など申したなら、その時には、どんなにお叱りになるだろう……〉と、そう三の宮は思う。

そもそも、かような不注意で人に姿を見られてしまったということの落ち度の重要さを思うのでなくて、まっさきに源氏に叱られるということを思ったという、その心のほどが、いかにも幼稚なのであった。

かくて三の宮は、返事を書く気にもならぬ。それゆえ、いつもよりもさらにお返事の沙汰がないので、小侍従はがっかりして、こんな程度の恋文に強いて宮のお返事をお願いするほどでもないと考えて、こっそりと、いつもながらの返事を書いた。

「いつぞやは、そしらぬ顔をなさって、こなたの御前《おまえ》まで入っておいでになったのですね。わたくしは、かねてから、あなた様ほどのご身分で宮様への懸想など、まことに無礼なことと、お許し申さずにおりましたが、それを、『見ずもあらず』とやらなんとやら、なんということでございましょう。まったく嫌らしいことを」

と、さらさらっと走り書きして、その奥に、

「いまさらに色にな出《い》でそ山桜
およばぬ枝に心かけきと
いまさら、顔色に出されませぬようにね。あの高嶺の花の山桜の枝に心を懸けたなんて……
しょせん、恋したとてなんの甲斐もなきことにて」
と、こう書いてある。

若菜　下

源氏四十一歳から四十七歳

衛門の督の後ろめたい恋情

小侍従の言うことも道理には違いないが、それでも衛門《えもん》の督《かみ》は諦《あきら》めきれぬ。〈しかし、散々に言ってくれたものだな。……いやいや、こんなありきたりの返事だけを慰めにしていては、どうにもならぬ。ああ、こんな人伝《づ》てでなくて、一言だけでもいいから、三の宮に胸の内を申し上げたり、お言葉を頂戴《ちょうだい》したりする期《ご》があるだろうか……〉と、こんなふうに思うところをみると、源氏の手前、いささか後ろめたい心が萌《きざ》してきたものであろうか……、もしこんなことがなかったら、衛門の督にとって、源氏は、大切な、そして鑽仰《さんごう》すべき人であったのだが。

六条院の競射

三月晦日《やよいみそか》の日、源氏の誘《いざな》いに応じて、六条院にはたくさんの人が参集してきている。衛門の督は、いくらか気が鬱《うつ》して、そわそわと落ち着かない気分でもあったが、あの三の宮のいるあたりの花の色でも見たら、少しは心も慰むかと思ってやってきた。

宮中弓場殿《ゆばどの》で挙行されるはずであった臨時の賭弓《のりゆみ》（褒美《ほうび》を賭けた競射《きょうしゃ》の儀）が、二月《きさらぎ》にという触れであったのが延び延びとなり、三月も帝《みかど》の母宮藤壺の忌月《きづき》だというので行なわれなかった。かくては、腕に自慢の殿上人《てんじょうびと》たちはみな残念な思いでいるので、源氏が、その代わりの弓の会を私邸で催すことにしたのである。

六条院にこの的射（まとい）の円居（まとゐ）ある由を聞き伝えて、例によって例のごとく人々が集まった。

髭黒の左大将も、源氏の子息の右大将も、しかるべき身内だということでやってきた。また中将以下の公達《きんだち》も、左右両方の近衛府《このえふ》から参加して、互いに腕前を競い合う。源氏の心づもりでは小弓《こゆみ》を射るはずであったけれど、いざとなると、いずれも徒歩《かち》で射ることに秀でた弓の上手どもが来ていたので、急きょ呼び立てて射《い》させてみる。

殿上人どもも、射手《いて》として相応《ふさわ》しい者たちはこぞって弓場《ゆば》に立ち、みな、左の組と右の組二人一対になって、先に射る左と後に射る右と、それぞれ交互に射交わす。

やがて日が暮れていくにしたがって、今日は春の最後《かぎり》の日とて、その名残《なごり》の霞《かすみ》も慌《あわ》ただしげに吹き乱す夕風の景色に、「今日のみと春を思はぬ時だにも立つことやすき花の蔭《かげ》かは〈春が今日限りだと思わない日だとて、やはりすんなりと立ち去ることができようか、この美しい花の蔭から、ましてや……〉」の古歌さながら、この庭の花の蔭からなんとしても立ち去りがたくて、人々はすっかり花に酔い、酒にも酔い過ごしてしまった。

「風情豊かな賭け物のあれこれ、みなこの邸《やしき》のあちらこちらの女君がたのご趣味が見えて面白かろうところだが、このように、柳の葉でも百発百中させるほど手練《てだれ》の舎人《とねり》たちが、我が物顔に射取《いと》っていくのは、まことに心無き仕打ちではないか。もうすこし未熟な手並みの者たちを競わせたらよかろうぞ」

源氏が、そんなことを言い出して、髭黒はじめ、右大将以下、次々に弓の庭に降りてゆくのに、かの衛門《えもん》の督《かみ》はぼんやりと物思いに沈んでいるのが目に付いた。督の思いの端《はし》を知っている右大将の目からは、それがどうしても目に立ってしまって、〈うーむ、やっぱり様子がおかしい。なにか面倒なことが出来《しゅったい》するかもしれないな、あの二人の仲は……〉と、無関係な自分まで悩ましい思いに取り憑《つ》かれた心地がするのである。

この右大将と衛門の督は、もとより仲良しであった。いとこ同士だからそれも当たり前ではあるが、そういう間柄の中でも、この二人は、とりわけて心を通わせて懇《ねんご》ろにつきあっていたので、たいしたことでなくとも、相手がなにか悩ましい思いに鬱屈していたりすることがあると、それを自分のことのように労《いたわ》しく思うのであった。

衛門の督自身も、源氏の姿を見るだけで、えも言われず恐ろしく、また正視に堪《た》えない思いがして、〈ああ、こんな心があっていいものだろうか、いや、かほどに重大なことでなくたって、ほんのつまらぬことについてでも、自分は、けしからぬこと、人から批判を受けるような振舞いはするまいと思っているものを、……まして、こんな大それたことは、いかになんでも身の程知らずだ〉と、ひたすらに悲観して、それなら、せめてはあの時の猫、あれを手に入れたいものだと思う。猫では心中の思いを語り合うことなどできぬけれど、せめて一人の閨《ねや》の寂しさを慰めるよすがまでに、あの唐猫《からねこ》を手《て》懐《なず》けてみたいものだ、とそんなことを思っては、狂気じみて、どうやったら盗み出せるだろうと思ったりもするのだったが、いや、それさえ実際には、とうてい叶《かな》いがたいことであった。

衛門の督、妹の弘徽殿女御のもとへ

しかたなく、衛門の督は、妹の弘徽殿女御《こきでんのにょうご》の許《もと》に参って、四方《よも》山話《やまばなし》などして鬱《ふさ》ぎがちの心を晴らそうと試みる。しかし、女御は、とても奥床しい嗜《たしな》みのある人ゆえ、こちらが恥ずかしくなるほど注意深い応接ぶりで、まともにすがたを見せるような真似はしない。かにかくに、兄妹といえども、決して姿をみせるようなことはせぬのが習いだというのに、あの鞠場《まりば》での一件は、いかにもいかにも思いがけぬ、そうしてわけのわからぬ出来事であったと、さすがに衛門の督も考える。けれども、もはや並々ならず思い詰めた恋心のゆえに、まさか三の宮の不見識から起こったこととは思おうともせぬ。

また、東宮のもとへも参上

それから、督はまた、東宮のかたへも参上する。東宮は三の宮と血を分けた兄に当たるのだから、当然、どこか似通ったところがあるに違いないと、じっと注意深くそのお顔などを拝見するに、特段に華やかともいえない容貌《ようぼう》ではあるが、しかし、さすがに東宮という貴いご身分がらの風采《ふうさい》はまた格別なところがあって、貴《あて》やかで、すっきりとした美しさが漂っている。

衛門の督、ついに、三の宮手飼いの唐猫を手に入れる

内裏《だいり》に飼われている猫がたくさん引き連れていた子猫どもが、あちこちに分かれて貰《もら》われていったなかに、この東宮にも一匹、たいそう風情ありげに動き回っているのを見ると、まずあの唐猫が思い出される。

「あの六条院の姫宮のところに飼われている猫は、まことに珍しい顔つきをいたしておりまして、かわいいことでございました……。ちらと拝見しただけでございますが」

と申し上げると、東宮はことのほか猫をかわいがるご性癖ゆえ、なお詳しく尋ねられる。

「あれは、唐猫と見えまして、わが国の猫とは様子が違ってございました。猫はいずれも同じようなものでございますが、ただ、心根が良くて人に馴《な》れておりますのは、ふしぎに心惹《ひ》かれるものでございますね」

など、いかにも東宮が興味をもちそうな具合に、督は話を組み立ててお耳に入れておいた。

この話を聞いた東宮は、さっそくに東宮妃桐壺女御《きりつぼのにょうご》（明石の姫君）を伝手《つて》として、この猫を所望すると、すぐに三の宮かたから進上してきた。

見れば、なるほどかわいらしげな猫だこと、と女房たちは面白がる。

衛門の督は、先の日にこの猫のことをお耳に入れた時、東宮はその猫をきっとご所望になるに違いないと、そうお顔色を読んでおいたので、それから何日か経《た》ったころに、そろそろあの猫が東宮の許に来ているに違いないと踏んで、参上してみた。

衛門の督は、まだ童《わらわ》の時分から、朱雀院が取り分けて目をかけて近侍《きんじ》させたのであったから、院が出家して山に退隠《たいいん》されて以後は、またこの東宮にも親しく参向して、心を込めてお仕えしているのであった。

こたびは、得意の琴《こと》などお教えするついでに、

「御猫《おんねこ》どもがたくさん集まっておりますね。さあ、どこにおりましょうか、わたくしの見た子は」

などと言いながら、ついに捜し出した。これがあの三の宮の……と思うととてもかわいく思えて、抱いて撫《な》で回したりしていた。

東宮も、

「なるほど、美しい様子をしているね。しかし、どうやらその猫の心はまだ懐《なつ》いていないのは、見馴れぬ人を人見知りするのであろうな。この御殿にいる猫どもも、とりたてて見劣りがするというわけでもないが……」

と仰せになる。督は、そこで、

「この猫というものは、仰せのごとく人を見知るというような弁《わきま》えもいっこうにございませぬものながら、そのなかにも、心の賢明なのは、おのずからしっかりした魂がございましょうね」

と言って、それから、

「されば、こちらには、この猫よりもよほど性根のまさった猫もおりましょうから、この唐猫は、わたくしがしばしお預かり申すことにいたしましょう」

などと巧みに言いくるめて、この猫を手に入れたが、内心は、いかにも強引で愚かしいことだと、そうも思うのであった。

とうとう、この猫を探して手に入れ、夜も身辺を離さず共寝をする。そうして、明ければ明けたで、もっぱら猫の世話をして撫育《ぶいく》することに余念がない。

すると、人見知りをしたその猫も、たいそうよく懐いて、ややもすれば衣の裾《すそ》にじゃれつき、また寝ていると側《そば》にきて狎《な》れかかるのを、督は、心底《しんそこ》かわいいと思う。

衛門の督がたいそう考え込んで端近《はしぢか》なところに倚《よ》り掛かって臥《ふ》していると、そこへくだんの唐猫がやってきて、

「ネョウ、ネョウ」

とたいそういじらしく鳴く。すると、督は、これを掻《か》き撫でながら、〈寝よう、寝よう、と鳴くか……これではいよいよ思いが進むことよな〉と思って、つい苦笑が漏れる。

「恋ひわぶる人のかたみと手ならせば
なれよ何とて鳴く音なるらむ

恋しくて恋しくて、しかしどうにもならぬと悲観しているあの人の身代わりと思って手馴らしていると、お前はなんのつもりでそうやって鳴き声を立てるのだろうか

これも、前世からの因縁があるのだろうか……」

とて、猫の顔を見ていると、猫はますますいじらしげに鳴く。衛門の督は、それを懐に入れて、また物思いに沈む。

長く仕えている女房などは、

「どうなさったのでしょう。ここへきて俄《にわ》かな猫の出世ぶりだこと。もともと、こんな獣《けもの》などはあまりお好きでないご性分であったに」

と、見咎《みとが》めるのであった。

衛門の督は、東宮から督促されてもいっこうに返しもせず、独り占めして猫ばかりを相手にして過ごしている。

玉鬘と真木柱のその後

さて、髭黒の左大将の北の方（玉鬘）は、実の兄弟である太政大臣の子息たちよりも、源氏の子息右大将の君を、昔仲良くしていた心のままに、今も疎《うと》からず思っている。もともと玉鬘は、心に才走《さいばし》ったところがあり、しかも親しみやすい人柄の君で、右大将に対面する時も、とくにうるさく隔てをもうけるような様子もなくもてなしている。これに比べると、淑景舎《しげいさ》すなわち桐壺の女御（明石女御）などは、いかにも他人行儀で近づきがたい態度を決して崩さないので、どうも親しみにくい。そこで、右大将は、実の妹の桐壺とは親しまず、かえって血のつながらない玉鬘と睦まじくするという、いっぷう変わったつきあいかたで、互いに心を通わせあっていた。

夫の髭黒は、今ではますます、あの最初の北の方と縁を切って、ただこの玉鬘を並びなく大事に思って暮らしている。玉鬘との間には男の子だけしか授からなかったので、それも物寂しいことに思って、あの真木柱《まきばしら》の姫君を引き取って、手許《てもと》で大事に愛育したいと思ったけれど、祖父の式部卿の宮などが、どうしても許さず、

「この姫君だけでも、人の物笑いにならぬような、立派な婿を得させてやりたい」

と思いもし、また公言もしているのであった。

この式部卿の宮という人は、もとより世の声望は大したもので、帝もこの宮に対するご信頼は並々ならず、宮が「このことは是非に」と願い申されることは、どうでも拒絶することができず、断わっては宮がお気の毒だと、そんなふうに思し召《おぼめ》すのであった。いったいに、この宮の性格は華やかなところがあって、源氏と太政大臣に次いで多くの人が宮邸に参向し、世の人々もこの宮を重んじている。

髭黒の大将も、もとより東宮の伯父に当たり、しかるべき世の重しとなるべき素地《そじ》のあ

る人であったから、その一人姫《ひとりひめ》真木柱の評判も、どうして軽々しいはずがあろう。そこで婿にと申し出る人々は、さまざまの機会にいくらもあったけれど、祖父式部卿の宮はなかなか決定しない。

衛門の督が、もしそういう様子を見せたらそのときは、と宮は思っているのであったが、どういうものか、督は、あの猫以下にしかこの姫君を見ていないのであろうか、まるでそのけぶりも見せないのは、宮にとっては口惜しいことであった。

その母北の方は、どういうわけかわからぬが今もおりおりに正気を失う人で、その様子はまったく普通でなく、世の交わりも叶わないありさまであるのを、真木柱は無念なことに思って、継母の玉鬘のほうを心にかけて慕わしく思っている……まことに今ふうの華やかな性格なのであった。

蛍兵部卿の宮、真木柱に求婚

蛍兵部卿の宮は、今もなお独り身で、玉鬘といい、女三の宮といい、熱心に望みをかけた姫君たちは、みな願いに違《たが》う結果となり、世の中も興ざめで、どうも人の笑い物になっているような気もしている。そこで、こんな状態に甘んじて暮らしているばかりでいいものだろうか、と思って、式部卿の宮のあたりへこういう気持ちを見せてすり寄っていった。すると、式部卿の宮は、かねて愛育している真木柱の婿に、と思う。

「おお、そんなことは何でもない。大事に世話しようと思う娘は、まず第一には入内《じゅだい》させたいものだが、それが叶わない場合は、親王《しんのう》がたにでもなんとか妻合《めあ》わせたいものだと思っているのじゃ。ただの臣下で、とかく実直だけが取り柄の真面目《まじめ》くさった連中ばかりを、今の世の人々は重んじるようだが、まことに目先の利《り》ばかり当てにした、品下《しなくだ》る行きかたといわねばならぬ」

と言って、さまでやきもきさせることもなく、あっさりとこの件を承諾してくれたのであった。

兵部卿の宮は、口説《くど》いたり恨んだりの恋の駆け引きもないまま、あまりにも簡単にことが運んでしまったのを物足りない思いでいるけれど、それでも式部卿家といえば侮《あなど》りがたい家柄ゆえ、この際あれこれと言い逃れもならず、そのまま宮家の婿として通い始めた。

式部卿家では、この婿をこの上なく大事にもてなしている。

式部卿の宮家には娘御がたくさんいるのだが、長女の髭黒左大将の北の方といい、入内した次女王女御《おうにょうご》といい、みな思うに任せぬことばかり立ち続く。

「娘たちについては、さまざまに嘆かわしいことばかり出来してな、もう懲《こ》りごりとしているのだが、ただこの孫娘ばかりは、なんとしても放念しがたい思いでいるのじゃ。真木柱の母君《あれ》は、なにやらわけのわからぬひねくれ者で、それも年とともに程度がひどくなっていく。また父親の左大将という男は、わしが自分の意向に従わないのが気にくわぬというのであろう、その娘に対してはさっぱり疎《おろそ》かな扱いで、見捨てられてしまったように見えるのは、なんとしてもかわいそうでならぬでな」

式部卿の宮は、こんな述懐を漏らして、真木柱の部屋の調度もみずから心をこめて手をかけて指図しつつ、なにもかももったいないほどに気を入れて用意したのであった。

兵部卿の宮の冷めた心

蛍兵部卿の宮は、もう八年ほども前に世を去った北の方……この人はもとの右大臣の姫君で朧月夜の姉にあたるのであったが……を、逝去以後もずっと恋しく思っては、ただその亡き北の方に似た人を妻に得たいものだと思い続けていた。

が、真木柱は、決して器量が悪いというわけではないのだが、いかんせん亡き北の方とは似ても似つかぬ、と兵部卿の宮は思った。それで、せっかくの縁ながら、これでは残念などとでも思ったのであろうか、通って来る様子が、たいそう面倒くさげであった。

式部卿の宮は、これを〈まことに気に入らぬことよな〉と思って嘆いている。

母君も、あんなふうに心の狂ってしまっている人ではあるが、まま正気に返るときには、〈ほんとうに口惜しく、辛い浮世だこと〉と、もはや諦めの思いでいる。

髭黒の左大将はまた、〈それみたことか。あんな色好みの親王を婿になど……〉と憤慨し、はじめからみずからの心中には許さなかった縁談だったからであろうか、この婿とりについては、もとより〈……不愉快な〉と思っている。

玉鬘の複雑な思いと心遣い

玉鬘は、こんな頼りにならぬ兵部卿の宮の仕打ちを身近に聞いて、〈おやおや、もしも自分が、あの宮と夫婦になって、こんなひどい仲であったとしたら、そして、それをもし源氏さまや父太政大臣がご覧になったら、どんなふうにお思いになったことでしょう〉などと、このことをなんとなく面白くも、また半面身に沁《し》みて思い出しなどもするのであった。

〈……あの頃とて、兵部卿の宮と夫婦になろうなどとは思いも寄らなかったけれど、それでも宮はいかにも情深《なさけぶか》げに、また心のこもった求愛を重ねてくださった。それなのに、私はああして髭黒のものになってしまったのだから、宮はさぞ張り合いのない軽薄な女だと見下げ果てられたことであろうなぁ〉と、ただ恥ずかしいばかりにずっと思い続けてきたのであった。それゆえ、こういう状況になって、継子《ままこ》にあたる真木柱が、自分の噂《うわさ》などを宮のお耳に入れるかと思うと、それはそれでまた気がかりなことだと、思っている。

そこで、玉鬘は気遣いをして、継母としてのお世話を、自分のほうからも真木柱のためにしてやっている。

真木柱には二人の弟がいたが、玉鬘は、宮の薄情ぶりなど毫《ごう》も知らぬふりで、この弟たちを、憎からぬ様子で宮のもとへ出入りさせたりするのであった。これには、宮のほうでも、胸を痛めて、〈自分としては真木柱《あれ》と縁を切るようなつもりは毛頭ないのだが……〉

と思っているが、かの大北の方というひねくれ者だけは、常に容赦なく宮のことを怨《うら》み罵《ののし》ってやまないのであった。

「わざわざ親王たちを婿にするというのは、あの方々はおっとりとして浮気心などなく娘の面倒を見てくださると思うからこそ、あんなろくでもないお暮らしぶりを勘弁するんじゃありませんか」

大北の方は、こんなことをいって不満を爆発させる。

宮はそれを漏れ聞いては、〈なんとまあ、聞いたこともないひどい言いようだな、昔ほんとうに大切に思っていた北の方と睦まじくしていた時分だって、それを差し置いて、かりそめの浮気心は絶えなかったけれど、それでも、こんなひどい怨言《うらみごと》など、いちども言われたことがない。それなのに……〉と、不快千万に思って、またいよいよ以て亡き北の方を恋しく思い出さずにはいられない。

そうして、真木柱のところへ通いもせず、北の方の想い出の残る自邸に、ひたすら物思いに沈んで過ごしているのであった。

とは言いながら、こうして二年ほども経ってみれば、こんな淡々《あわあわ》とした関係もすっかりなれっこになって、ただそういうあっさりとした仲らいで過ごしている。

四年の後、冷泉帝御退位

さて、それからいつしか年月が経って、冷泉帝《れいぜい》が即位されてから、はや十八年になった。

「世継ぎの君となるべき皇子《みこ》たちもいないし、なんの張り合いもないほどに、世の中がひどく無常に思える。この上は、心安く会いたい人にも会い、堅苦しい公《おおやけ》の暮らしでなくて気楽に心を遊ばせて、のんびりと余生を過ごしたいと思う」

と、このように帝は、ここ数年お考えにもなり、またそのように真意を漏らされることもあったのだが、ここへきてにわかにご体調がひどく悪くなられるということがあって、二十八歳で突然に位をお下りになった。

世の人々は、まだまだ充分に若盛りの御世に、こんなふうに御退位《どたいい》なさることを惜しみ嘆いたけれど、はや東宮（朱雀院の皇子）もご成長のこととて、すぐにこの御位《みくらい》を継がれ、世の中の政治向きのことなどは、取り立てての変わり目もなく過ぎていった。

太政大臣、致仕。髭黒、右大臣に

太政大臣は、辞職の表《ひよう》を奉《たてまつ》って、表舞台から引退した。

「世の中はまことに常無《つねな》きもの、かのもったいない帝の君も、今御位を去られたというに、私のごとき老いぼれが冠を脱いで職を辞したとて、なんの惜しいことがあるものか」

と太政大臣は思いを述べて去り、代わって髭黒の左大将が右大臣に昇格して、世の中の政治を掌握することとなった。

冷泉帝の世を継いで即位された新帝の御母承香殿女御《おんははしようきようでんのにようご》は、わが子の即位を待たずに世を去ったので、もちろん所定の典範にしたがって皇太后位《こうたいごうい》を遺贈《いぞう》されたけれども、終生《しゆうせい》なにかの後ろに隠れていたような、まことに甲斐《かい》のない生涯であった。

明石の女御腹の一の宮、東宮に。右大将は大納言の左大将となる

そうして、明石女御腹の一の宮が、これに代わって東宮に立たれた。そうなるのは当然

の成り行きだと予《かね》て思ってはいたものの、いざ実際にそうなってみると、やはりめでたく目の醒《さ》めるようなことであった。

右大将の君は、昇任して大納言《だいなごん》となり、同時に髭黒の後《あと》を襲《おそ》って左大将になった。かくていよいよなにもかもが願いどおりの、この君たちの間柄である。

源氏は、譲位された冷泉院に世継ぎの君のおいでにならぬことを、なんとしても飽き足らぬものに、内心思っている。いや、新しく東宮に立った一の宮も、自分の血を引いているには違いない、けれども、冷泉院が、その出生の秘密を世に知られて煩悶《はんもん》するに及ばず、なんとか皇位を全うできた代わりに、御《おん》みずからのお血筋を後々の世までも伝えることがおできにならずに終わった果報の拙《つたな》さを、源氏は口惜《くちお》しく索漠《さくばく》たるものに思っている。しかし、まさかそのことは人に打明けられるようなことではないので、心は怏々《おうおう》として楽しまない。

新東宮の母君、明石女御は、続々と御子《みこ》を儲《もう》けて、ますます帝のご寵愛《ちょうあい》は並びないものとなった。

されば、桐壺の帝には藤壺の宮、冷泉院の帝には秋好む中宮と続いて、やがてこの新帝には明石女御が立后《りっこう》されるであろうことを思うと、このところ打ち続いて皇統からばかり后《きさき》が選ばれることを、公卿たちは飽き足らぬものに思っている。それについても、冷泉院の后秋好む中宮は、特に故由《ゆえよし》もないのに、しいて自分を立后させてくれた源氏の厚意のほどを思いやって、年が経つにつれて、ますます限りなくありがたいものに思うようになった。

冷泉院は、かねての思し召しどおりに、いずこへ御幸《ごこう》されるときでも、今はとくに窮屈な思いもせず自由にお出ましになっているので、むしろご譲位の後のほうが、まことに喜ばしくこのうえのないご日常である。

紫上、出家を願う

いっぽう、異母妹女三の宮のことを、新帝は、とくにお心をとどめて目をかけてさしあげるのであった。この姫宮のことは、かつて朱雀《すざく》院が、あの三の宮ばかりは後ろ楯がない身の上ゆえ、なんとしても気掛かりだから、どうか目をかけてやってほしいと、そう仰せになったことを帝は忘れない。

しかし、この宮は、おしなべて世の人々の尊重するところではあったけれど、ただ六条院のなかにあっては、どうしても紫上の威勢にはかなわない。

しかも、年月の経ちゆくほどに、紫上と源氏の御仲はまことにきちんとしてゆるぎなく、また睦《むつ》まじく心を通わせて少しも不満足なところはないし、どこといって心の隔てなども見えぬ。

けれども、紫上は、

「今は、こんなありきたりの暮らしでなくて、心を鎮《しず》めて勤行専一《ごんぎょうせんいつ》に過ごしたいと、そう思います。この世は、おおかたこんなものと、見定めのつくような気のする歳になってしまいましたものね。どうぞ、この出家の素志《そし》をお見許《みゆる》しくださいませ」

と、それはそれは真剣そのものの表情で言う。

源氏は、胸打たれる思いで、

「それは、とても考えられぬ辛いことを仰せだ。いや、私のほうこそ、もとより遁世《とんぜい》の願いは深いのだが、ただ、世を捨ててしまったら、そなたがさぞ寂しい思いをされるだろう……ご生活も今までとはまったく一変せざるを得ぬ。そうなると、私はそなたのことが気掛かりでならぬゆえに、こうしていまでも俗世を捨てずに我慢しているのだよ。だから、私のほうがまず、その出家の素志を遂げての後に、どうなりとお考えになったらよろしい……」

と、そんなふうに、同意せぬ旨をのみ語り聞かせる。

明石の御方と母尼君の暮らしぶり

明石女御は、ひたすら紫上をほんとうの母親のように敬って接しているいっぽう、実母の明石の御方のほうは、ただ表には出ないお世話役として、ひたすら我が身を低くして謙《けん》遜《そん》そのものの暮らしぶりをしている。そういうふうに卑下して暮らす、このことが、却《かえ》って行く先が安心な感じでもあり、また見事な生きかたでもあった。

尼君は、ややもすれば、かく孫娘の栄達を見て喜びに堪えず、うれし涙が折々にこぼれる。そしてその涙を拭《ぬぐ》ってきれいになったせいであろうか、目許までもすっきりとして、長命を保ったことが喜ばしい結果になったという希《け》有《う》な例《ためし》となって過ごしている。

源氏、住吉へ詣でる

住吉の明神へ明石の入道が立てたもろもろの願が、今現実のものとなりつつあることへのお礼参りを、そろそろ果たすべき時がきたと源氏は思い立った。

そこで、明石女御がみずから将来への祈願のために住吉参詣《さんけい》をしたいと望んだこともあって、源氏は、あの入道が残した願文《がんぶみ》を納めた文箱《ふばこ》を開けてみる。すると、そこにはたいそう多くの願が立ててあって、その叶ったときのお礼についても、さまざま盛大なことが、これでもかこれでもかというほどに書いてあった。

入道が、春秋《はるあき》に神楽《かぐら》を奉納した折々に、姫君の幸福ばかりか、必ずさらに遠い将来のことまでも祈願し置いた、そのことに対するお礼ともなると、とてもとても一受領《ずりよう》の分際《ぶんざい》で果たしうるような規模ではなく、じっさい、初めから源氏の輝かしい威勢と富とを以てするのでなくては、いずれ実現可能だとも思っていなかったらしく書いてある。

そのさらさらと走り書きにしたように見える願文の文面からは、まことに入道の才学の優長《ゆうちょう》なることが偲《しの》ばれて、仏も神もお聞き届けくださるにちがいない明晰《めいせき》な言葉で書かれていた。

〈さても、どうしたわけで、あのような一介の山住みの法師の、世俗を去ったはずの心のうちに、これほどの大望を思いついたのであろうな〉と、源氏は胸を打たれもし、かたがたまた〈なんと恐れ多いことだ……〉とも思う。

〈……してみると、あの入道は、こうなるべき前世からの縁《えにし》のある人で、しばらくの間かりそめに、ああいう姿で現世に現われた、はるか昔の行者《ぎょうじゃ》かなにかだったのではなかろうか〉などとまで、源氏は思い巡らすと、ますますあの入道のことを、受領ふぜいの軽々しい人とは思えなくなるのであった。


しかしながら、こたびの参詣は、女御や東宮の将来への祈願というような本心は表に出すことなく、ただ単に源氏の参詣という触れ込みで出立《しゅったつ》していった。

かつて須磨の浦あたりに流寓《りゅうぐう》の折に、たくさんの願を立て、そしてそれが叶えられたことについては、すでに皆お礼参りは済ませてある。しかし、そののち中央に返り咲いてこのように世の栄華を極め、一族の弥栄《いやさか》を見るにつけても、神のお助けのあったことは忘れ難く、紫上も同道で参詣をすることにした。

その道行きの盛大なること、まさに世の大評判になったほどで、とうてい当たり前のことではない。

源氏の心づもりでは、なにごとにも大掛かりなことは避けて質素を旨とし、世の煩《わずら》いにならぬようにと、こたびもできるだけ簡略にことを運ばせたのではあるが、それでも、源氏ほどの身分の人ともなると、たぐいなく厳かな装いの行列となるのはやむを得ない。

上達部《かんだちめ》も、左大臣右大臣の二人を除いて、ことごとく随行していく。

また舞人《まいびと》としては、六衛府《ろくえふ》の次官たちのなかから、容貌《かおかたち》がすっきりとして背丈の揃《そろ》った人々だけを選んで連れていく。されば、この選抜に漏れた人たちのなかには、それを恥として不満を訴え嘆く芸達者たちも多かったのである。

陪従《べいじゅう》のものどもも、石清水八幡《いわしみずはちまん》や賀茂《かも》の臨時の祭などに奉仕する人々のなかから、それぞれの技芸に通暁《つうぎょう》したものばかりを選んで連れて行った。そういうなかに特旨《とくし》を以てさし加えられた楽人《がくにん》が二人、これは、近衛府所属の者のなかから、世間に知られた名手を召して連れて行く。また神楽を奉納する員数も、たいそう多く奉仕する。

その他、内裏、東宮、冷泉院に仕える殿上人どもも、それぞれ随従する人ごとに分かれ、みずから進んで奉仕する。それ以下は、もはや数えるに及ばぬほど、いろいろに趣向を凝らした上達部の馬の鞍《くら》、馬副《うまぞい》の者、随身《ずいじん》、小舎人童《こどねりわらわ》、家ごとの舎人《とねり》ども、などなど、みな立派に調《ととの》え、美々《びび》しく飾り立てて進んでいくのは、まことに比類なき見物《みもの》であった。

明石女御と紫上は、一つの車に同車している。

その次の車には、明石の御方、尼君も、お忍びで乗り込んでいる。

女御の乳母《めのと》、これはとかく内情に明るい者として随行している。

それぞれのお供の者たちの所用車としては、紫上のところのは五台、女御のも五台、明石の御方一統のは三台、いずれも目も綾《あや》なる装束を御簾《みす》の下より押し出《いだ》して、その見事なことは筆舌に尽くし難い。

じつは、

「尼君を、同じことなら、寄る老いの波のしわも伸びるであろうから、家族の一人として堂々と詣《もう》でさせようか」

と源氏は勧めたのだが、これには、明石の御方が、

「このたびは、これほど世挙《よこぞ》って大評判のお行列のなかに立ち交わるのも心憚《はばか》られますこ

とでございます。運良く長命を保って、願いどおりの時を無事迎えることができましたならば、そのときにはきっと……」

と言って、尼君の同行を引き止めたのであったが、それでも尼君にしてみれば、これよりの余命も心もとなく、またなんとかこの目で一目なりと見たいものだと念じつつ、強《し》いてついてきてしまったというわけであった。

然るべき因縁によって、もともと栄華のうちに育った人々の栄《は》えばえしい姿よりも、むしろ、よほどすばらしい宿縁に結ばれていたことが今はっきりと思い知られる、そういう尼君のありさまなのであった。

住吉の社頭にて奉納の舞楽

十月中旬《かんなづき》のことゆえ、「ちはやぶる神の斎垣《いがき》にはふ葛《くず》も秋にはあへずうつろひにけり（神々の瑞垣《みずがき》に這いまつわる葛の葉も、秋には耐えることを得ず、こうして色を変えてしまったことだ）」という古歌さながらに、神域の垣根に這《は》い纏《まつ》わる葛《くず》の葉も色を変え、松の下草も紅葉《もみじ》して、また別の古歌には「紅葉《もみぢ》せぬ常磐《ときは》の山は吹く風の音《おと》にや秋を聞きわたるらむ

（紅葉《こうよう》しない常磐木《ときわぎ》の山では、ただ吹く風の音のみによって秋の到来を聞き知るのであろうか）」と歌ってあるけれど、ここでは、風音ばかりでなく紅葉の色にても秋を知ることができるという景色である。

儀式張った高麗楽《こまがく》や唐楽《とうがく》よりも、東遊《あずまあそび》の音楽の耳馴れた風情は、親しみやすく面白く、しかもそれが海辺の波風の音に響き和して、あの亭々《ていてい》たる松の大樹に向かって高々《たかだか》と吹き立てた笛の音も、他の所で聞く調べとは格別に身に沁み、和琴《わごん》に合わせて打つ笏《しゃく》の拍子も、また鼓《つづみ》を交えずにみごとに整った音楽に大仰なところがないのも、さりげない風情があって、かえってそれが心にしっくりとした感興を添える。海近い住吉の社頭で聞くだけに、所柄《ところがら》いっそう風情豊かに聞こえるのである。

楽人どもは山藍《やまあい》で緑に染めなした衣を着けているが、その竹の模様は松の緑に見紛《まご》うばかり、また挿頭《かざし》の花も色とりどりに、まるで秋草の紅葉《もみじ》と境目が見え分かぬほど、なににつけても目も紛《まご》うばかりの景物である。

神楽奉納の次第も進んで、終わりに『求子《もとめご》』を舞い納める時分になると、若々しい上達部たちも、右の肩脱ぎをして庭に下り立ち、舞人《まいびと》どもに混じって舞ってみせる。

なんの色味もない黒い袍《うえのきぬ》の片袖《かたそで》を脱ぐと、蘇芳襲《すおうがさね》（表蘇芳、裏濃き蘇芳）やら葡萄染《えびぞめ》（薄紫）やらの色の下襲《したがさね》の袖をざっと引き出したところへ、紅《くれない》の深い色の袙《あこめ》の袂《たもと》に、折しもぱらぱらと時雨《しぐれ》が訪れてお印ばかり濡《ぬ》れる……すると紅の色は深く匂《にお》い立って、ここが松原であることを忘れさせ、紅葉が散ったかと思うほど……。

かくのごとく、見る甲斐の多い姿また姿、そこへたいそう白々と枯れた荻《おぎ》を、高々と挿《か》頭《ざ》して、ただ一遍舞って、そのまま奥に消えたのは、ああ、なんとしても面白く、見ても見ても見飽きない心地がするのであった。

源氏、尼君と歌を贈答す

源氏は、この舞《まい》の庭《にわ》を見やりながら、ふと昔のことを追懐《ついかい》し、それから一時《いちじ》は須磨あたりに沈淪《ちんりん》していた、あの頃のことなども、いま目前のことのように思い出される。けれども、その時分のことを、思うさま語りあうべき人もいないので、ああ、こういうときここに、あの前太政大臣《さきのだいじょうだいじん》がいてくれたらなあ、となつかしく思いやるのであった。

それから源氏は、車に戻り、明石の御方のいる二の車に、そっと忍んでいった。

たれかまた心を知りて住吉の
神代《かみよ》を経《へ》たる松にこと問ふ

もうはるかに時が経ってしまって、あの頃のことは、私とあなた以外の誰が分かってくれましょうか。この住吉の浜辺の神代の昔から歳《とし》を経てきた松に尋ねてみましょう

と、こんな歌を、つい手回りにあった懐紙にさらりと書いた。

これを見ては、その「神代を経たる」尼君は、思わず涙に袖を濡らす。

尼君は、いまこれほどの弥栄《いやさか》を目前に見るにつけても、かつて源氏が明石の浦から、今はこれまでとて別れていった砌《みぎり》に、あの寂しい浦里に幼い姫君が残されたありさまなどを思い出して、思えば恐れ多いまでの、我が身の果報ぶりを思うのである。さては、世を捨てて山に隠れた夫入道のことも恋しくて、あれもこれもなにもかも心は悲しいところを、うっかりしたことを申しては不吉だと、よくよく言葉を吟味しつつ歌を返す。

住《すみ》の江《え》をいけるかひある渚《なぎさ》とは
年経《ふ》るあまも今日や知るらむ

この住み吉しという住の江が、そこに生きる貝（かひ）のあるように、生きる甲斐（かひ）のある渚だとは、年取った海士（あま）のこの尼（あま）も今日はじめて思い知りました

こういう時に、もたもたと返事が遅くなってはもっての外であろうとばかり、尼はただ心にぱっと浮かんだままに詠み返したまでであった。

昔こそまづ忘られね住吉の
神のしるしを見るにつけても

昔のこと、それこそをなによりも忘れることができませぬ、この住吉の神様のはっきりとした御利益《ごりやく》を目《ま》の当たりに見るにつけましても

尼はまた、こんな歌も、独り言に呟《つぶや》いたことであった。

その夜の音楽と詠歌

かくてその夜一晩、神楽の音楽に興じ明かした。

十月《かんなづき》二十日の月は中天高く澄みわたって、海の面《おも》も冴《さ》え冴《ざ》えと美しく眺められたが、更《ふ》けては霜がたいそうみっしりと置いて、色変えぬはずの松原までも地上の霜の白きに紛《まぎ》うありさまは、なにもかもがぞくりと寒く、その風情も一段ながら、またしみじみと心に沁みる哀感もひとしおであった。

紫上は、いつも邸《やしき》の垣根のうちにいながら、四季折々の風物に事寄せての興深い朝夕の音楽ならば、耳に聴きつけ目にも見慣れているのであったけれど、門外に出ての見物などは、まずもってする機会もなく、ましてやこのように都を離れての遠出などは、いまだ経験したことがないので、それこそ珍しいことゆえ、興味津々という思いで、こんな歌を詠んだ。

住の江の松に夜ぶかく置く霜は
神のかけたる木綿鬘《ゆふかづら》かも

この住の江の松に、夜深くなって置いた霜は、
神のかけている木綿の鬘でもありましょうか

昔小野篁朝臣《おののたかむらあそん》が「ひもろきは神の心にうけつらし比良《ひら》の高ねにゆふかづらせり（その

御座《みくら》として奉納した榊木《ひもろき》は、きっと神の御心にかなったに違いない。その証拠に、ああして比良の高嶺にも神が木綿鬘をかけたように白雪が積もっている)」と詠みおいた雪の朝の情景を思い合わせて、紫上は、〈ああ、こうして真っ白に霜の置いたのは、この参詣の心を住吉の神がご受納になったしるしでしょうか……〉と思うほどに、ますますこの神への信頼を深めるのであった。

明石女御も、これに和する。

神人《かみびと》の手にとりもたる榊葉《さかきば》に
木綿《ゆふ》かけ添ふるふかき夜の霜

神官たちが手に取り持っている榊の葉に、真っ白な木綿をかけ添えたのでしょうか、あの夜の霜は

中務《なかづかさ》の君また、

祝《はふり》子《こ》が木綿うちまがひ置く霜は
げにいちじるき神のしるしか

神官が掛けている木綿と見紛うばかり真っ白に置いた霜は、
なるほどはっきりと見え分かる神のご嘉納《かのう》のしるしでございましょうか

と詠じて、以下それからそれへと、数知れず歌が詠み出されたが、それらのすべてを、なんでまたいちいち聞き覚えておくことができようか。こういう行事に際して詠み出される歌どもは、いつもは歌の上手として通っているような男たちでも、却って出来栄えのよろしくないことが多く、紋切り型に「松の千歳《ちとせ》」とやらなんとやら決まり切ったことばかり歌い連ねて、それよりほかには目新しいことも詠じ得なかったことゆえ、煩わしさにいちいち書き留めなかった。

その明け方の神楽

ほのぼのと夜が明けていくにつれて、霜はいよいよ深く、神楽のほうは本方《もとかた》と末方《すえかた》と二手《ふたて》に分かれて掛け合うはずの約束事もだんだん怪しげになるまで、みな酔っぱらってしまっている神楽の楽人どもの真っ赤な面《おもて》とは裏腹に、面白い事に心惹かれて、庭の篝火《かがりび》もはや湿《しめ》りがちなのに、なおも「万歳《まんざい》、万歳、万歳や万歳や……」と榊葉を取り直しつつ祝い申す源氏一族の行く末を思いやるにつけてもいよいよめでたい。

こういう一部始終のなにもかもが、飽かず面白い面白いと興じているうちに、かの「秋の夜の千夜《ちよ》を一夜《ひとよ》になせりとも言葉残りて鶏や鳴きなむ（あの長い秋の夜を千夜かさねたほどの長い夜だとても、こうして恋しき人と過ごす一夜はあっという間に明けて、言い残した言葉ばかり多いうちに早一番鶏が鳴いてしまうであろうかなあ）」と古歌に歌ってあるほどの名残《なごり》惜しい一夜が、あっという間に明けてしまったので、「いとどしく過ぎゆくかたの恋しきにうらやましくも返《かへ》る波かな（過ぎてきた旅路、そして過ぎてしまった昔のことがいっそう恋しいのに、そこへ帰ることはできぬ。それなのに、羨ましくも寄せては返るこの波だよなあ）」と古歌に歌ってあるように、その「返る波」と先を競うように帰京するのも口惜しいと、若い公達《きんだち》はみな思うのであった。

翌朝の食事の光景

松原に、はるばると立て続けた牛車の御簾の下からは、とりどりに女装束の袖や裾などが押し出《いだ》されていて、それが風にひらひらとなびくところは、さながら常磐木《ときわぎ》の松の蔭に花の錦《にしき》を引き加えたかと見える。そういう景色のなか、袍《うえのきぬ》の色には法律の定めがあるゆえ、その主人の位階《いかい》に従って、給仕をする役人もまたそれぞれの色の袍を纏《まと》いながら、美しい脚付膳《あしつきぜん》を捧《ささ》げ持って各自主人の車へ食事を供する様子が見える。これを見た下人どもは、こうして給仕人までが袍を着て美しく装っているのを見ては、さすがなものだと賛嘆するのであった。

尼君の前にも、浅香《せんこう》の木で作った折敷《おしき》（角盆）に、わざわざ青鈍色《あおにびいろ》の絹をかけて、精進料理を差し入れるというので、

「まことにびっくりするような果報者の女よのう」

と、男たちはめいめいに陰口をたたいているのであった。

「明石の尼君」という流行《はや》り言葉

参詣の往路は、なにかと大げさな道行きで、しかもあだや疎《おろそ》かには扱えぬご神宝《しんぽう》なども あり、さまざまな意味で窮屈なことであったが、帰路は、ごく気楽に、あちこちと見物

逍遥《しょうよう》しながらゆるゆると帰った。

この間のことは、いちいち語り続けるのも煩わしく、また面倒なことどもゆえ、省く。ただ、かくも幸いに満ちたありさまを、あの明石の入道が、聞くことも見ることもできぬまま世を捨てて過ごしていることばかりは、やはり残り多い思いがするのであった。とはいえ、仮に入道がこういう場所に立ち交じるのも、見苦しく難しいことであったに違いないのだが……。

こうして今や、明石の一族の栄達ぶりを見習って、世の人々がとかくあらぬ高望みなどしそうなありさまと見える。世間では寄ると触るとこの噂で持ち切りで、ただもう感嘆のあまり開いた口もふさがらないというほど、しまいには、幸運な人を指して「明石の尼君」と称えるのが常套句《じょうとう》となったほどの騒ぎであった。

されば、あの引退した太政大臣の落とし胤《だね》、近江《おうみ》の君などは、お得意の双六《すごろく》を打つ時には、いつも「明石の尼君、明石の尼君」と叫んで、賽《さい》の目の幸運を祈ったことであった。

朱雀院は勤行一途に暮らし、女三の宮は二品内親王に昇る

出家した朱雀院の帝は、その後はひたすらに勤行一途《ごんぎょういちず》に過ごされ、帝のお言葉すらいっさいお聞き入れにならぬ。ただ、きまりごととして春と秋の二度行なわれる、今上帝《きんじょう》の父院のもとへの行幸の折にだけは、院も帝に会われて出家する前のことどもなどをなつかしく思い出されることもいくらかはあった。そういう折には、やはりあの女三の宮のことだけを、朱雀院はどうしても思い放つことができずに、源氏を、それでもなお一応の後見役として頼りにされ、同時に帝へは「あの宮のことは、どうか内々に気を配ってくれるように」と仰せになるのであった。そこで、三の宮は、こたび二品《にほん》内親王に昇格され、封戸《ふこ》も加増《かぞう》になった。こうして、三の宮の格式はますます盛んなものになってゆく。

紫上、女一の宮を手許に引き取る

紫上は、こうして年月と共に、三の宮ばかりがなにかにつけて格式や声望を増していく

のに引き比べて、我が身の行く末を思わずにはいられない。

〈……当面は、源氏さまお一人が大事にしてくださること、決して他の人に劣るものではないけれど、それでもこの先どんどん年を重ねて老いてゆくことを思えば、いずれは頼みの源氏さまのご寵愛も衰えていくに違いない……そんな辛い目を見る前に、自分のほうから世を捨ててしまいたい〉と、絶えずそのように思い続けている。しかしまた、〈このことを自分から言い出したら、きっとまた源氏さまは、小賢《こざか》しい考えだとお思いになるだろうし……〉と、どうしても気が引けてしまって、いまだすっきりと話すことができずにいる。


三の宮については、今上陛下までも、とりわけてのご配慮を下さっているほどゆえ、六条院での疎略なもてなしが、もし万一上聞《じょうぶん》に達することがあれば、それはたいそう困ったことになる……そう思って源氏は、三の宮の閨《ねや》へ通っていくことが、次第に頻繁になり、しまいに、紫上のところで過ごすのと等しい日数になってゆく。

〈それもしかたのない、無理からぬこと〉とは思いながら、〈ああ、やはり思っていたとおりになっていく〉と、紫上は、どうしても快からず思うけれど、それでもうわべは普通にして、出家のことなどもなお口にせぬまま過ごしている。

東宮のすぐ下の妹宮女一の宮を、紫上は、せめて自分の手元に引き取って、大事に大事に愛育している。その子育てに没頭することで、なすこともない一人の夜を辛うじて自ら慰めている。紫上の心には、どの若宮も、みな隔てなくかわいらしく愛《かな》しく思えるのであった。

花散里、左大将（夕霧）の娘三の君を養育

夏の町の御方、花散里は、紫上がこのように、何人もの孫宮がたを愛育しているのを羨《うらや》ましく思って、自分が親代わりになって育てた源氏の嫡男左大将が惟光《これみつ》の娘の典侍《ないしのすけ》に生ませた娘三の君を、無理無理に懇望《こんもう》して引き取り、これを大切に世話している。この子は、たいそう美しい子の上に、性格も、年の割にはしっかりと大人びていて、源氏もいじらしいものに思ってかわいがっている。

かくて源氏は、自分には子供が少ないと思っていたが、末ひろがりにて、明石女御にも、また左大将にも、外孫内孫とりまぜて次々と数多い孫を持つ身となり、今では、ただただこの孫たちを慈《いつく》しみ養育して、所在ない日々の慰めとしているのであった。

玉鬘も三十二歳、心安く六条院へ参上

髭黒の右大臣は、その後は六条院へますます精励恪勤《せいれいかっきん》の日々で、以前よりはるかに親しく仕えている。今では、北の方玉鬘も三十二歳、すっかり臈長《ろうた》けた婦人となって、源氏も昔のような色めいた方面はもう思い離れたと見えるゆえ、折々に、六条院へも安心して参上しなどするのであった。

そこでは、紫上とも対面して、まことにこれ以上は望めないような睦まじさで語り交わしている。

女三の宮ばかりは、そういう夫人がたのなかで、一人だけ以前に変わらず幼げでおっとりとして過ごしている。

明石女御のことは、もはや帝の手に委《ゆだ》ねてすっかり安心だと、源氏は思っている。そこで、ただこの三の宮ばかりを、なかなか安心にも思えず、まるで幼い実の娘のように、せいぜい大事に養育しているというわけであった。

女三の宮との再会のため朱雀院の五十の賀を企画

朱雀院も、今はもはや一期《いちご》の終わりも近づいている思いがして、なんとなく心細い。出家の身として今さらに俗世のことを顧みる気持ちなどはないのだけれど、ただ、三の宮にばかりは、なんとかこの世にあるうちに、もう一度だけ対面したいと思い、それが妄執《もうしゅう》となって万が一にも往生の障りとなってはいけないから、なにも大げさなことでなく、こっそりと院の御所のほうへ参上するようにと、そう消息を遣わされる。

これには、源氏も、

「なるほど、それはごもっともの御意《ぎょい》だ。こうした仰せがなかったとしても、こちらから進んで参上すべきものであったが、ましてこうして一心に待ち設けておられるのは、聞くだに胸が痛むことだね」

と、こんなことを言って、院への参上を思い設けている。

〈いかに参上すべきだといっても、なんのついでもなく、殺風景なやりかたで伺候《しこう》するというわけにもいくまいな。されば、どういう趣向を立ててお目にかけたらよかろうぞ〉と、源氏は、とつおいつ思案している。

〈おお、そうだ、院も今度ちょうど五十歳になられるな……〉

されば、五十の賀の饗宴《きょうえん》を設けて、そこで若菜など調理してお祝いに差し上げたらいかがであろうと思い至った。それから賀に際して献上すべき四季おりおりのご法衣《ほうえ》、また精進料理の献立など、なにくれとなく考え合わせて計画を練る。もっとも、院はすでに俗世を離れたお方で、特段の配慮を必要とするゆえ、各夫人がたの知恵や助言なども徴《ちょう》しつつ、源氏は思案を巡らしている。

賀宴の舞楽の準備

かつては朱雀院も、管弦の御遊びにはひとかたならずご関心が強かったことゆえ、舞人にせよ楽人にせよ、みな格別に吟味して優れた上手ばかりを揃える。

髭黒の右大臣の子息二人、それから、源氏の左大将の正室腹の子息二人に藤典侍《とうないしのすけ》腹の一人を加えて都合三人、さらにまだ小さくとも七歳より上の子どもたちは、この際みな童《わらわ》姿のまま殿上させるということにした。そのなかには、蛍兵部卿の宮の子の孫王《そんのう》（帝の孫）、あるいはしかるべき親王《しんのう》がたの御子《みこ》たち、さらには、高家《こうけ》の子弟たち、みな姿の美しい子どもたちを選び出す。

殿上人たちも、容貌の優れた、同じように舞っても格別に見栄えがするような者を揃えて、数多くの舞の準備に源氏は余念がない。

朱雀院の五十の賀ともなれば、それはさぞ盛大な祝いとなるであろうから、誰も誰も、こぞって心を尽くして稽古《けいこ》に念を入れる。されば、芸道それぞれの師匠たちや上手どもも、みな大忙しというところであった。

源氏、女三の宮に琴《きん》の琴《こと》を教える

女三の宮は、以前から琴《きん》の琴《こと》を習っていたが、まだ幼いころに父院にも引き別れ申したことゆえ、さてどのくらい腕が上がったか、院は心もとなく思う。

「こちらへ参るついでに、三の宮の琴《こと》の音を、ぜひ聞きたいものだ。ほかはだめでも、せめて琴くらいは、それなりに弾くようになったであろうな」

朱雀院がこんなことを、ひそかに漏らされたということを、今上帝もお聞きになって、「それはそうであろう。さすがにその道の上達は格別のことに違いない。朱雀院さまの御前で、三の宮が技を尽くして弾くところへ私も行って聞きたいものだが」

などと仰せになった、と源氏は人伝てに聞き知った。

〈いや、ここ何年と、しかるべき機会をとらえて、お教えしたこともあるにはあるが、宮のお腕前のほうは、さてさて、たしかに以前より上達されたとはいえ、まだとうてい朱雀院さまのお耳に入れるほどの上等な曲には手が届かぬものを……。こちらはべつにそんなつもりはまったくなく、ただなんとなく参上するというばかりのことであったに。そのついでに、琴《こと》の演奏をどうしてもお聞きになりたいとご所望あそばされるとあっては、いやはや、宮ご本人がとんだ恥をかくところであろうになぁ……〉と、源氏は、ひたすら気の毒がって、今ごろになって泥縄式に気を入れて教えなどするのであった。

それについては、あまり聞きなれない曲を二、三、俄《にわか》仕込みに訓練する。まずは面白い大曲などで、四季になぞらえて響きの変わる曲、それから、音楽の響きによって空の寒暖が変化するという玄妙《げんみょう》なる旋律ばかりを、あれこれと特にお教えするけれど、なかなか頼りない感じで、どうなることかと思われた。が、さすがに、入念に稽古をさせた結果、次第次第に会得《えとく》するようになって、以前に比べればはるかに上達が認められた。

「とかく昼間は人の出入りも繁《しげ》きことゆえ、やはり一揺《ゆ》すり一押しする間も、なにかと気ぜわしく、おちおち秘曲の伝授もなりがたいから、やはり夜々《よるよる》ごとに来て、心静かに演奏の勘所《かんどころ》などもきっちりとご伝授いたしましょう」

とて、源氏は、そのころ紫上にも、きちんと暇《いとま》を乞うては、夜も昼も三の宮のところに居続けて琴《こと》を教えるのであった。

女御、六条院に里下がりしてくる

明石女御にも、紫上にも、琴《きん》の奏法は習わせなかったので、この三の宮に教える折に、おそらくはめったと耳にする機会もないような秘曲を源氏が弾くに違いないと、二人とも是非に聞きたく思う。それゆえ、明石女御も、なかなか帝のお許しの下り難いお暇《いとま》を、ほんのしばしの間だけ、という条件でお願いして、なんとか六条院へ里下がりをしてきた。

今女御の手許に残っている御子はお二人。その上にまた御懐妊の気配があって、五カ月ばかりになっているので、宮中の神事には妊婦を忌むということにかこつけて里下がりのお許しを賜《たまわ》ったのであった。

師走《しわす》の十一日に、一連の神事が済んでしまうと、帝からは、はやく帰参するようにとの消息がしきりと下されてくる。けれども、女御としては、源氏が、こんなにも面白い琴《きん》の演奏をするのを毎夜聞くにつけても、〈どうして自分には、この技を御伝授くださらなかったのかしら〉と、源氏を恨めしく思いなどもするのであった。

源氏、冬の月夜の音楽を楽しむ

世俗には冬の月を風情なきものと貶《おとし》める向きもあるなかで、源氏は、むしろこの冬の月を賞《め》でるという心がけなので、雪の積もった夜の美しい月光に、みごとに響きあうような曲をそれからそれへと弾きすさびつつ、側に仕えている女房たちのなかにも、多少はこの管弦の方面に覚えのある者には、箏《そう》やら和琴《わごん》やら、あるいは琵琶《びわ》やらの楽器を持たせて、合奏をして楽しみなどもする。

東の対《たい》のほうでは、紫上が事実上六条院全体を統《す》べている立場上、師走の末つかたはなかなか暇がない。各町《かくまち》の女君がたそれぞれの新春の支度については、どうしても紫上自身が面倒を見ることなどがいろいろとあって、管弦どころの騒ぎではないのだ。

「いずれ、春のうららかな時分の夕がたなどに、ぜひ、そのお琴《こと》の音《ね》など拝聴いたしたいと思います」

などと言い言いしているうちに、とうとうその年も暮れ、新年になった。

源氏、御賀の予行として正月に女楽を計画す

朱雀院の五十の御賀は、まず第一には、帝がお祝いをなさる。それはさすがに厳粛壮大なものであったから、源氏は、これにかちあっては不都合だと遠慮して、帝からの御賀の儀が終わってすこし経ってから自分のほうの催しをすることに定めた。

二月《きさらぎ》十余日をその日と定め、楽人や舞人などが続々と六条院に参向して、管弦の音は絶えることがない。

そういうある日、源氏は三の宮にこんなことを言う。

「東の対の上が、いつも聞きたがっているそなたの琴《きん》のお琴《こと》の音だが、どうだろうか、あ

の女君の箏や琵琶などと合奏して、練習に女楽《じょがく》を試みることにしよう。現今の楽の上手といわれる人々でも、この六条院の女君たちの音楽の嗜《たしな》みには、とうていかなうものではないほどだから。……いや、私自身は、この道の伝授をきちんと受けたということはさらにないのだが、なにごとも、どうにかして会得せぬままでいたくない、とそのように幼い頃に思ったことから、世の中にありとあらゆる音楽の師匠という師匠、あるいは、高家の人々のなかの達人と言われるような名手の秘伝なども、残さず試みて手に入れてきたなかに、真に蘊奥《うんのう》を究めて、とうていかなわないと恥ずかしく思うほどの名人には、ついぞあったことがなかった。そういう私の若い時分に比べると、今の若い人々は、洒落《しゃれ》すぎ格好を付けすぎるせいで、結局音楽そのものは浅はかになってしまったようだね。琴《きん》という楽器ともなれば、ましてや、さっぱり習おうという人もなくなってしまったとか……。されば、そなたの弾くお琴の音ほどにも、その奏法を習い伝えている人は、もはやさっぱりいなくなってしまったであろうな」

源氏がこう述懐《じゅっかい》するのを聞いて、三の宮はただ無邪気ににっこりと笑って、〈嬉《うれ》しい。ここまで認めてくださるまでになったのだもの〉と、単純に思っている。

三の宮は、今年二十一、二歳ほどになったのだが、その年でもなお、ひどく未成熟で幼《よう》弱《じゃく》な感じがして、体もか細く頼りなく、ただかわいらしいというだけのように見える。

「父院にもお目にかからず、こうして何年も経ってしまいましたが、すっかり大人になったなとご覧いただけるように、充分に心してお目にかかるようにしなくてはいけませんよ」

源氏は、そんなふうに、さまざまのことに触れて三の宮に教え諭す。まことに、こういう行き届いた御世話役がいなかったら、三の宮の幼いありさまがいっそう目立って、隠しようもないことであろうと、近侍の女房たちさえそう見ている。

六条院の女楽

正月の二十日ころ。

空も春めいてうらうらと美しく、風はふわりと暖かく吹き、御前《おまえ》の梅もすっかり満開になっていく。そのほかの花の木もみな、そろそろ咲こうかという気配を見せて、春霞《はるがすみ》も立ち籠《こ》めている。

「これで、二月になったら、院の御賀の準備もいよいよ近づいてくるし、なにかと心騒がしいことになろうから、合奏なさる弦楽の音も、これからは御賀への予行演習のように受け取って世間の人々が言いそやすことにもなりましょう。だから、そうなる前に、まだ今のうちの静かなときに、合奏を試みなさるがよろしかろうよ」

源氏はそう言って、女楽《じょがく》合奏が試みられる寝殿のほうへ、紫上を誘《いざな》い渡すのであった。

紫上かたでは、近侍の女房たちが、我も我もとその女楽を見聞《けんもん》したがって、参席を切望するけれども、音楽方面に疎い人々は、こたびは東の対に留め置く。その上で、すこし年が入っていても、音楽に素養のある女房だけを選んで随行させたのであった。

また対から連れて行った童女《わらわ》たちは、容貌のすぐれた四人、いずれも赤色の表着《うわぎ》に桜襲（表白、裏紫）の汗衫《かざみ》、薄色《うすいろ》（薄紫）の織物の衵《あこめ》、文様をくっきりと織り出した表《うえ》の袴《はかま》、これは紅《くれない》の絹を砧《きぬた》で擣《う》って艶《つや》を出してある。と、こんな装いを揃えて、風姿《ふうし》、挙措《きょそ》、ともにすぐれた子ばかりを選んで召し連れる。

明石女御のほうでは、部屋のしつらいなど、正月のこととてすっかり改まっている頃で、いかにも晴れやかなところへ、女房たちも、各人我こそはと挑み心になって意を用いた装いもにぎやかに、目も綾《あや》なるありさまは並ぶものがない。

童女は、青色に蘇芳襲《すおうがさね》(表蘇芳、裏濃き蘇芳)の汗衫、唐渡りの綾絹の表の袴《うえ》《はかま》、袙は山吹色《やまぶきいろ》の唐渡《からわた》りの綺《き》(薄地の錦)を、同じように揃えて着ている。

明石の御方のところの童女は、さまでおおげさでなく、紅梅襲《こうばいがさね》(表紅、裏紫)の表着のが二人、桜襲のが二人、いずれも汗衫は青磁色《せいじいろ》に統一して、袙は、濃き紫と薄き紫を、そして単衣《ひとえ》には砧の擣ち目が際《きわ》やかに見えて、それはそれですばらしい風情に着せて出した。

女三の宮のほうでも、このように各御殿から女君がたが集まると聞いて、童女の装いばかりは、格別に心を込めて調製しておいた。すなわち、青丹《あおに》の表着に柳襲《やなぎがさね》(表白、裏青)の汗衫、葡萄染《えびぞめ》(薄紫色)の袙など、これはまた特段に趣味良く、とくに新機軸というのではないが、全体としての様子が、厳然として気高く見えること、他の追随を許さない。

女君たち、各楽器をそれぞれ担当す

廂《ひさし》の間《ま》の中ほどの襖障子《ふすまそうじ》を取り放って、参列の婦人たちの座の仕切りとしては、ただ几《き》帳《ちょう》だけを立て、中央の間に源氏の御座《おまし》をしつらえてある。

きょうの調子合わせの役は童子にやらせようというので、髭黒の右大臣の三郎《さぶろう》で玉鬘腹の兄君に笙《そう》の笛、左大将の長男には横笛と、それぞれに吹かせて、簀子《すのこ》に控えさせる。

内部では、床に敷物を敷いて、そこに女君たちの弾奏する弦楽器を用意しておく。

源氏秘蔵の弦楽器の名器が堂々たる紺地の袋にいれてあるのを取り出して、明石の御方には琵琶、紫上には和琴、そして女御の君には箏の琴、女三の宮には……この方一人だけはかかる厳《いか》めしい由緒のある名器などは手に余るかと気が気でないので、敢て、いつも弾き慣れている琴《きん》を念入りに調律して弾かせたのであった。

源氏、箏の調弦のために左大将を呼ぶ

「箏のお琴は、弦が緩むということはないのだけれど、ただ、こういうふうに他の楽器と合奏すると、その調子によっては、琴柱《ことじ》の位置が狂うということがある。そのことをよくよく勘案して調弦しないといけないが、女の力では弦をしっかりと張り鎮めることはむずかしかろう。されば、左大将を呼んでさせるとよいぞ。ここに控えている笛吹どもは、まだいかにも幼げで、調子を調えようというのには、あまり頼りにならぬが」

源氏はそんなことを言って、からからと笑う。そして、

「大将をこなたへ呼ぶように」

と命ずると、琴の前に控えた女君がたは、その前に出ては気恥ずかしい思いがするほどの名手大将の登場とあって、さっと緊張の面持ちになった。このなかでは、父入道の手筋を伝える明石の御方を除けば、みな源氏の弟子筋に当たるので、源氏は一人一人懇《ねんご》ろに注意を加えて、どうか大将が聞いても難点がないように弾いてほしいと念ずるのであった。

なかでも、明石女御の箏はもともと名手というべき腕前で、しかも常々お上の御前でも合奏をしてお聞かせするほどであったから、まず不安はないのだが、紫上の弾く和琴は、とりわけて複雑な奏法をするわけでもないけれど、奏法にきちんとした決まりもないので、かえって女の手には余るところがあるかもしれぬ。とはいえ、こうした琴《こと》の音は、総じて合奏して楽しむものと決まっているので、万一にも調子が合わないようなことが出来《しゅったい》しはせぬかと、源氏は紫上のためにいささか気の毒に思うのである。

夕霧、調弦のため参上

大将は、あの紫上のいる席に参ると思うと、とてもとても緊張して、むしろ帝の御前での大掛かりな、そして威儀整然たる試楽の折よりも、今日の心遣いのほうがはるかに大切だという思いがする。そこで、ぱりっと新しい直衣《のうし》の下には深く香を焚《た》きしめた袿《うちき》、そこへ袖の香《こう》をさらに焚き込めなどしつつ、せいぜい身なりを繕《つくろ》い立てているうちに、ずいぶん時間が経ってしまって、六条院に参ったころには、すっかり日が暮れていた。

趣あるたそがれ時の空に、梅の花は、あたかも去年《こぞ》の雪の残りかと思われるほど、枝もたわむばかりみっしりと白く咲き満ちている。ゆるゆると吹いてくる風に香る梅の匂《にお》いに、またえも言われず芳《かんば》しく匂い満ちる御簾のうちの薫香《くんこう》の香《か》が吹き合わせて、この匂いには鶯もつい誘われようかというばかり、すばらしい御殿のあたりの香りであった。

大将は、簀子に上がって控えている。

源氏は、廂の御簾の下から、箏《そう》の琴《こと》の端をすこし差し出して、

「まことにかような軽々しいことを頼むのは申し訳ないが、この箏の弦を調律して、しかるべく調子を試みられよ。かかる女楽の場に、そなた以外に人を入れるわけにもいかぬゆえ、折り入って頼むのだ」

こう言われて、大将は、鞠躬如《きっきゅうじょ》たる態度で箏の端を取る。その挙措《きょそ》の嗜《たしな》み深いこと、また感じのよいこと……。

すぐに壱越調《いちこちぢょう》の主音に合わせて第二弦を調律する。そのまま、さらりと弾き調べもせずにいる。おや、と思って源氏は、

「これ、ちゃんと調律し果てて小手調べの一曲くらいは弾いて聞かせよ。さもなくばいかにも興ざめというものぞ」

と促す。すると大将は、

「いえいえ、今日のこの御方々のご演奏のお相手として立ち交じらせていただくほどの腕前でもございませぬに……」

と謙遜らしい態度を見せる。

「ははは、それはそうかもしれぬが、しかしな、かかる女楽の相手もろくにできずに逃げ出してしまったと、そういう噂を立てられるのも口惜《くちお》しくはないかな」

源氏はそう言って朗らかに笑う。

かくては、そのままにもできぬ。大将は、手早く調律をし終えて、なんともしれず雅致《がち》豊かに小手調べの一節《ひとふし》を掻き鳴らすと、すぐに箏を御簾のうちへ返した。

同じく簀子に控えている源氏の孫たちは、たいそうかわいらしい直衣を着て、まるで宿直《とのい》の折のような姿をし、大将の調べに笛を吹き合わせたが、その音色はまだまだ未熟ながら、将来を嘱望《しょくぼう》すべく、まことに嚠喨《りゅうりょう》と響かせるのであった。

女君たちの見事な演奏

弦楽器の調律もことごとく済んで合奏をするほどに、その腕前はいずれ甲乙付け難いなかにも、琵琶の明石の御方はすぐれて上手らしく、古《いにし》えぶりの手さばきも見事に、しんと澄みきった音色《ねいろ》は味わい深く聞こえる。

紫上の弾く和琴に、大将は、とりわけて耳を傾けている。すると、親しみ深く表情豊かな爪音《つまおと》、そしてまた掻き返す音、いずれも耳新しく華やかで、当道にとりわけて名の通った名手たちが大仰に掻き立てる曲や調子にさらさら劣るところなく、豊かな音色に弾いてのける。これには、聞いていた大将も、〈おお、大和琴《やまとごと》にもこういう奏法があったのか〉と驚きを禁じ得ない。この演奏ぶりには、よほどに心込めて稽古研究をしたことが偲《しの》ばれて面白く、源氏も、すっかり心を安んじて、〈まことに世に希《まれ》なお人じゃ〉と改めて思う。

女御の奏でる箏の琴は、他の楽器の音に紛れてほのかに聞こえるというような性格の音質であるが、それはまたいかにもかわいらしく初々しい調子に聞こえる。

さて、三の宮の琴《きん》は、まだまだ未熟ながら、今を盛りに稽古しているところゆえ、やはりたどたどしいということはなく、たいそううまく他の楽器の音に和して聞こえる。大将は、〈おお、ずいぶんと上達したお琴の音よな〉と意外な思いで聞き、ただちに笏《しゃく》で拍子を取りつつ楽の旋律を口ずさんだ。

源氏も、ときどき扇をパチリパチリと打ち鳴らして、大将の歌声に唱和する。その声は、昔よりもいっそう趣豊かに面白く、年を取って少し声が太くなった分、貫禄めいたものが加わっているように聞こえる。

大将も、もとより頗《すこぶ》る声の良い人で、その美声の父子が歌い連《つ》れるありさまは、夜が更け、あたりが静まりゆくままに、筆舌に尽くし難く心惹かれる夜の御遊《おおんあそ》びとなった。

源氏、灯火《ともしび》の光に女君たちを覗き見る

なかなか月も出ぬころゆえ、灯籠《とうろう》をあちらこちらに懸けて、按配よく火を灯《とも》させている。

女三の宮は二月の青柳

そのうえで、源氏は、女三の宮のいるあたりを覗《のぞ》いてみると、人よりもまたひときわ小さくかわいらしく、ただ御衣《おんぞ》だけがそこに置いてあるような感じがする。色香を感じさせるようなところはあまりなく、ただ貴《あて》やかで美しく、たとえていえば、二月《きさらぎ》の中旬ころの青柳《あおやぎ》が、わずかに若芽を伸ばして枝垂《しだ》れ始めた風情とでもいおうか、その繊弱《あえか》な感じは、「緑糸《りよくし》の条弱《えだよわ》くして鶯《うぐひす》に勝《た》へず（柳の糸のような枝は弱々として鶯が止まることもできぬほどだ）」と白楽天が詠じたごとく、鶯が羽ばたいた風にも吹き乱されるかと思うほどか弱く見える。上に桜襲《さくらがさね》の細長を着、その長い裾に豊かに長い黒髪が左右からこぼれかかって、

なるほどあたかも柳の糸のようなさまをしている。

明石の女御は朝ぼらけの藤の花

これこそは、限りなく高貴な人のありさまにちがいないと見えるが、いっぽうの明石女御のほうは、同じように若々しくほんのりとした美しさながら、そこにもう少しだけ色香のようなものが加わって、その振舞いといい雰囲気といい、どこか心惹かれる魅力がある。その趣豊かな様子は、たとえて言えば、よく咲きこぼれた藤の花が、夏になるころ、ほかに肩を並べる花もない早朝の景色でもあろうか、という感じがするのであった。さはさりながら、懐妊の身として、今はいくらかふっくらとした様子になり、悪阻《つわり》で気分がすぐれないために、お琴も押しやって脇息《きょうそく》に押し掛かって休息している。もとよりごく小柄で、なよなよと倚《よ》り掛かっているが、その脇息は普通の大きさゆえ、どこか無理に伸び上がっているような感じがして、こんなことなら、この御方のために脇息をことさらに小さく作りたいものだと見えるくらい、どこまでもいたいけな様子である。

紅梅襲《こうばいがさね》の表着《うわぎ》に、黒髪のかかりもはらはらと美しく、灯籠《とうろう》の火影《ほかげ》にほんのりと浮かび上がる姿は、天下無双にかわいらしい。

紫上は格別なる桜

これに対して紫上は、葡萄染《えびぞめ》であろうか、色濃い小袿《こうちき》、薄蘇芳《うすすおう》色の細長、そして髪は裾のあたりに溜《た》まるくらい豊かにゆるやかに、しかも体の大きさなどは、ちょうどよい頃合いで、体つきまたもっとも望ましいほど、あたりに色香も満ちるほどに感じられる。それは、花に喩《たと》えれば桜、というところかと思うのだが、それとても一頭地を抜いた風情は、まことに格別である。

明石の御方は花橘

こういう高貴な姫君がたに並んだなら、明石の御方など気圧《けお》されてしまいそうなものだが、それがじつはそうでもない。挙措《きよそ》なども礼に適《かな》って、はたが恥ずかしくなるほどの品格を持《じ》し、心の底が見てみたいような端正さに、なにがなし貴《あて》やかで素直な美しさが表われている。柳襲《やなぎがさね》の織物の細長、萌葱色《もえぎいろ》であろうかと見える小袿を着て、薄物の女袴《おんなばかま》のうっすらとした風情のを腰に纏《まと》うたその女房風にやつした出で立ちなど、自らを一段低くへりくだっているのだが、あの女御の実母と思うせいか、態度も心憎いばかり立派で、まことに侮《あなど》り難いたたずまいなのであった。

そうして、高麗《こま》渡りの青地《あおじ》の錦の縁《へり》をつけた敷物には、遠慮してまともに座るでもなく、琵琶をさっと膝《ひざ》に置いて、ただほんの少しばかり弾きかけるときの、しとやかに使いこなした撥《ばち》さばき、ひとたび音を耳にすれば、これがまた世になく心惹かれる見事な音色、あたかも「五月《さつき》待つ花橘《はなたちばな》の香《か》をかげば昔の人の袖の香ぞする（五月を待って咲く花橘の、その花の薫りを嗅《か》げば昔の恋人の袖の薫りがすることだ）」と古歌にいう橘の、しかも花も実もある一枝を折ったときの高い薫りもかくや、とそんな感じがするのであった。

大将の心中

この方《かた》もその方も、いずれ劣らず立派な風情の女君たちの気配を御簾越しに聞いていると、大将は、なんとしてもその内側が知りたいと思う。かつてあの野分《のわき》の朝《あした》に、紫上を見たときよりも、またさらに臈長《ろうた》けて美しくなられたであろうその面影をなんとしてもこの目で見てみたい、そう思うと、大将はなんだかじっとしていられないような思いがする。

ただ、三の宮については、〈……もうすこし前世からのご縁があったなら、いまごろは我が妻として日々に姿を見て過ごしていたかもしれぬが、……我ながらいかにも心の生《なま》ぬるいことであった……残念な。朱雀院さまは、たびたび私にあの宮のことを、お勧めくださったものだし、また私の知らぬところでもそう仰せであったと聞くものをな〉と、癪《しゃく》にさわる思いでいたが、といって、語らえばすぐにでも靡《なび》きそうな感じがするところ、思い侮るというわけでもないが、じつはあまり心が動かなかったのである。

いっぽう、紫上については、なんとしても自分の手の及ぶところではなく、いかにも高《たか》嶺《ね》の花のように思って、ずっと過ごしてきたので、〈……ああ、なんとぞして、恋心とかそんなのではなく、ただふつうに家族として思いを寄せているということを、知っていただきたいものだが……〉と思うにつけても、ひたすら口惜しく嘆かわしい思いがするのであった。それゆえことさらに、自分にとって継母《けいぼ》にあたる御方に、あってはならないような恐れ多い思いをかけようなどという不埒《ふらち》な考えはさらさら持つことなく、ただひたすら身を修めて過ごしていた。

源氏、左大将（夕霧）と春秋音楽の論を闘わす

夜が更けて、あたりの空気が冷え冷えとしてくる。臥待《ふしまち》の月は、わずかに山の端に顔を出した。

源氏が言った。

「なんだか頼りないような光だな、春の朧月夜は。それに比べると、秋の風情は格別だ。こういう楽器の音に、また虫の声までも綴《つづ》り合わせたように聞こえて、並々ならず、一段と響きがまさる感じがする」

すると、左大将の君が、

「いやあ、そうでしょうか。秋の夜に、皓々《こうこう》と隈無《くまな》く光る月の光には、なにもかもすっきりと見とおせますところへ、琴や笛の音も、冴え冴えと澄んだ音色に響いて感じられることはたしかですが、いささかわざとらしく作り設けたような空の気配といい、また秋草の花に置いた露といい、あれこれに目移りがして気が散るようなところが、どうも風情に限りがありますような……。それに比しては、春の空の、このなんとなくぼやっとした霞の

間から、おぼろの月が光を落とす、そういうなかで静かに笛を吹き合わせるというのこそ一段の風情で、秋はこれに比してはいかがでしょうか。笛の音も、春の夜のように艶麗《えんれい》な響きを以て空高く上っていくというわけにもまいりますまい。……さても『女は春を愛《め》でる』と昔の人は言い置いてございますが、まことにそのとおりでございましょうね。しっくりと心惹《こころひ》かれてよろずのものが調和して感じられるのは、やはり春の夕暮れにとどめをさしましょう」

と反論する。

源氏はまた、

「いやいや、この春秋の優劣の定めだがね……。むかしから、この問題ははっきりと黒《こく》白《びやく》をつけかねているところだのに、こうして末《すえ》の世の品下《しなくだ》る我々が、明確にこうだと判定できるわけもない。音楽の調べや、曲のあれこれについては、たしかに律旋法《りちせんぽう》を以て呂《りよ》のそれに次ぐものと、昔から定まってあるのは、さもありなん、とは思うが……」

と言い、さらに論を進める。

やがて論は演奏者の手腕に及ぶ

「いかがなものかと思うことは、現今、斯道《しどう》の達人という評判の高い、あの人この人、いずれも御前演奏などの機会に、たびたび演奏させてごらんになるとな、やんぬるかな、ほんとうに優れた腕前だと言える人はずいぶん少なくなったように見える。それぞれの道の妙手《みようしゆ》だと自他共に認めている上手《じようず》連中でも、じつはたいして深いところまでは学び得ていないのではないかな。今夕《こんせき》演奏の、こんな大したこともない女たちのなかに混じって演奏したとしても、さまで抜群の冴えを見せつけるということもないのではなかろうか。いや、私も、このような身分になって世間からはだいぶ疎々《うとうと》しく過ごしているので、耳などもいくらかはおかしくなっているやも知れぬよ……どうも口惜しいことだが……。しかし、まことに不思議なことながら、この邸の女君がたの芸の才の豊かなること、ほんのすこしばかり習った程度のことでも、なかなか見栄え聞き栄えがして優れているように思える、そういう邸なのだ。くだんの、御前演奏に召されるような、斯道の第一人者と目されているかれこれの楽人たちと比べて、さていずれが勝《まさ》るのであろうかな」

左大将は、

「そのことでございます。わたくしとしても、いささか愚見を申し上げようと思っておりましたが、あまり明らかに判断もできぬ心のまま、大人ぶって偉そうにしてもいけないと存じまして……。昔のことについては、みな聞き合わせたこともございませぬからでございましょうか、衛門《えもん》の督《かみ》の和琴《わごん》、また兵部卿の宮の御琵琶《おんびわ》のようなものが、近年には希な名手の例として引きあいに出されるようでございます。なるほど、お二人とも、肩を並べる人とてもないその道の達人でございますが、今宵拝聴いたしました、御方々の演奏の音には、みなどれもひとしく耳を驚かされました。なにぶん、きょうはなにか特別の由緒ある管弦の会でもなく、うちうちの軽い音曲の会だと、かねて高《たか》を括《くく》っておりましたせいで、思いがけず立派な音楽を耳にして、どんと胸を衝《つ》かれたのでもございましょうか。わたくしの拙《つたな》い唱歌《しょうが》程度では、とてもとてもお相方《あいかた》も致しにくいことでございます。和琴は、きちんと定まった奏法があるわけでもありませせぬゆえ、女君がたにはいかがと思っておりましたが……。いや、あの引退なさった太政大臣ばかりは、どんな折々につけても臨機応変にうまく奏法を工夫して場に合わせた音色を以て、思うさま掻き鳴らされましたね……、あれはまったくすばらしいお手筋でございました。が、対《たい》の上さまもなかなかのもの、和琴などは、そうそう図抜けて巧みには弾けぬもののようにみえますが、そこを、なんとも知れずきっちりとお弾きになられました」

と、紫上を誉《ほ》めちぎる。

「いや、さまで大げさなことでもあるまいに、ことさらに完全無欠な演奏のようにとりなすのだね」

源氏は、そう言いながら、顔はいかにも得意満面の笑みを浮かべている。そしてなお、

「なるほど、あれらは悪くない弟子どもには違いない。ただし、明石の方の琵琶だけは、父入道の直伝ゆえ、ちょっと筋がちがって、私などが口出しをすべきことでもなかったのだが、そうは言っても、やはりこの六条院にいることで、おのずから独特の風格が出てきたかもしれぬな。あの琵琶の手は、思いもかけない所で初めて聞いたのだが、その時は、なんという、世にも希な素晴らしい音色だろうと思ったものだった。しかし、その頃聞いた音色に比してもまた昨今は一段とまさっているほどにな」

など、強いて自分の手柄らしく言い立てるので、聞いていた女房などは、ひそかに目引き袖引きするのであった。

が、源氏はなおも論じ続ける。

源氏、琴《きん》の琴《こと》について論ず

「なに芸であっても、それぞれの専門の師について習い学ぶならば、才芸というものは、いくらでも奥が深くて、自分でもこれで良いと満足できるほどに限りなく習得するということは、たしかに難しいが、いやいや、だいいちその師事すべき奥深い達人というもの自体が、今の世には、ほとんどいなくなってしまったのだから、まずほんの芸の片端《かたはし》ばかりを無難《ぶなん》に学び得た程度で、その生半可な芸に自己満足していてもいいかもしれぬな。……が、あの琴《きん》という楽器は、やはり奏法が難しいので、なまなかの者には手が出しにくいところがある。しかるに、この琴《きん》を、正真《しょうじん》の定式《じょうしき》どおりに伝授を受けて身につけた昔の人は、その楽音で、天地を動かし、鬼神《おにがみ》の心だって和《なご》ませたという。されば、もろもろの楽器もみなこの琴《きん》の音楽を規範として、悲しみの深い者も琴《きん》の音を聞けば幸せに変わり、卑《ひ》賤《せん》な貧しい者も、すなわち高貴な身の上と改まって財宝にも恵まれ、世間に伎《ぎ》楽《がく》の名人として許されるというような例《ためし》が多かったものさ。……そこで、この国にその奏法が伝わる以前に、深くこの琴の奏法を心得た人はみな、見知らぬ異国に渡って多年力を尽くし、身《しん》命《みょう》を惜しまず、この琴の奏法を会得しようと苦心惨憺《さんたん》して、それでも手に入れることは難しかった、とそれほどのものなのだ。

いや、たしかにまた、この琴《きん》を妙手が掻き鳴らして、その神技《しんぎ》に空の月や星を動かし、または季節外れの霜や雪を降らし、あるいは俄《にわ》かに雲を呼び雷《いかずち》を轟《とどろ》かせたというような例まで、上古《しょうこ》の時代にはあったものとみえる。さように限りなく重々しい楽器なのだから、その奏法を古式のままに習得するという人がめったとないのも、いわば世の末だからであろうかな、どこにその古式の正しい奏法が、ほんの片端程度でも伝承されているものであろう。

……されど、物の本にも『礼楽は鬼神に通ず』とあるように、あの鬼神までが一心に耳を傾けて拝聴したというくらいの楽器だからだろうかな、生半可《なまはんか》に習いかじって、結果的にそれで不如意な人生を送ったというような者があってからというもの、これを弾く人はとかく不幸になるなどという難癖《なんくせ》をつけてな、いっそそういうのは煩わしいということになって、今では、その奏法を伝える人はほとんど皆無に近いとか……。まことに残念至極なことよな。もとより琴《きん》の音を離れては、どの楽器を基準にして調律をしたらよいものやら……。

うむ、まことに、すべてのことが、たやすく衰えていく世の中に、一人だけ俗世を離れて、志を立て、唐土、高麗と、あちこちさすらい歩いて、親子の縁も絶ってまで琴《きん》に打ち込むなどは、世の中の変人奇人ということになるであろう、そうではないか。もっとも、そこまでせずとも、まずそこそこのところで、なおこの道を一通り知るだけの入り口くらいは知り置いたほうがよかろうな。たとえば、ただの一曲についてだけでも、かれこれの奏法を弾き尽くそうとなると、これでなかなか目処《めど》もたたぬもののようだ。いわんや、数多くの旋律あり、またあれこれと七面倒な楽曲ありでな、……いや、私が一心にこの道に打ち込んでいた若い時分には、世にありとあらゆる、日本に伝来している楽譜という楽譜を、あまねく見比べて稽古に励んだものだった。されば、後々《のちのち》は、もう師として仰ぐ人も見当たらなくなったから、自分一人でいろいろ研究して練習を重ねたのだが、いやいや、それでも、往古の名人たちに比しては、まるで足下《あしもと》にも寄れはすまい。……まして、私のあと、ということになると、伝授すべき子孫もないのだから、ああ、まったく悲しいことだね」

　源氏がこう嘆くを聞けば、大将も、〈まことに、伝授に堪えぬ、不肖《ふしょう》の息子であったな〉とて、残念に、また恥ずかしく思って、黙っている。

「そこで、この女御の生みまいらせた御子たちの中で、思わしい才を持って生まれついた方がおいでであったら……その御子が大きくなった時分に……いやそれまでもし私が生きていたら、の話だけれど……私の知る奏法の限りを、まず大したものではないけれど、なんとしても伝授して差し上げるのだが。……さしずめ、三の宮（後の匂宮）が、今からもう才能がありそうにお見えになるから……」

源氏は、そんなことを言った。これを聞いて、明石の御方は、たいそう面目を施した思いがして、涙ぐんで聞いている。

源氏、和琴を弾き、『葛城』を歌う

さて、明石女御は、箏の琴を紫上に譲って脇息に寄り掛かって臥している。

そこで、紫上は、和琴を源氏の前にまいらせると、くつろいだ感じの演奏になった。

催馬楽『葛城《かづらき》』を歌い奏でる。

葛城《かづらき》の　寺の前《まへ》なるや　豊浦《とよら》の寺の　西なるや

榎《え》の葉井《はゐ》に　白璧《しらたま》沈《しづ》くや　真白璧《ましらたま》沈くや
おおしとど　おしとど
しかしてば　国ぞ栄《さか》えむや　我家《わいへ》らぞ　富《とみ》せむや
おおしとど　としとんど　おおしとんど　としとんど

葛城の寺の前　豊浦の寺の西にある
榎の葉の井戸には　真珠が沈んでいる　素晴らしい真珠が沈んでいるぞ
それどんどん……
もしそれを得たならば　国が栄え　我らの家も富むことであろうぞ
それどんどん……

と、こんな歌を朗らかに歌って興趣は尽きぬ。

源氏がこの歌をくり返し歌う、その声は、喩えようもなく愛すべき魅力に満ちていて素晴らしい。

月がようように高くさし上《あが》ってゆくと、その月光に梅花《ばいか》の色香も映発《えいはつ》して、まことに心憎いまでの趣となった。

箏《そう》の琴《こと》は、明石女御が弾く時は、その爪音もたいそういじらしく親しみ深く、母君明石の御方にいくらか似通った音色が加わって、揺《ゆ》する響きも深々とし、甚《はなは》だ清澄《せいちょう》な音色に聞こえたのだったが、同じ楽器を紫上が弾く時はまた趣を異にして、ゆるやかに風情があって、聞く人がただならず感じ入っては気もそぞろになるほど魅力がこもり、静々《しずしず》と弾く静《しず》掻《がき》と颯々《さつさつ》と弾く早掻《はやがき》とを掻き混ぜた輪《りん》の手など、なにもかも、より才走った感じの音色に聞こえる。

呂旋法《りょせんぽう》の『葛城』を奏し終えると、律《りち》の旋法に返ってかれこれ掻き調べる。すると、曲調ががらりと代わって、その小手調べなども親しみ深く派手やかな感じがする。この時、琴《きん》は、五種類の調子、数多い奏法のなかに、とくに必ずや心を込めて弾くべき「五六の撥《は》剌《ら》」の技法などを女三の宮はたいそう見事に冴え冴えと弾いてみせる。それがすこしも不足なところなく、いかにも澄んで聞こえる。そうして、春の曲にも秋の曲にも通用の調子で、それからそれへと変幻自在に弾いてみせる。その心くばりは、源氏が教えたとおり寸分違わず、じつによく習熟している。

それを見て源氏は、たいそうかわいらしくも感じ、またいかにも面目を施した思いもするのであった。

やがて宴果てて……

さてまた、笛の役の若君たちも、まことにかわいらしく吹き立てて、ひしと心を入れているのを、源氏は、〈まことに、けなげなものよ〉と思って、声をかける。

「そなたたちは、もう眠くなった時分であろうに……、今宵の演奏はこんなに長時間になろうとも思っていなかった。ほんのわずかの時間ばかりと思っていたのだが、あまりに面白くてやめるに忍びない音楽の、いずれ劣り勝りも聞き分けるほど耳が良くないゆえ、ついぐずぐずしているうちに、すっかり夜が更けてしまったな。おお、まことに私としたことが心無いことであった……」

と言って、笙《そう》の笛を吹いている髭黒の右大臣の三郎君《さぶろうぎみ》に、土器《かわらけ》を差して一献《いっこん》参らせ、なおまた着ていた衣を脱いで褒美にその肩に懸けて与える。

また横笛の役の左大将の長男には、紫上のほうから、織物の細長に、袴などを添えて、あまり大仰にならぬようにと、ほんのお印ばかり御褒美を与える。

それから、左大将の君には、女三の宮のほうから、杯《さかずき》が下されて、宮のお装束一式を肩に懸けて賜る。

これを見て、源氏は、

「なんと納得のゆかぬこと、音楽の師匠たるわたくしをまずはお引き立て願わしく存じますぞ。ああ、なんと嘆かわしいことじゃ」

と戯れると、女三の宮の御座《おまし》の几帳《きちよう》の端から、笛を差し出して下さった。

「はっはっは」

源氏は愉快そうに笑いながら、その笛を受け取ると、なんとまたじつに素晴らしい高麗《こま》笛《ぶえ》であった。

そこで源氏が、すこしばかり吹き鳴らしてみると、皆帰ろうとしているところであったが、左大将が立ち止まって、長男の持っていた笛を取ると、えも言われぬ按配に面白く吹き合わせる。その音がかくも素晴らしく聞こえるので、左大将といい、その長男といい、いずれもみな源氏自身の奏法を離れず受け継いでいる技が、まことに天下無双だということを以て、〈さても我が楽の才の、世にもたぐいなきものよな〉と、つくづく思い知る源氏であった。

左大将は、息子たちを車に乗せて、冴え冴えとした月光のなかを帰っていく。その道すがら、あの同じ箏の琴《こと》も、弾き手が明石女御から紫上に代わった時に、あんなに素晴らしい音がしたこと、それが大将の耳について恋しく思われる。〈わが北の方は、亡き大宮さまがお教え下さったが、あまり心を込めて学びもしないうちに、父大臣邸のほうへ引き取られて、大宮さまとお別れしてしまったからな……、その後はじっくりとお稽古されたこともなかったらしい。私の前では、いつだって恥ずかしがって弾いてはくれなかった。……あれは、ただただ素直なのが取り柄だが、ほんとうにのんびりとしていて、しかも子どもらを次々に生み育てるのに暇《いとま》もなかったのだから、まずそういう方面の嗜《たしな》みはないわけだな〉と思う。

そうは言っても、北の方雲居の雁は、まま気難しいところもあり、ちょっとは焼きもちも妬《や》くけれど、それもまた愛嬌《あいきょう》があってかわいい人柄のようにみえる。

源氏、東の対へ帰って紫上と朝寝

源氏は、東の対へ渡っていった。

が、紫上自身はそのまましばらく寝殿に留まって、女三の宮と物語などしつつ夜を明かし、暁の時分に対へ戻っていった。

そしてそのあと、源氏と紫上は、翌朝日が高くなるまで朝寝をしていた。

「三の宮のお琴の音《ね》は、ずいぶんと上達したものだな。……どうお聞きになったかね」

源氏はこんなことを紫上に尋ねる。

「はじめの頃、あちらのほうでちらりと聞いたときには、これはどうなることかと思いましたが、その後、すばらしくご上達になられましたね。それも道理……あんなに毎日泊まり込みで余念なくお稽古をつけて差し上げたのですものね」

紫上は、こう答える。

「さようさ。手取り足取り、まことに至らぬ隈無《くまな》き教えの師匠であったな。なにぶんあの琴《きん》という楽器は、演奏が難しくて面倒なところがあるから教えるにもずいぶん手間暇がかかる。それゆえ、他のどなたにもお教えしなかった。が、三の宮については、朱雀院さまもお上も、『いかになんでも琴《きん》くらいは教えてさしあげているだろうな』と仰せになっていると仄聞《そくぶん》したゆえ、これをお教えせぬとあっては、お二方《ふたかた》のお気持ちを無にすると申すもの、そういう御期待を裏切るようなことはできぬ。それで、こんなふうに、特に私を後ろ楯にご指名くださった甲斐《かい》のあるようにと、さように心を奮い立ててお教えしたのだよ、せめてこのことばかりはね……」

などと言うついでに、また、

「昔、そなたがまだ物心つく前に、いろいろお世話をした時分には、私もずいぶん忙しくて暇がなかった。それゆえ、のんびりと特別にお教えすることもなく、また近年にも、なんとなくあれこれ多端《たたん》なる日々に紛れて過ごしているうちに、あまり真剣に稽古をつけて上げなかったけれど……その箏の琴《こと》の音が、なんと見事なものであったこと、あれにはすっかり面目を施したぞ。左大将も、たいそう不思議がって驚いていた様子であったが、私もまさにわが意を得たる思いがして嬉しかった」

と源氏はつけ加えた。

思えば、この紫上という人は、こういう音楽の方面なども、また今は年の功にて、明石の女御腹の一の宮など孫宮たちの教育など、みずから進んで引き受けている様子も、なにからなにまで至らぬところとてない。すべてなにごとにつけても、人から難を付けられるようなおぼつかないところもなく、まことに世にたぐいないほどの紫上のありさまであった。

〈……ああ、これほどまでになにもかも一身《いっしん》に具《そな》わった人は短命だと、そういう例《ためし》もあることゆえなあ〉と、紫上は素晴らしすぎて、なんだか不吉なくらいだと源氏は、思う。しかし、こう多くの女たちを見尽くしてきたなかに、すべて身に具わっていて足らぬところがないという点では、まことに類例のないお人だと、源氏はひたすらそう思うのであった。

紫上、厄年の三十七歳となる

紫上も今年は三十七歳、重き厄年を迎えた。

それまでわが妻として紫上とともに過ごしてきた年月のことなども、源氏は今、しみじみと思い出す。そのついでに、源氏はふとこんなことを口にする。

「しかるべき御祈禱《ごきとう》などをさせて、普段の年よりも取り分け今年は重く慎しみなされよ。私は、いつもなにやかやと忙しいことばかりで、ついつい思い至らぬこともあるかもしれぬが、そこは、そなたがよく思い巡らして、もし盛大な仏事でもなさりたいということでもあれば、それは私のほうで手配をさせよう。こういう時に、あの北山の故僧都《そうず》がいらっしゃらぬようになってしまわれたことは、いかにも残念だ。こういう仏事とか祈禱《きとう》とかいうことになれば、何につけてもさらりとお頼みできて、いかにも尊いお方であったが……。

源氏、紫上への思いをしみじみと述懐す

いや、私自身は、幼い頃から、どこか人とは違った生まれつきで、それも大げさな育ちかたをして、今こうして世の人の信頼を受けている、こんなことは過去にあまり例のないことかもしれぬ。しかしながら、またいっぽうでは、並外れて悲しい目にもあってきたこと、これもまた誰よりもまさっているに違いない。まず第一に、私を愛してくれた人たちに、つぎつぎとお別れしなくてはならなかった。その悲しみは、こんなに長く死にもせず、頽齢《たいれい》になってなお、思い果てず悲しいと思うことが多い。まことに無益《むやく》な、あってはならぬようなことにかかずらって、それにつけてもまた、自分でもわけがわからぬほどに懊悩《おうのう》を尽くし、胸中に飽き足らぬ思いばかりうっ積してきた身のほど……そんなふうにし

て今まで過ごしてきたのだから、その苦悩と引き換えに、思っていたよりずっと長生きして、今まで馬齢《ばれい》を重ねてきたのだと思い知られる。が、そなたの御身においては、あのしばしの別離……須磨と都に別れて過ごした時のことを除いては、その前にも後にも、物思いの種といっては、特に心乱れるほどのことはなかったことであろうと、そう思うのだよ。お上の后もそうだけれど、ましてそれ以下の人々ともなれば、高貴な家柄の出であろうとも、かならず皆それぞれに心穏やかならぬ物思いがつきまとうものだ。宮廷の后がたのような高貴の交わりにつけても、それなりに必ずや心の乱れるようなことがあり、他の女君たちとお上のご寵愛を争うような……思いの絶えぬも、まことに心安からぬこと。しかしな、そなたのように、まるで深窓《しんそう》に養われた姫のような生活ぶりほど心安いことはない。その点は、人とはちがって、優れた果報を以て生まれてきたのだと、それは思い知りなさっているかな。そこへただ、思いもかけず、かの三の宮がご降嫁《こうか》になって……そのことは、たしかにいいかげん辛いことではあったろうけれど、それにつけても、私の心にはいよいよますます、そなたへの思いばかりが募っていったのだ。そのことを、なにぶんご自身の身の上についてのことだから、もしかしたら意識しておられぬかもしれぬと思わぬでもない。……しかし、なんといっても物の道理というものをよくよく弁《わきま》えておいでのように見えるそなたゆえ、それでもやはり分かってはいただけていることだろうと思うのだが……」

源氏がそんなことを述べ立てるのを聞いて、紫上は答えた。

「仰せのとおり、たしかに、頼るものとてなかった我が身には、分《ぶん》に過ぎた幸せだと、よその方々からは思われておりましょうけれど、でも、わたくしの心には、堪《こら》えきれぬ悲しみに嘆かずにはいられないほどの思いが、いつもございます。いえ、わたくしとて、その悲しみが心の祈りのような形となって生きていく支えともなり、おかげさまで今まで生き長らえてきたのかもしれませぬ」

と、もう少し何やら言い残したことがありそうな様子ながら、いかにも品格があって、源氏も恥ずかしく思うほどであった。

紫上、再び出家を願うが許されず

「ところで、真面目なお話でございますが、もうわたくしもこの先余命のいくばくもない心地がいたします。それなのに、こうして平気で大厄の年を過ごしますことは、なんとしても不安でなりません。いつぞやもお願いいたしましたあのこと、なんとかお許しをいただけたら……と思うのですが」

紫上は、こう言って、また出家の願いを口にする。が、

「それはな……そのようなことは、断じてあってはならぬことだよ。もしそなたが出家して、離れ離れになってしまったら、後に残された私は、なんの生きている甲斐があろう。こうしてなんでもないことのように過ごしている日々だけれど、明け暮れにそなたと心を一つにして暮らしている嬉しさだけが、ほかのどんなことにもまさって大切に思われる。これから先も、どうか私といっしょにいて、私がどんなにそなたを愛《いと》しく思うているか、最後まで見届けてほしいのだ」

とて源氏は、いっこうにそのことは肯《がえ》んじない。

紫上は、これを聞いて、〈ああ、またいつもながら、聞き入れてくださらない……〉と、いかにももどかしいことに思って涙ぐんだ。その様子を源氏は、しみじみと愛《かな》しく見て、なにくれとなく慰め、言い紛らすのであった。

源氏、縁のあった女君たちのことを語る

「それほど多い人数ではないのだけれど、いままで親しくしてきた女の人たちのありさまを思い出してみると、みなそれぞれに悪くはない人柄であったが、それもだんだんと親しくなってみれば、ほんとうの意味で心柄がおっとりと落ち着いている人というのは、まずもって見いだし難いもの……と、しまいにはそう思うようになった。

葵上の想い出

左大将の母君（葵上）は、まだ幼い時分に見初めてね、それはもう、どうでも大切にしなくてはいけない御方だとは思っていたが、じっさいには、いつも仲は良くなかった。どこか隔心《かくしん》を持ったままになってしまったこと、今思えば、まことに労《いたわ》しい、また心残りなことでもあった。といってまた、ああなったのは、私一人の過《あやま》ちばかりではなかった……などと、私の胸の内に思い出している。葵上《あれ》は、いつだって端然として乱れず、重々しい

態度で、こんなところは飽き足らぬ点なのだが……などと思った欠点もなかった。が、それも度を越して、いつも気を許したところなく、愛嬌《あいきょう》がなくて、いくらか賢《かしこ》過ぎる人というべきであったろう。ああいう人は、ただ漠然と思っているだけなら頼み甲斐のある人だけれど、いざ妻として人生を共にするとなると、いささか面倒なお人柄ではあった。

六条御息所の想い出

中宮の母君の六条御息所という御方は、人並み外れて嗜《たしな》み深く、しとやかで上品な人の例《ためし》としては、まず第一に思い出すことだけれど、あれでなかなか気難しいところがあってね、おつきあいするのは、なにかと気苦労なことであった。それはたしかに、私を怨むべきふしがあったことも、なにさま当然のところかとは思うけれど、そのまま長く思い詰めて、どんどん深く怨みなさるようになっていったのは、まことに苦悩したところであった。あの方と過ごしていると、片時も心を許すことができず、いつもこちらが緊張しているような始末で、結局、私もあの方も、たがいに気を許して、朝夕に睦みかわそうというには、いささか憚られるところがあったからね、私としても、うっかり心を許したなら、低く見られることがありはすまいかと、あまりに形を繕ってお相手をしているうち、そのままに遠く隔たってしまうことになった。しかも、まことにあるまじき浮き名まで立ってね、ご身分のわりには軽々しい人のように思われてしまったことの嘆きを、どこまでも思い詰めてしまわれたのが、まことにお労しいことであった。そこで、なるほど、あの方のお人柄を勘案してみれば、なにもかも私の罪であったと悟り、さてそのままにしてしまったことをお慰めしようと思って、姫君を中宮に差し上げるということになったのだ。これも、もとよりそうなるべき宿縁があったとは申しながら、この私がお引き立てし、お心寄せ申したのは、当時なにかと世の人の誹《そし》りのもととなったが、そこには目をつぶって、あいうふうに入内《じゅだい》させたのだよ。されば、きっと御息所もあの世において私の心を見直してくださっていることであろう。……とかく、今も昔も、不注意な気慰みのせいで、相手の方にもお気の毒な思いをさせた、後悔の種もたくさん、あるにはある」

などなど、過去に関係をした女君がたの身の上を、少しずつ話し出した。

明石の御方のことども

「今のお上に入内させた女御のお世話をしている御方……あの明石の御方という人は、出自から申せば、まず何ほどのものでもないと、最初は侮る気持ちがあった。それゆえ、気安いつもりで思っていたところが、今にいたるも、心の奥底が見えぬ。限りなく懐《ふところ》深いところのある人だ。表面上は、たしかに従順で、おっとりと見えながら、その実、心の奥には、容易に気を許さぬ気配が籠《こも》っていて、どこかこう、気の置けるところのある人柄なのだ」

ここまで話したところで、紫上が、思いを述べる。

「ほかの御方々は、お目にかかったこともございませぬから、よくも存じませぬが、あの明石の御方は、そうそうじっくりとお目にかかったというほどでもありませんけれど、おのずからご様子を拝見する折々もあります。すると、たしかにたいそう打ち解けず、こちらが気恥ずかしくなるほど立派な風情の御方だと、よく分かります。されば、あちらからご覧になったら、わたくしなどは、喩えようもなく単純な人間で、それをあの方はどんなふうにお思いになるだろうかと、ほんとうに気恥ずかしゅうございます。でも、姫君の女御のほうは、わたくしの手許でお育てしたことに免じて、きっと心を許してくださるだろうと思うばかりでございます」

紫上への思い

これを聞いて源氏は、〈おお、あれほどに、思い蔑《さげす》んで不愉快に思い、心の隔てを置いていた明石の君に対して、今はこんなにも心を許して相会《あいお》うたりするのも、女御の御ためにと一心に思う真心がそうさせるのであろうな〉と思い、こういうことは、ほんとうに世にも稀なことと感じ入る。

「そなたという人は、まことに立派だけれど、それでもどこか心の奥の知れぬところがないでもない。とは申せ、こう聞いていると、相手次第に、また事柄によって、とてもよく心を使い分ける気配りができるのだね。こうたくさんの人々を見てきたけれど、そなたのように人柄の良い人は、ついぞ見たことがない。……ま、しかし、ときどきやきもちがお顔に書いてあるけれどね」

そう言って、源氏は、にやりと微笑んだ。

紫上、突然の重病

「さて、たいそう上手にお弾きなさったと、三の宮に祝着《しゅうちゃく》の一言を申し上げることにしよう」

そう言って源氏は、その日の夕方ころに、寝殿の三の宮のところへやってきた。

三の宮は、自分のことを面白からず思っている人がいるなどということは、思いもかけず、ただただ子どもらしい様子で、一心にお琴の稽古をしている。

「今だけは私もお暇《ひま》を頂戴することにして、しばしお稽古はお休みなさいませ。とかく師弟関係というものは、弟子が師匠を満足させてくれてこそ、よい弟子というもの。あんなに苦しかった稽古づめの日々の甲斐あって、もう一人前だと安心して見ていられるほどにおなりだ」

と、言いながら、源氏は、その琴を脇《わき》へ押しやって、三の宮を閨へ抱き寄せた。

東の対では、紫上が、いつもながらこうして源氏不在の夜は、宵っぱりをして、女房たちに物語など読ませて聞いている。

〈こんな物語どものように、世の中の喩え話として、いろいろと語り集めた昔語りのなかには、移り気な男、色好み、二股かける浮気ものにかかずらった女、などなど、色めいた話がたくさんある。だけれど、最後には、頼りにする男が現われて幸福になるように見えるのに、我が身ばかりは、どういうわけかふわふわと頼りないままに過ごしてきたありさまだった……それはたしかに源氏さまの仰せのとおり、この身は、人並み優《すぐ》れた果報者《かほうもの》であることは間違いないけれど、世の中の女がみな、我慢しがたく飽き足らぬこととするような物思いと、最後まで離れることの出来ない身の上で終わるのだろうか……なんてつまらない一生だこと〉などなど、思い続けて、もうずいぶん夜が更けてから閨に入り、やがて暁の時分から、胸の変調に苦悶《くもん》しはじめた。

これには女房どもも、おろおろとするばかり、

「すぐに源氏さまにお知らせしなくては」

と進言するけれども、紫上は、

「それは、なりませぬ」

といって、皆を制止する。そしてまた、堪《た》えがたい痛みに胸を押さえて、ついに夜を明かしてしまった。全身熱で浮かされたようになり、気持ちもとても悪い。けれども、源氏がなかなか戻ってこない間、こういう苦悶に沈んでいることを知らせることもしない。

やがて明石女御のところから、消息が届けられたが、

「上さまは、かくかくの次第で、たいそうお具合がお悪くていらっしゃいます」

と返事をすると、女御はびっくりして、さっそく源氏のほうへ女御から知らせが至る。

源氏は胸のつぶれる思いに、蒼惶《そうこう》として戻ってくると、紫上は、たいそう苦しげに身悶《みもだ》えしている。

「どうした、気分は」

と言って、体に触れてみると、たいそうな熱である。

源氏は、さすがに、きのう話をしていた大厄の物忌みのことなど思い合わせて、ひどく恐ろしい思いに駆られた。

お粥《かゆ》などをすすめても、源氏は、見向きもしない。

ただもう心配で、その日一日は、ひたすら脇に付き添って、なにくれとなく介抱し、ため息をついている。

さっぱりした果物すら紫上は食べようとしないで、もう起き上がることもできぬまま数日が経った。

〈いったいこれはどうしたことだろう……〉と、源氏は心騒いで、さっそくに陰陽師《おんみようじ》などに病気平癒の呪術《じゆじゆつ》を数知れず始めさせる。また僧侶《そうりよ》を呼んで加持祈禱《かじきとう》させなどもする。とくにどこが悪いというのでもないのだが、ただただひどく苦しがって、胸痛《きようつう》の発作が折々に起こって悶絶するありさまは、まことに堪えがたく苦しげであった。

そこで、さまざまの慎みごとも限りなく実行したけれど、いずれもなんの効果も見えぬ。たしかに重態ではあるが、しかし、折々には自然と病勢が退《しりぞ》くときもあって、そういうときは一筋の光がさすようにも思えるものの、源氏はたいそう心細く悲しい思いで看病に当たる。そんな騒ぎの紛れに、他のことは何も考えられなくなって、朱雀院の五十の賀のことも、いつしか沙汰《さた》止みとなった。

かくては、紫上が重病のよしを聞き及ばれて、朱雀院のほうからも、お見舞いの使いが、懇《ねんご》ろにたびたび遣わされる。

紫上の病は一進一退、二条院に移る

病状は一進一退のまま、二月《きさらぎ》も過ぎた。

源氏は、筆舌に尽くしがたいほどに思い嘆き、こころみに場所を変えてはどうかと、二条の院へ紫上を移した。これには、六条院のうちのだれもがこぞって動揺すること甚だしく、思い嘆く人が多かった。

冷泉院もお聞きになって嘆く。

もし万一、紫上が亡くなるようなことがあったら、源氏も、間違いなく出家の素志《そし》を遂げるであろうと思うゆえ、左大将なども、心を尽くして看護に明け暮れる。

病気平癒の祈願のため、加持祈禱なども普通に行《ぎょう》ずるものはもちろんのこととして、特別の効験《こうげん》ある祈りなどもしきりと執行《しゅぎょう》させる。

紫上も、すこし意識のはっきりした時には、

「申し上げてございます予《かね》ての望みを、今にお許しいただけないのは、辛うございます」

と、出家を許されぬことのみ恨み嘆くのであった。

源氏は、それでもやはり許す気にはならぬ。

〈限りある命の果てに幽明境《ゆうめいさかい》を異《こと》にして別れるよりも、この目の前に、みずから出家して墨染めの衣に姿を窶《やつ》されたのを見たりしては、片時たりとも我慢できるものではない……〉と、ともかく源氏は、そのことが惜しくて悲しくてどうにもならぬ。

「昔から、私のほうから先に出家したいという願いが深いものを、あとに残って俗世に留まるそなたが、さぞ寂しい思いをなさるだろうと思うと、そのことの辛さに、出家を果たせずにいままで過ごしてきたのだ。それを、反対に、そなたのほうから私をうち捨てて出家なさろうとお思いか」

源氏はそんなふうに嘆きつつ、どうしても紫上の出家を惜しまずにはいられない。

さる間にも、まことに命のほどもおぼつかない様子に衰弱して、もはやこれまでかと思われるような折々も多くなっていく。源氏は、それを見れば、〈ああ、どうしたものだろう〉と、ひたすらに思い惑うて、もはや三の宮のところへは、ちらりとも出向くことなく、まさかこんな非常時にお琴の稽古でもあるまいと気乗りがせぬほどに、楽器どももすっかりしまい込んでしまって、六条院のうちの人々はこぞって二条の院へと集まってくる。されば、六条のほうは、まるで火が消えたような寂しさ、残っているのはただ三の宮とそのお付きの女たちばかりで、こうなってみると、なるほど六条院の賑《にぎ》わしさは、もとよりこの紫上一人の存在に拠《よ》るところが多かったのだなと痛感されるのであった。

明石女御の君も二条院にやってきて、源氏と一緒に紫上の看病やお世話に従事している。

「あなたはおなかに大事なお子がおられます。こんな病人と一緒にいて、物の怪《もののけ》に取り憑《つ》かれたりはせぬかと、たいそう恐ろしいことに思えますから、どうぞ早々にお上のもとへお帰りなさい」

紫上は、苦しい息の下から、そんなことを諭《さと》し聞かせる。

女御が連れてきている若宮が、たいそうかわいらしい様子なのを見ても、紫上はひどく泣いて、

「この若宮がご成長になったところを、拝見することもできないのですね。きっと、私のことなんかお忘れになってしまいますね」

と呟《つぶや》く。女御は、涙を塞《せ》きとめることもできず、ただただ悲しいことと思っている。

源氏は、

「そんな縁起でもないことをお思いになってはいけません。今はこうだけれども、しかし、そうひどいことにはなりますまい。大切なのは心の持ちよう、心次第で、人はともかくもなるものなのですぞ。心の大きな人には、それだけ大きな幸いがあり、心の狭い人は、かりに前世からの因縁で高貴の身になりのぼったとしても、寛大でゆったりとした心の持ちようはどうしても劣り、せっかちな人間は結局その地位名声に久しく留まり保つことなどできぬ。また心が温和でおっとりとした人は、やはり命も長いという例は多くあったこと……」

などなど、源氏は仏や神に向かって、この紫上の心ばせが世にも稀なほどすばらしくて、罪の軽いことをはっきりと言挙《ことあ》げし、その命の長からんことを祈願するのであった。

加持祈禱に従事している阿闍梨《あざり》たちや、夜通し読経する僧侶たちのなかにも、源氏のすぐ近くに控えている高僧などは、源氏がこれほどまでに心惑いしている様子を聞くと、いかにもいかにも胸が痛むので、いっそう心を奮い起こして祈禱に励むのであった。

こうしていくらか好転したかなと思える時が、五、六日混じっていたかと思うと、またぶり返して重篤になる、こんなことの繰り返しで荏苒《じんぜん》と月日が経過していく。これでは先が期待できない病気なのであろうか……〉と、源氏は思い嘆く。

〈ああ、やっぱりだめか、この先、どんなふうになってしまうのであろう。

その病気のさまは、どこがどう悪いのか釈然とせず、ただ日を追うごとに弱っていくばかりに見えるので、それはそれは悲しく堪《た》えがたく思われる。かかる日々、源氏の心には余事を顧みる余裕もない。

その後の衛門の督の消息

おお、そうそう……、あの衛門の督は、すでに中納言《ちゅうなごん》になっていたのであった。今上陛下のご信任厚く、まさに「時の人」となっている。そうして、我が身の声望がまさっていくにつけても、あの鞠《まり》の場《にわ》に垣間見《かいまみ》た人……三の宮に逢《あ》うことの叶《かな》わぬ嘆かわしさを思っては悲観して、この宮の姉宮にあたる二の宮を、北の方として頂戴したのであった。しかし、この二の宮は、身分からいうとずっと下《しも》ざまな更衣《こうい》の腹に生まれた君であったから、衛門の督としては、どうしても軽んずる気持ちが混じってしまうのは是非もない。その二の宮自身の人柄も、まず普通の身分の女に思い比べてみれば、さすがに様子が上品であったけれど、どうしてもあの三の宮に執着する心が深かったので、「わが心慰めかねつ更科《さらしな》や姨捨山《をばすてやま》に照る月を見て（私の心はどうしても慰めることができぬなあ、あの更科の姨捨山に照る月をみると）」の古歌ではないけれど、いかにしてもこの二の宮では心を慰めがたく、ただただ人から見咎められぬ程度に、そこそこ北の方として処遇している、とでもいうところであった。

衛門の督、三の宮に執着して小侍従を語らう

そうして、やはりあの三の宮への秘かな恋心が忘れられず、いつも小侍従《こじじゅう》という女房を相談相手として語らっていたのだが、この人は、三の宮の乳母《めのと》、侍従の娘であった。その乳母の姉が、ほかならぬ衛門の督の乳母であったのだから、いわば幼なじみ、そんな関係で、ずいぶん早い段階から、三の宮のことは身近に耳にする機会多く、宮がまだ幼少の時分から、たいそう美しい姫であること、また朱雀院の帝が大事に大事にしている様など、

なにもかも聞き知っていた。それゆえ、こういう恋慕の心が萌《きざ》したというわけなのであった。

こんな事情で、源氏も二条院の紫上のもとへ詰めっきりになっている。

そこで、六条院は人目も少なくさぞしんみりと静かであろうと推量して、衛門の督は、小侍従を自邸に呼んでは、たいそう熱心に相談をもちかけるのであった。

「昔から、私はこんなにも焦《こ》がれ死《じ》にでもしそうに思っているのだけれど、……さいわい、そなたのような親しい伝手《つて》があって、三の宮さまのご様子も聞き伝え、また私の忍び難い恋慕のほどをお聞きいただくことができた……いや、それは頼もしいことに思っていたのだ……だけれど、今に至るもいっこうにその効果が見えぬ。そのことが、なにしろたいそう辛い。朱雀院さまも、ひどくご心配だ。いつぞや誰かが、『……あの源氏という人は、あちこちたくさん情《なさけ》をかけている人があり、その上に、六条院では、なにかと紫上の威勢に押されて三の宮さまはどうも蔑《ないがし》ろにされているらしい。それゆえ、夜な夜な孤閨《こけい》を託《かこ》っておられるようだ』などと奏上《そうじよう》したときに、院さまは、さすがに少し後悔なさったご様子で、『いずれ同じく、気楽な臣下の身分の婿を選ぶとしたら、もっと実直《まめ》に宮に尽くしてくれる人、そういうのを選ぶべきであったな』と仰せになったそうではないか。その時にまた、『女二の宮のほうは、却ってなにかと安心で、これから先のこともずっと安泰に過ごしてくれるだろう』と、そんなふうにも仰せくださったと、人伝てに聞いたぞ。このことを耳にして、私は、三の宮がおかわいそうで、なによりも口惜しくて、どれほど懊悩したことだろう……。たしかに、わが妻の二の宮は、同じ血筋の方とうかがって頂戴をしたのだったけれど、しかしなあ、あれはあれ、宮は宮、まるで同じようには思えないことだったよ」

衛門の督は、そんなことを問わず語りしては思わず呻《うめ》き声を漏らす。

小侍従は、遠慮会釈もなく、

「まあまあ、なんてめっそうもないことを。二の宮さまのほうは、それとしてお抱え置きになりながら、なおも三の宮さまを……なんという限りもない欲張りかたでございましょう」

と口をとがらせる。すると、督はにやりと笑って、

「そこはそれ、そういうものさ。さりながら、かつて三の宮さまの婿選びに当たって、若輩の私などが、恐れ多くも名乗りを上げさせていただいたということは、朱雀院さまも、

また、今のお上もお耳にされていたはず……。それで、『あの督ならば、宮の婿として悪いということもないだろう』と、そのようになにかのついでに院さまが仰せになったのだ。さても、あのときに、ただあと少し、ほんのわずかばかりお情をかけて下さったら……」

と言い募る。小侍従は、また言い返す。

「とんでもない。そんなことはあり得ないことでございましょ。ご縁組みともなれば、もともと前世からの因縁ということがあると聞いておりますほどに、源氏さまが、わざわざはっきりと口にお出しになってご懇望《こんもう》なさったというのに、それと張り合ってあのご縁組みを妨げ申そうと、それほどご大層な御身《おんみ》のほどとお思いですの。近ごろこそ、やっとそれなりのご身分におなりで、御衣《おんぞ》の色も偉そうにおなりですけれど……」

どう言っても言い負かされそうな、まことに口さがない、遠慮などということは知らぬ女の剣幕《けんまく》に、督はとうとう最後まで自分の思いを言い尽くすに及ばず話頭《わとう》を転じる。

「ああそうか、もういい。過ぎてしまったことを言うてもせんないから、もう言わぬ。ただ、今のような……千載一遇の好機に、三の宮さまの御身の近くにて、私の心のうちに思うことの片端《かたはし》くらいは、ほんの少しでもいいから、申し上げることができるように、なんとかして密《ひそ》かに計らってはくれまいか。お目にかかったからとて、それ以上の大それた心など、決して……、ともかくまあ見ていてください。さような怪しい了見など、とてもとても恐ろしくて、持っているはずもありませんからね」

「まあ、なにをおっしゃいますやら。そういうことをお口にされること自体、もうすでにこれ以上大それたことなど他にありませんよ。これはまたとんでもない、得体の知れぬことを思いつかれたこと……。ああ、こんなことを聞かされるなんて、わたくしは、いったいなんのために、こうして伺ったのでしょう」

小侍従は、口をとがらせる。

「おやおや、なんてまた聞きにくいことを。ずいぶんと大仰なひどい言い方をするものだね。もともと男と女の仲など、そうそう定まったものではないぞ。女御とか后とかいうような御方にしたところが、まずなるようになって……その、どうとかするというようなたぐいのことがないとも言えぬだろうさ。ましてあの宮のご出自といったら……それこそ並ぶもののないほど申し分ないけれど、でも、お心のうちには、ひそかに面白からぬこともたくさんおありであろう。朱雀院さまの、たくさんのお子たちのなかに、断然群を抜いてご愛育されたというのに、今では六条院で、本来一緒くたにされるはずもない身分の御方々に立ち交じって、なにかとご不快なこともきっとおありであろう。私はなにもかもよく内実は聞き知っているのだよ。しょせんこの世の中、一寸先は闇《やみ》というもの、そうそなたのように一途《いちず》にものを決めつけて、無作法にぶっきらぼうなことを仰せになるものではないぞ」

衛門の督が、こう窘《たしな》めるけれど、小侍従は言い負けていない。

「いいえ、いかに今、ほかの御方に気圧《けお》されておいでだとしても、今さらもっと結構なところへご縁組みをし直すなんてことがおできになるかしら。源氏さまとのお仲はね、そんじょうそこらの夫婦とはまったく違いますから。ただ、宮さまには、後ろ楯になるようなお方がおられないので、万一にも根無し草のようになってしまっては大変と、朱雀院さまがご心配になって、それだったら、いっそ親代わりになってお世話をしてほしい、というので、源氏さまにお譲りになったのですからね。だから、お互いに、いわば父と娘、というような清らかなお気持ちで、お過ごしになっていらっしゃるように拝見していますっ。それを、なんて見当外れな悪口ばっかり」

しまいに小侍従は、ぷんぷんと立腹してしまった。

督は一生懸命になだめすかす。

「じゃあ、私の本心を言おうか。三の宮さまは、日ごろから、あのように世に似るものとてもない源氏さまのお姿をご覧になっているわけだからね、そのお心に、私ごとき物の数でもないような者の、へんてこでみすぼらしい姿を、すぐお側でお目にかけようなどとは、さらさら思いもかけぬことだよ。ただ一言、むろん御簾越しに、たった一言を申し上げたいと思うばかりなんだから、それがなんで、宮さまの御身《おんみ》の汚《けが》れとなるものであろう。神や仏に、遠くからお願いを申し上げるようなこと、それがなんの罪になるものか」

と、神仏を引き合いに大げさな誓言《せいごん》を立てつつ言うのを聞いて、小侍従、当初はまったくあってはならないことだと言い返していたけれど、もともと深くものを考えない若女房ゆえ、衛門の督が、このように身命《しんみょう》に代えてもとばかり、一心に思い詰めて懇願するのを、ついには絶対に駄目だとも言えなくなってしまった。

「そう、じゃしかたない。もしそういう良い機会があったら、なんとかお手引きをいたしましょう。だけれど、源氏さまがおいでにならない夜は、宮さまの御帳台《みちょうだい》の周りに、たくさんの女房がたが侍《はべ》っておいでで、しかもお床《とこ》のお側には、しかるべき宿直人《とのいびと》がかならずついておいでになりますから、さあ、どんな折に、隙《すき》を見つけることができましょうかしらね」

小侍従は、こんなふうに約束をしてしまったけれど、内心は、弱ったなと思いながら、六条院へ帰っていった。

四月十日過ぎ、絶好の機会到来す

それから、衛門の督からは、毎日のように、「どうだ、どうだ」と言ってくる。ほとほと困り果てた小侍従は、なんとかしかるべき機会を見つけて、ついに督のもとへ消息をよこした。

そこで、督は、大喜びで、しかしたいそう姿を窶《やつ》して、忍んできた。〈まったく、こんなことは我ながらけしからぬ振舞いだ〉という自覚が、衛門の督にはある。が、〈……ともかく御簾越しに一言申し上げるだけなのだ、なれなれしいところまで忍び入って、中途半端に理性の抑制が利かなくなるようなことなどは、思いも寄らぬこと、ただ、ほんとうにちらりとだけ、御衣《おんぞ》の端っこばかりを……あの春の夕べの鞠の庭で拝見した、それはもうどんなに時が経っても忘れ難い、いつまでも心に思い出されるあのお姿を、ちょっとだけお近くで拝見して、自分の思いの一端を申し上げることさえできたら……そして、たった一行《ひとくだり》だけでもいいから、お返事などいただけはすまいか、……かわいそうな男だと、それだけでも思ってくださるだろうか……〉と、衛門の督は、それからそれへと思い続ける。

それは四月《うづき》十日過ぎのある日のことであった。

賀茂の祭の前日の御禊《ごけい》の儀が明日催されるというので、斎院のお手伝いに派遣される女房が十二人、それから取り立てて身分が高いというわけでもない若い女房たちや童女《わらわ》たち、みな銘々にお出かけのための衣裳《いしょう》を調《ととの》え、化粧などをして見物にでかけようと思っている者たちは、いずれも、とりどりに忙しそうにしている。

それがために、三の宮の御座《おまし》のあたりはし−んと静まり返って人気《ひとけ》もない、という折であった。

三の宮お側仕《そばづか》えの女房按察使《あぜち》の君も、ときどき通って来る源中将《げんちゅうじょう》という男が、折よくその日通って来て、無理に呼び立てたので局《つぼね》に下がっている……されば、宮のお側にいるのは小侍従ばかり、そういうめったとない好機なのであった。

〈よしっ、絶好の機会……〉と思って、小侍従は、衛門の督を、三の宮の御帳台の東側、御座《おまし》の端に近いところまで、そろりと導き入れて座らせた。

いかに督が懇願したからとて、まさかそんなに近くまで引き入れるなど、はたして、あっていいことであろうか……。

宮は、何心《なにごころ》もなくすやすやと寝《やす》んでいた。そこへ、いきなり男の気配がするので、源氏のおいでかと思ったところ、どうも様子が違う。男は、変に畏《かしこ》まった態度ながら、いきなり帳台の床《ゆか》から宮を抱き下ろした。

三の宮は、はっと目を覚ました。なにか悪霊にでも襲われたような、悪夢でも見ているような心地がして、必死になって目を開けて見上げると、ややっ、源氏ではない。しかもなにやらわけのわからぬことを、あれこれと言っているのが聞こえる。なんという呆《あき》れた、恐ろしいことであろうと、宮は、一心に誰かを呼び立てるが、近くには小侍従以外誰もいないから、聞き付けて参る者とてもない。

ただ恐ろしくて、わななき震えているさま、水のように汗も流れて、なにがなんだか分からなくなっている様子、いずれも痛々しいけれども、そこがまたかわいい感じでもあった。

「わたくしは、もとより物の数でもない者でございます。……さりながら、そのように蛇《だ》蝎《かつ》のごとくお厭《いと》いになるような男とは、恐れながら存じておりませぬ。……いえ、昔から、もうずっと、恐れ多くもお慕い申しておりました。しかし、その思いをひたすら心のうちに押し込めたままにしておきましたなら、きっと胸の内で朽《く》ち果てさせてしまうこともできたかもしれませぬ。けれども、宮さまの婿に……という思いを、打ちあけて、朱雀院さまにも、人伝《ひとづ》てにお聞きいただきました。すると、まるで話にもならない、というふうには仰せにならなかった……なまじっか、そこに一縷《いちる》の望みをかけまして、それ以来というもの、ずっとお慕い申しておりました。ただ、わたくしが物の数にも入らぬ身分だという、それだけの理由で、どんな人よりもずっと深くお慕い申しております真心を、空《むな》しいものにしてしまったこと、それがただ悔しくて……そんな気持ちなど、今さらなにをどう申しても甲斐のないことだと思い返しなどいたしますが、それでも、どんなにか深く深くわたくしの心に沁みついてしまったのでございましょうか、年月の経てば経つほどに、口惜しいとも、辛いとも、恐ろしいとも、悲しいとも、と揺れこう揺れして、思いは深くなるばかりでございました。そのあまりに、とうとう思いを塞《せ》き止めがたくなりまして、こんな恐れ多い振舞いをお目にかけましたことも、思えば、思いやりのない、恥ずべきことと思うておりますほどに、もはや、これ以上に罪深いことを致そうというつもりなど毛《もう》頭《とう》ございませぬ」

こんなことを囁《ささや》き続けているうちに、三の宮も、〈あ、これはあの衛門の督……〉と気付いた。それなら、なおさら心外も心外、また恐ろしいことに思って、いっさい返事もしない。

「ご不快は、まことにごもっともでございますが、かような恋の振舞いは、世に例《ためし》のないことでもございますまいに、そうして、ただの一言もお答えをいただけない、そのことのほうが、よほどたぐいもないお心がけ……そのように情《なさけ》知らずのご様子に接しますと、ただただもう辛くて、かえってとんでもなく一途な思いが萌してまいります。お願いでございます、ただ、『かわいそうな者よ』とだけでも、お言葉を頂戴できますなら、それをありがたく承って、だまって退去いたしましょうほどに……」

などなど、心を尽くして掻き口説く。

衛門の督、忘我のふるまい、そして……猫の夢を見る

女三の宮を、よそながら見ている分には、なにぶんにも朱雀院の姫宮にして二品内親王《にほんないしんのう》、そして源氏の正室とあれば、威儀厳然《いぎげんぜん》たるものに見え、そこらの者が馴《な》れ馴れしくお近づきになるなど、さぞ気が引けることであろうと推量されるのであったが、衛門の督は、そのように馴れ馴れしくなど思いもかけず、ただこれほどに思い詰めた思慕の情の、ほんの片端だけでも申し上げて、中途半端に色めいた振舞いなどには及ばずにおこうと、そう思っていたのだった。が、いざ、じっさいに逢うてみると、さまで気品高く気の引けるほどの様子ではなくて、むしろ親しみを感じるような、それでいてどこか労《いたわ》ってあげたくなるようなかわいさもあって、やわやわとした感じが目に立つ、そういう様子をした、しかも貴《あて》やかでたいそうすばらしく思われるところは他に似ている人とてない感じなのであった。

男は、もはや理性的に自重する心も失《う》せ、〈ええい、もうどうなってもよい、どこへでもいいから、このまま連れて逃げて隠してしまいたい。我が身も、世間当たり前の暮らし

なんか捨ててしまって、いっそ行方をくらましてしまおうか……〉と、ただただ我を忘れて、欲望に身を任せた。

そのあと……。

いつしか、うとうととまどろんだ刹那《せつな》に、衛門の督は夢を見た。

……あの手に馴らした唐猫《からねこ》が、たいそうかわいらしげに鳴き声を立てながらやって来た……あ、これは三の宮にお返ししなくては、と思って、たしかに自分が連れてきた……よような気がするのだが、……さてさて、なんだってまたお返ししてしまったのだろう……と思っているところで、目が覚めた。

督は、ハッとする。

どうして、いったいどうしてこんな夢を……と思う。

三の宮は、ただ茫然《ぼうぜん》として、まったく現実のこととも思えず、胸は塞《ふさ》がってひたすら前後を忘《ぼう》じたような思いでいる。

すると、添《そ》い臥《ぶ》ししている男が囁いた。

「やはり、こういうふうになるべき、前《さき》の世からの深いご縁であったと、強《し》いてお思いくださいませぬか。こうなりましたのは、わたくしの心ながら、とてもまともな精神状態ではないように思えるのでございます」

こんなことを言いながら、男はまた、あの……三の宮は意識もしていなかった一件、例の御簾《みす》の端に猫が綱をひっかけて、宮の姿を露《あら》わに見せてしまった蹴鞠《けまり》の夕べのことなども告白する。

〈なるほど、そういうことも、たしかにあったかもしれぬが……〉と三の宮は、取り返しのつかぬことを、口惜しくも思い、またなんと拙《つたな》い運につながれた我が身であろうかと、心憂きことに思うのであった。〈ああ、これでは、もう源氏さまに、なんとしてお目にかかることができるであろう〉と、ただただ悲しく心細くて、三の宮は、まるで幼子《おさなご》のように泣きじゃくる。

衛門の督は、これを見るにつけても、恐れ多くまた、かわいそうにも思う。そうして、自分の涙ばかりでなく、三の宮の涙までも拭《ぬぐ》って、その袖《そで》はびっしょりと濡《ぬ》れるばかりであった。

きぬぎぬの別れ

やがて朝の近づく気配がある。

もう帰らなくてはならないけれど、衛門の督は、どうしても帰る気がしない。こんなに名残惜しいなら、いっそ逢わぬがよかった、とそんな思いさえする。

「ああ、わたくしはいったい、どうしたらよいのでございましょう。どうやら、わたくしのことを、ひどくお憎みのようだ。されば、もうこの後《のち》二度とお目にかかることもございませんでしょうから、せめて、ただ一言だけでも、お声を聞かせていただけませぬか」

督は言葉を尽くして懇願するけれど、宮にとっては、ただ煩わしくて、すべて悲観的に思われるばかり、さらになにも返事はしない。

「これほど申し上げても、なにもお答えくださらない。これでは、しまいに薄気味悪い思いさえいたします。かかる手ひどいお仕打ちなど、世にたぐいもございますまい」

督の心には、三の宮の仕打ちがあまりにもひどいと思えて、

「ええい、もうお言葉は下さらぬということだと見えます。それなら、こんな無用の身は

死んでしまったほうがいい。でも、やはりどうしても命というものは捨てたくはない。だからこそこうしてお目にかかったのです。それが結局、一言も賜ることができぬなら、わたくしの命も今宵かぎりと存じますのも、ああ、悲しい……。ほんのわずかでも、お心を開いてくださるお気持ちがございますなら、そのことと引き換えに、この命を捨てても惜しくはありませぬ」

そう言うと、督は、宮を掻き抱いて出て行こうとする。

宮はただ恐ろしく、いったいこれはどこへ行こうとするのであろうかと、ただ茫然とした思いでいる。

廂《ひさし》の間《ま》の西南の隅に立てた屛風《びょうぶ》を引き広げて外からの光が射さぬ用意とし、その先の開き戸を押し開けてみると、渡殿《わたどの》の南の戸の、昨夜忍び入ってきたところが、そのまま開け放してあった。

まだ夜の明ける前の、薄暗い時刻なのであろう。暗がりのなかにぼんやりと宮の姿を見ようと思うつもりもあって、督は妻戸の脇の蔀戸《しとみど》を手ずからそっと引き上げ、

「これほど無情なお心に、もう正気も失《う》せてしまいました。そんな心乱れたわたくしに、もうすこし心鎮めよとお思いになるなら、せめて『かわいそうな者』とだけでも、仰せく

ださいませ」

と、そう脅《おど》しつける。

三の宮は、〈なんとまた、きいたこともないことを言う男であろう〉と思って、なにか言おうとしたけれども、ひたすらぶるぶると震えるばかりで、言葉にならない。ひどく幼げなありさまであった。

そうこうしているうちにも、夜はどんどん明けてくる。

衛門の督は、このますっかり朝になってしまったらと思うと、ひどく気が急《せ》かれて、

「きっとお心にしみじみと響くような夢の話を申し上げようと思いましたが、これほどまでにわたくしをお憎みになっておいでですから、さてもうよしにいたしましょう。いずれ、自然と思い当たられることもございましょうほどに……」

と、獣の夢は懐妊の前知らせ、というその夢のことを督は口にすることもなく、急ぎ帰ろうとする。

外へ出てみると、夜明けの薄闇の空で、とかく物を思わせるという秋の空よりももっと、衛門の督の心には、じんと沁みわたる景色であった。

おきてゆく空も知られぬ明けぐれに
いづくの露のかかる袖なり

起きて、これからどこへ行くとも分からぬ、この夜明けの薄闇のなかで、
いったいどこの露が置きかかって濡れる袖なのでしょうか

督はこんな歌を詠みながら、涙に濡れた袖を引き出して見せ、後朝《きぬぎぬ》の辛い思いを訴える。が、宮は、やっと男が帰ってくれそうなので、少しほっとして、

明けぐれの空に憂き身は消えななむ
夢なりけりと見てもやむべく

この夜明けの薄闇の空に、わが辛い身は消えてしまってほしい。

そうしたら、さきほど見たことは、悪い夢を見たのだと思って、それなりにしてしまえるから

と、消え入りそうな声で歌を返す。その声のいかにも若やかで玲瓏《れいろう》とした感じであるのを、聞きも果てず衛門の督は帰ってゆく。「飽かざりし袖のなかにや入りにけむわが魂のなきここちする（まるで飽き足りぬ思いで別れてきた女の、あの袖のなかに入ってしまっているの

であろうかわが魂が、この身の内には無いような心地がする)」と詠じた古歌の心さながらその魂は、いまや体を離れて三の宮のもとに留まっているような心地がするのであった。

恐れおののく衛門の督と女三の宮

そのまま、衛門の督は、正室女二の宮のもとへは立ち寄ることなく、ただちに実家、父前太政大臣《さきのだいじょうだいじん》邸へそっと帰っていった。

そうしてすぐに閨《ねや》に入ったけれど、容易に眠ることができぬまま、悶々《もんもん》として思うことは……あの時見た夢が、夢判断のとおり、懐妊という現実となることの容易ならざる行く末……、そんなことまでも思い続けると、ふとまたあの夢のなかの唐猫のありさまも、たいそう恋しく思い出されるのであった。

〈ああ、それにしても、ひどい過ちをしでかしてしまった。このように罪深い我が身は、これから平気な顔をして、世の中に生きていくことができぬようになってしまった〉と、衛門の督は、ともかく恐ろしくて、なんともいえず恥ずかしい思いがして、おちおち出歩くこともできない。

女の身として……しかも源氏の妻として、もとよりあってはならぬことながら、男の自分にとってもまた、我ながら、あるまじき種々の所行のなかにもまた、なんという恐ろしいことをしてしまったのだろう、と思うゆえ、心の呵責《かしやく》と恥ずかしさで思うように人中《ひとなか》に立ちいでることもできない。

〈これが、たとえば帝《みかど》のお妃《きさき》を相手に過ちを犯して、それが世に漏れ聞こえてしまったら……その時に、これほど苦しい思いをするのなら、ためにこの命を取られることになっても、それは苦しいとも辛いとも思うまい。……このたびのことは、それほどの大罪には当たらぬとしても、あの源氏の大殿《おとど》に、睨《にら》まれ疎んじられるようなことになれば、ああ、それこそ恐ろしく、身も竦《すく》む……〉と、督は心を痛める。

たとえば、帝のお妃というような限りなく高貴の人と申したところで、生身の人間としては多少の色めいた心も混じるのが道理、それで、うわべはいかにも高貴な、また鷹揚《おうよう》な風情を見せていようとも、下心に、理性に従わない恋心という魔物が同居していればこそ、あれやこれや男の誘惑にも靡《なび》き、その結果情《なさけ》を交わすというようなこともままありがちなことである。しかし、この三の宮に限っては、さような深い恋心などがあるでもなく、ただもうひたすらに物怖《ものお》じする弱い性格なのであったから、こたびのことも、今すぐにでも人が聞き付けて浮き名が立つような気がして、まっすぐ顔を上げることもできぬくらい恥ずかしく思って、明るいところへ躙《にじ》り出ることもできず、〈ひどく情けないこの身のほどよ〉と、みずから思い知ったことであろう。

女三の宮の体に変調あり

それからしばらくして、

「三の宮のお加減がお悪いようで……」

と知らせがあった。源氏は、これを聞いて、折しも紫上の重病にひどく心労を重ねていたことにまた、もう一つ心配の種が加わったとは、いったいどうしたことであろうと驚いて、急ぎ六条院へ渡ってきた。

するど、どこが具合悪い、そこが苦しい、というような様子もなく、ただひどく恥じらい鬱《ふさ》いでいて、はっきりと目を見合わせることもしない。

源氏は、〈ははあ、これはずいぶん久しくこちらへ来ないことを恨めしく思って、拗《す》ねているのであろうかな〉と、労《いたわ》しく思って、言い訳らしく紫上の病状のことなどを話して聞かせる。

「どうやら、もう今生《こんじょう》の限りということなのかもしれませぬ。そういう大切なときに、薄情なところを見せることもいかがかと思うゆえ……。なにぶん紫上《あちら》は、ごく幼いころからずっと面倒を見てきて、見放してはおけませぬほどに、こんなに何か月も万事を抛《なげう》って看病に尽くしてきたのです。こんな時節を過ぎましたなら、やがて私の真心もご諒解《りょうかい》いただけましょう」

こんなことをしきりと言い訳する源氏を見るにつけても、〈ああ、大殿《おとど》はなにもお気付きでない……〉と思って、なにやら正視《せいし》に堪《た》えず、胸の痛む思いがして、三の宮は、人知れず涙ぐましい気持ちになった。

いっぽう、衛門の督は……

衛門の督は、まして、なまじっかに逢瀬を遂げたことが却って懊悩のもととなったという心地がして、日々、寝ても覚めても悲観的な思いに打ちひしがれている。

四月中《うづきなか》の酉《とり》、賀茂の祭の日にもなれば、見物に行こうと先を争う友達どもが連れ立って来ては、いっしょに行こうと誘うけれど、督は、ただもう具合悪そうな様子をして鬱ぎ込んでいるばかりだ。

北の方の女二の宮に対しては、ひたすら大切な宝物でも祭り上げておくようにして、その実、夫婦らしい心許した語らいなど、これっぽっちもありはしない。そうして、自分は自分の部屋に籠りきって、ごく所在なげに、心細く考えごとばかりしている。

折しも、童女の持っている葵の花を見ては、

くやしくぞつみをかしける葵草《あふひぐさ》
神のゆるせるかざしならぬに

悔やまれることは、無理やり摘み犯した葵草（あふひぐさ）のように、罪犯したあの逢ふ日のこと、
そんなふうに無理に摘んでも神さまのお許しになる挿頭草《かざしぐさ》とはならないのに

と、こんなことを思ったとて何になろう。まったくなまじいにあんなことをしたための苦悩なのであった。

祭の日ゆえ、あたりには見物の車の音などが囂《かまびす》しいが、それも、まったく別世界のこと

のように督は聞いて、誰のせいでもない、自業自得の所在なさに、一日という日が長くてなかなか過ごしにくく思われた。

女二の宮も、夫のこんな様子の、あまりにもしょんぼりとしているのが、どうしても目についてしまう。いったいなぜ、こんな心挫《こころくじ》けたような様子をしているのだろうと、その理由がわからぬだけに、誇りも傷つけられ、心外で、砂を嚙《か》むような思いでいる。宮付きの女房衆などは、みな祭見物に出払って、周囲は人気も少なく、しんとしている。そこで、二の宮は、なにか物思いに沈みながら、箏《そう》の琴《こと》を優しげに弾きすさんでいる、その気配もさすがに貴《あて》やかで穏やかな美しさがあるけれど、それを見ている夫の督は、〈ああ、同じことなら、三の宮のほうを……でも、いま一歩及ばなかった、我が身の果報のつたなさよな〉と、なおも思い続ける。

もろかづら落葉を何にひろひけむ
名はむつましきかざしなれども

賀茂の祭に髪にさす鬘《かずら》の葵と桂のように縁を分けた姉妹（かざし）だというのに、なんでまた、落葉のほうを拾ってしまったのだろう。名ばかりは睦まじい縁に結ばれた挿頭（かざし）だけれどと、こんなけしからぬ歌を、衛門の督は、手近の紙に書きすさんでいる。まことに失礼きわまる陰口とも言うべきであろうに……。

この歌の故をもって、これよりはこの二の宮を落葉《おちば》の宮とも呼ぶことにしよう。

紫上、息絶える

源氏は、六条院のほうには、稀々《まれまれ》に渡ってくる。来た以上は、そうそうすぐに帰ってしまうというわけにもいかぬけれど、どうしても二条院の紫上が気になるから、いつも気もそぞろという風情である。

そこへ、

「上さま、息をお引き取りになってございます」

と急使が至った。

源氏は、もう何も考えることができない。前後を忘じて、急ぎ二条院へ駆けつけた。その道中すら、気が気でない思いだというのに、見れば二条院のあたりには、近くの大路《おおじ》までたいそうな人だかりがして騒ぎ立てている。御殿のうちでは、人々が大声を上げて泣き喚《わめ》き、なにやら叫び交わしなどする気配、いずれも不吉極まる。

無我夢中で邸内に駆け込むと、女房が、おろおろと報告する。

「ここ何日かは、いくらかご病勢も小康を得ておられましたのに、今日、にわかにこんなことに相成りまして」

近侍《きんじ》の女房たちの、いっそ自分も黄泉路《よみじ》のお供にとばかりこぞって泣き惑うさまはなんとも言いようがない。

それまで懸命に祈り立てていた加持祈禱《かじきとう》も果てて、護摩壇《ごまだん》もみな取り壊し、奉仕の僧なども、不断《ふだん》に仕えている少数の者は別として、臨時に召された僧たちは、みなばらばらに立ち去っていく騒ぎ、これを見ては、源氏も、〈こんな様子では、ああ、ほんとうにもう命の限りなのであろうな〉と、思い切りを付けるのも、茫然とするほどに悲しく、これに比肩すべき悲嘆など、どこにもありはすまい。

霊力ある験者どもの祈りによって、紫上蘇生

しかし、源氏は諦《あきら》めない。

「ええい、こんなことになろうとも、これはさだめて物《もの》の怪《け》のしわざに違いないぞ。だから、そのようにおたおたするものではない」

と、浮き足立つ僧たちを取り静め、ますます大掛かりな願立てを新たに追加させる。

そうして、とくに霊力のある験者《げんざ》どもを、ことごとく呼び集める。

験者どもは、

「もとより限りのあるお命にて、仮にこの世のご寿命が尽きられたとしても、ただもう少し、しばらくの間だけお命を延べて下さいませ。かのお不動さまのお誓いにも、『定業《じょうごう》また能《よ》く転《てん》ず、……又、正《まさ》に報《ほう》じ尽《つ》きたる者も、能《よ》く六月《ろくげつ》を延《の》べて住《じゅう》せしめん（定まった寿命であっても、なお転ずることが出来る。……又まさに果報の尽きた者でも、更に六か月の命を延べてこの世に留まらせよう）』とございます。せめてこの、六か月という日数だけでも、なんとかしてこの世にお引き留め申し上げて下さいませ」

と、こう念じつつ、まことに頭のてっぺんから黒煙を立てて祈りたて、心中には、壮絶なる勇猛心を奮い起こして火の出るように加持祈禱をするのであった。

源氏自身も、〈ああ、ああ、ただ、なんとかして今一度、目を見合わせてほしい、ひどくあっけなかった臨終の際《きわ》だけでも、とうとう看取《みと》ってやることができなかったことが悔やまれて、悲しくてならぬものを……〉と、ひたすらに心乱れている様子、これでは源氏の命も危ういと見ている近侍の人々の、お先真っ暗な心のほどを、ただ察していただきたい。その哀切極まる源氏の心の中を、仏もみそなわしたのであろうか、このところ何カ月もいかに祈っても正体を顕わすことのなかった物の怪が、幼い童女《わらわ》に乗り移って、なにごとか大声で叫びたてるうちに、やっと紫上は息を吹き返した。

源氏は、うれしい半面、えもいわれぬ不吉さも感じて胸騒ぎを覚えた。

六条御息所の死霊出現して思いを吐き出す

この物の怪は、徹底的に調伏《ちょうぶく》されて、やっと口を開いた。

「他の者はみなここから出ていけ。ただ六条院一人だけのお耳に申し上げよう。私を何か月も調伏し辛い目に遭わせてくれるのが、無情な、ひどいお仕打ちゆえ、同じことなら、いちばん大切な御方を取り殺して思い知らせようと思うておったが、それでも、さすがに院がみずからの命も危なくなるほどに、身を砕いて惑乱するのを拝見すると……。今でこそ、このような浅ましい外道《げどう》に堕《だ》しておるとは申せ、もともとの愛執《あいしゅう》の心も残っておればこそ、こうしてここまでまいり来たのだから、院の痛ましい様子をとても見過ごしにはできずして、とうとう我が正体を露わしてしまった。ああ、決して知られまいと思うていたに……」

と言って、ばさりと髪で顔を隠して泣き叫ぶ童女の様子は、ただ昔あの葵上の絶命したときに見た物の怪の様子と同じだ……と見えた。

なんという呆れた気味の悪いことだと、あの時もつくづく思ったに、今また少しも変わらぬことも不吉ゆえ、源氏は、この童女の手を取って、膝元《ひざもと》に引き据えると、ぐっと押さえつけて見苦しいまねはさせないようにする。

「おまえは、まことにあの人なのか。悪い狐《きつね》などというものが狂って亡き人の名折れとなるようなことを言いたばかっているということだってあると聞く。えい、確かに名乗りをせよ。また他人の知らないことで、私にだけははっきりと思い出せるようなことを、そなただという証拠に言うてみよ。そうしたら、少しは信じてやろうほどに」

こう源氏が決めつけると、悪霊《あくりよう》ははらはらと涙を流して、

「わが身こそあらぬさまなれそれながら

そらおぼれする君は君なり

我が身こそ、こんなとんでもない様子に変わり果てているけれど、でもあなたは昔のすがたのまま、空とぼけている……その空とぼけるところ、あなたはやっぱり昔のままの冷たいあなたなのね

ああ、ひどい人、ひどい……」

と泣き叫ぶものの、その惑乱のはざまにちらりと恥じらいのようなものがみえる様子は、昔と変わらず、しかしそれがまた、かえって疎ましく嫌な感じがする。されば、源氏は、ひしと押さえつけたまま、物を言わせまいとする。が……、

「あの中宮の御ことにしても、それはそれは嬉《うれ》しくもったいないことと、中空《なかぞら》に漂いながらも思っておりましたが、今は冥土《めいど》に赴いて境を異にしてしまいましたゆえ、子のことまではあまり心に深くも思わなくなってしまったのでしょうか、ただただ、自分があなたのお仕打ちを、ひどいと思い申した妄執ばかりが、こうして消えずにいるのでございます。その妄執というなかにも、かつて生きておりました時分に、あなたが私を、あの葵上よりも低くみて思い捨てた、その無念さよりも、その後にお親しい方と御物語などなさるついでに、私のことを、まるで心の邪《よこしま》な憎々しげな女のようにお話しになった……そのこと

が、ほんとうに恨めしく、今はもう、亡き者なのだからと、なにもかもお許しくださって、もしも他人が私のことを貶《おとし》めるようなことを申したときには、せめて、そんなことはなかったと言って庇《かば》ってほしいと思う、と、そのときふと思っただけのことで、こういうとんでもない身のありさまゆえ、かかる一大事になってしまいました。紫上《このひと》を取り立てて憎いとも思い申すことはないけれど、どんなにあなた自身に祟《たた》ってやろうと思っても、守護の神仏の守りが強くて、とても私ごときには近づくことができませぬ。それで、どうしても近づけずに、遠くからお声だけでも微《かす》かに聞いておりました。よし、今はこんな私の罪障《ざいしょう》を軽くするだけのお弔《とむら》いを執行《しゅぎょう》させてくださいませ。加持祈禱だの、読経だのとて、大音声《だいおんじょう》にののしり騒ぐようなことも、私の身にはただただ苦しく辛い炎となってまとわりつくだけで、さらさら尊いこととも聞こえませぬ。だから悲しいばかりなのでございます。中宮にも、どうかこの由《よし》をお伝え申し上げてください。宮仕えの暮らしのなかで、ゆめゆめ他の方々と、帝の寵愛《ちょうあい》を争って嫉妬《しっと》をしたりする心などもってはなりませぬと……。そして、伊勢の斎宮においでになっていたころ、仏事を遠ざけていたことの罪が軽くなるように、いろいろと善根功徳《ぜんごんくどく》を積むようにと、かならずそのことをお願いします。今となっては、あのように仏を軽んじたことが悔やまれます」

などなど、それからそれへと、六条御息所の死霊《しりょう》は、言い続ける。

しかし、そのように死霊相手に語りあっているというのも、側目《そばめ》にはいかにも不都合なことと思うゆえ、その憑《よ》りましの童女を傍らの部屋に閉じこめておいて、そのひまに、紫上を、全く違う部屋にこっそりと移した。

紫上死去の噂広まる

こんなことがあって、どうやら紫上が死去したようだという噂が、世の中に満ちて、早とちりに弔問にやってきた人さえある。これには源氏も、なんと不吉なことを、と思う。

折しも、賀茂の斎院のご帰還行列を見物に出た上達部《かんだちめ》などの中には、帰途その噂を耳にして、

「おお、それはまた大変なことになったな。この世に生きている甲斐のある幸福人《さいわいびと》が命の光を失う日だから、それでこんなに雨がそぼ降るのであろうな」

と、遠慮会釈もなく言う人もある。また、

「いやいや、あの御方ほどなにもかも揃《そろ》っているという人もあるまい。そういう恵まれ過

ぎた人は、きっと長生きはできぬものぞ。『待てと言ふに散らでしとまるものならば何を桜に思ひまさまし（待てと言ったら、そのまま散らずに留まっているようであったら、そこらの平凡な花と同じになってしまって、いったいなんだとて桜だけを特別なものに思うことがあろうや）』という古歌もあるわい」

「といって、こんな幸福者が、たいそう長命を保って、この世の楽しみという楽しみを味わい尽くしなどしたら、その分傍らの人が苦労をするというものではあるまいか」

「さようさ、しかし、これで今こそ、あの二品内親王の宮は、ほんらいあるべきご寵愛を受けられるであろう。いままでが、紫上《あのかた》に気圧《けお》されて冷や飯を食わされていたんだからのう」

など、しきりと囁きあう向きもあった。

衛門の督は、きのう一日があまりに長くて過ごし難かったことを思って、今日は、左大弁《さだいべん》、藤宰相《とうさいしょう》など、弟たちを牛車《ぎっしゃ》の後ろのほうに乗せていっしょに見物に出た。そうして、道々、督は、人々がさように噂しあうのを聞くにつけても、ハッと胸の潰《つぶ》れる思いがして、

「なごりなく散るぞめでたき桜花何か憂き世にひさしかるべき（名残なくきれいに散ってしまうからこそ素晴らしいのだ、あの桜花は。そもそもなにがいったい、この憂いに満ちた世の中に久

しく留まることができようか）」

という歌を、独り言のように朗詠しながら、皆連れ立って二条の院へやってきた。

紫上の逝去ということは、なにぶんまだ確かなことではないので、そんなことを口にするのは縁起でもないと分別して、ただふつうに病気見舞いということでやってきたのだが、いざ来てみれば、邸《やしき》の内に人々の泣き騒ぐ声が聞こえる。

〈や、さてはまことであったか……〉と、一同浮き足立った。

そこへ、ちょうど式部卿の宮も駆けつけ、それこそひどく打ち拉《ひし》がれたような様子で蒼惶《そうこう》と入っていった。

衛門の督は、せめて弔問の挨拶を、この式部卿の宮にお取り次ぎを願おうと思ったが、宮の様子はとてもそれどころではない。

すぐに、左大将が、涙を押し拭いながら出てきた。

衛門の督はさっそく言葉をかける。

「さてさていったいどうしたわけでしょうか。なにやら縁起でもないことを人々が申しておりましたので、とても信じ難いと思っておりますが……。ただ、もう長くご病臥《びょうが》の由を承って、嘆きながら参上いたしたような次第です」

左大将は、

「病気は、たいそう重《おも》りまして、もうだいぶになります。それがこの暁から、急変して息の絶えるようなことにおなりでしたが、それはどうやら物の怪のしわざでございました。しかし、幸いに、辛うじて息を吹き返しましたとか聞いておりますので、今やっと皆々胸を撫《な》で下ろしているところですが、まだ予断を許さぬご容態で……。まことに胸の痛むことながら……」

と、そう言って、激しく泣きじゃくる様子であった。その目も泣き腫《は》らしている。

衛門の督は、自分にとってのけしからぬ恋心から類推して、〈ははぁ、さては大将の君も、さして親しからぬ継母《ままはは》……紫上のことを、ずいぶん心に沁《し》みて恋着《れんちゃく》しているのであろうな〉と、あらぬ想像を巡らすのであった。

このように、おおくの人士《じんし》が見舞いに来たことを聞いて、源氏は、

「重病の者が、にわかに急変して危篤となったので、女房などは、慌てふためき取り乱して騒ぎたてておりますほどに、私自身も、こんな状態では心も落ち着かず、おろおろとしております。されば、当方からの御挨拶はいずれ改めて申し上げることにして、きょうは

ともかくわざわざお運びいただきましたことに対して、くれぐれも感謝申し上げるという次第でございます」

と、このように挨拶を取り次がせる。

これを聞いて、衛門の督はうろたえた。〈こんな折のどさくさ紛れでもなければ、こちらに参上することなど難しかろう。……なんだか源氏さまには、まっすぐに対面できぬような心地がする〉と思うのも、つまりは心のなかに邪《よこしま》な思いを抱いているということであった。

紫上、受戒す

かくして、紫上は生き返ったが、その後のほうが却って恐ろしい思いがして、さらにさらに、仰々しい加持祈禱などを行《ぎょう》ぜしめ、重ね重ねに祈らせる。

〈……思えば、あの六条御息所という人は、かつて存命の時分にだって、生霊《いきすだま》になって祟ったというような気味の悪い人であったが、ましてや今はこの世を去り、悪鬼外道《あつきげどう》の姿に変じているだろうな〉と想像すると、源氏は、たいそううんざりとした思いに駆られ、姫君の秋好む中宮の後見《うしろみ》をすることまでも、この際は気が進まなくなった。煎《せん》じ詰めて言うなら、〈女の身は皆罪深さの根源であったな〉と思い至るにつけても、おしなべて男女の仲などというものももはや厭《いと》わしく、〈そういえば、余人が聞くはずもなかった紫上とたった二人だけの睦まじい語らいの折に、御息所のことを、すこしばかり口にしたことがあったが……物の怪がそのことを言っていたのは、なるほどそのとおりだった〉と思い出すと、またもや、とんでもなく煩わしいことになった、と源氏は思うのであった。

紫上は、どうか髪を下《お》ろして出家したいと、切《せち》に思い詰める。

そこで、源氏は、〈ここで仏道に帰依《きえ》して受戒《じゅかい》すれば、その持戒《じかい》の功徳によって、万一にも病の平癒が期待できるかもしれぬ〉と思うゆえ、願いに任せて、紫上の髪の頭頂部に少しばかり鋏《はさみ》を入れて、御戒《ごかい》の師僧《しそう》に嘱《しょく》して、殺生《せっしょう》、偸盗《ちゅうとう》、邪淫《じゃいん》、妄語《もうご》、飲酒《おんじゅ》の五戒《ごかい》だけを授けさせて、在家《ざいけ》のままの入道をさせる。この御戒の師は、かく受戒して物忌みをすることの功徳著《いちじる》しき旨を記した表白文《ひょうびゃくもん》を草《そう》して、それを仏に向かって朗々と読み上げる。この文《もん》のなかには、しみじみと心に沁みる尊《たっと》い文言《もんごん》が鏤《ちりば》められていて、源氏は、胸打たれながら、体裁の悪いほどにひしと紫上の側に寄り添い、しきりと涙を押し拭っている。そうして、二人心を合わせて仏に祈り続ける。源氏のように、世にたぐいもないほど賢い人でも、まことにまことに、こうした心惑いする事柄に際会《さいかい》しては、どうしても心静かにはしていられぬものなのであった。

このうえは、どんな手段を用いて、紫上の命を救い、この世に引き止《とど》めておこうかと、源氏は、そのことばかりを心にかけて、夜も昼も思い嘆き続けたので、すっかり惚《ほう》けたようになるほど、顔もすこし面瘦《おもや》せしてしまった。

紫上の病勢治まり、回復

五月《さつき》などは、梅雨《つゆ》の時分とあって、空模様までも晴れ晴れとせず、紫上はなかなか爽《さわ》やかな気分にもなれないが、それでも、一時に比べれば少し小康状態というところであった。

しかし、例の物の怪は、今も絶えずつきまとっては紫上を悩ませる。

そこで源氏は、六条御息所の死霊《しりょう》の罪障消滅《ざいしょうしょうめつ》、女人成仏《にょにんじょうぶつ》のための追善として、毎日毎日法華経《ほけきょう》を一部ずつ書写させて供えている。その他にも、良いと思われるようなことは、なんでも試みさせる。また枕許《まくらもと》にも声の良い高僧どもを召して、昼夜の分かちなく絶えず朗々と読経をさせている。

物の怪は、あの姿を現わした日以来、折々にまた取りついては、

「もう参りません……」

などということを悲しげな調子で言ったりもするのだが、なおどうしても消え果てるということがない。

ひどく暑い日など、紫上は虫の息になって、ますます衰弱していくので、源氏は言いようもなく悲しんでため息ばかりついている。

紫上は、ほとんど夢うつつというに近いのだが、それでも、こんなふうに悲嘆懊悩《ひたんおうのう》している源氏のありさまを見ては胸を痛める。

〈もしわたくしが此の世を去っても、自分自身としては口惜しく思い残すことなど、さらさらないけれど、でも、源氏さまがこんなにまで心を痛めておいでのご様子なのに、わたくしの空しい亡骸《なきがら》をお目にかけるというのは……あまりに思いやりに欠けることにちがいない……〉と、そう紫上は思って、心を奮い立たせては、薬湯《やくとう》なども努力して口にする。

そのせいだろうか、六月《みなづき》になると、だいぶ快くなって、ときどきは枕《まくら》から頭が上がるまでに回復したのであった。

これを見て源氏は、めずらしいことと嬉しく思うものの、しかし、やはりなお不吉な思いが去らず、心配のあまり二条のほうに詰めっきりで、六条院の三の宮のもとへはいっこうに姿を見せない。

女三の宮の懐妊発覚

その三の宮は、あのなにがなんだか分からなかった一夜のことを思い嘆いているうち、すぐに体に変調が現われて、変に気持ちが悪く、しかしとくに病気というような症状でもない。すなわち、四月《うづき》に衛門の督との一件があって、その翌月に入ると、もう気持ちが悪くてものが食べられない。そしてただ蒼白《そうはく》な顔をして窶《やつ》れきっているのであった。

衛門の督は、やるせなくて恋しさを抑えかねる時々は、夢うつつの思いで通ってきたが、三の宮のほうでは、そんなことは限りなく無分別なことだと厭わしく思っていた。なにぶん日ごろから源氏をたいそう恐れている宮の心には、衛門の督の風采《ふうさい》も人柄も、どうしても源氏と同じように見ることなどできぬ。ただ、ひどく由緒ありげにふるまい、すっきりとした男ぶりではあるので、そこらの人の目には、ふつうの男よりずっと素敵に見えたかもしれぬが、三の宮は幼いころから、あの天下無双の源氏の姿を見慣れている。その目から見れば、身の程知らずに押しかけてくる督の振舞いなど、ただ不愉快なだけであったし、しかもその男が原因で、悪阻《つわり》に苦しむ日々が続いているというのは、まことにいたわしい悪因縁につながれているというものであった。

乳母たちは、この三の宮のただならぬ様子を怪しんで、

「へんだわねえ、源氏さまがお渡りになることなんか、ほんとうにたまさかなのに」

と呟《つぶや》き、源氏の床離《とこが》れを恨み嘆く。

三の宮の体調が悪いと聞いて、源氏は、急ぎ六条院へ行くことにした。

そのことを告げに行くと、紫上は、暑くてうっとうしいというので、髪を洗って、すこしさっぱりとした様子で臥せっており、洗い髪を床の辺《べ》にざっと広げて乾かしていた。そうそうすぐには乾かないが、その髪はこれっぽっちも癖っ毛などなく、また絡《から》まった毛筋もなく、たいそうさらさらと美しく、全体にゆったりとうねっている。

血の気もなく病み衰えているところも却って、その蒼白な顔色にはいっそかわいらしげな感じさえ添い、透き通ったように見える肌の感じなど、世にたぐいもないほど労《いたわ》しい可

憐さであった。

そうして、小康を得たとはいえ、あたかも虫の抜け殻などのように、どこか魂がふわふわとさまよっているような様子をしている。

もう何年と住まずにいたので、すこし荒れてしまっている二条院は、広大な六条院を見慣れた紫上の目にはたとえようもなく狭苦しく感じられる。

昨日今日と、すこし気分が持ち直して病勢もやや治まっているところであったから、紫上は、特に心を込めて修繕させた遣水《やりみず》や庭前《ていぜん》の植込みが、とたんに見違えるばかり気持ちよげになっているのを床のなかから見やって、しみじみと、〈これまでよくぞ死にもせず長らえてきたものだ〉と思う。

池はたいそう涼しげで、蓮《はちす》の花が咲き満ち、その葉はまことに青々として、上に置いた露がきらきらと玉のように光っている。源氏は、その池の面《おも》を見やりながら、紫上に声をかける。

「あれをご覧。蓮の花が、自分ばかり涼しげに咲いているほどに……」

これを聞いて、紫上は半身を起こし、外のほうを見やったが、そんなふうに起き上がることも最近では珍しいことであった。

「おお、そんなふうに起きられたところを拝見するのは、なんだか夢のようだ。あまりに悲しくて、私までも命の限りかと思った折がいくらもあったのだよ」

そう言って、源氏は、うっすらと涙を浮かべている。

紫上も、これにはすっかり心を打たれて、

消えとまるほどやは経《ふ》べきたまさかに
蓮《はちす》の露のかかるばかりを

あの蓮の露が消えずにしばらくああして留まっている間ほどでも、長らえることができますでしょうか。わたくしの命など、たまさかに、あの蓮の葉に露が懸かるばかりの、斯かる儚いものですのに……

と、思いを歌に託した。源氏はすぐに歌を返す。

契《ちぎ》りおかむこの世ならでも蓮葉《はちすば》に
玉ゐる露の心へだつな

おお、たしかにお約束いたしましょう。たとえこの世でお別れいたしましょうとも、やがて極

楽の蓮の葉の上に共に生まれ変わろうと思っている、あの露の玉のような私を、どうかつゆ心
隔てなさいますな

かくて出て行こうと思うけれど、源氏にとって、三の宮の許へ行くのはあまり気が進まぬ。が、お上も朱雀院もご存じのことではあり、具合が悪くなったと聞いてからもずいぶん日数が経ったのに、とかく身近な紫上の病にばかりかまけて、宮のもとへ通って逢うなどということもまったくなかったのだ。

〈されば、せめて紫上の病症が小康を得ている雲の晴れ間のような時にまで、引き籠っていてはいかんな〉と思い立って、源氏は六条院へ帰っていった。

三の宮は、良心の呵責《かしゃく》に、源氏と顔を合わせるのさえきまりが悪く、もはや消え入りたいような思いで、源氏がなにか言葉をかけても返事すらしない。

〈ははあ、さては、こう長らく途絶えを置いたのを、表立っても言えぬままに、ただ恨めしく思っているのであろう……〉と源氏は気の毒に思って、なにやかやとご機嫌を取ろうと話しかける。

それから、女房のなかでも重立った老女を呼んで、どんな具合なのかを尋ねる。

「はあ、ふつうのご病気ではない、お加減の悪さのようで……」

老女はさりげなく悪阻《つわり》のありさまを物語る。

「……ふむ、妙なことがあるものだね。もう何年もそのような沙汰もなかったに」

そこまで言いさして、源氏の心中には、〈年来連れ添ってきた人々にもそんなことは絶えてなかったに、それはどこかあやふやな話ではなかろうか……〉と不審の念が起こる。そこで、それ以上はその話題には言いも及ばず、ただ、宮がいかにも具合悪そうにしている様子がたいそう労《いたわ》しい感じなのを、かわいそうに、と思って見ているばかりであった。

今回は、来にくいところをやっと思い立ってやってきたのだから、そうすぐにも帰り難いゆえ、二、三日は三の宮のもとに居続けた。すると、二条院で紫上がどうしているだろうか、病は重《おも》りなどせぬだろうかと、なんとしても心配で心配でしかたがない。そこで、せめては心を込めた文を、せっせと書き送るのであった。

そういう源氏の様子を見ている三の宮付きの女房は不安を覚える。

「いったい、いつの間にあんなにたくさんの言の葉が積もって出てくるのでしょう。さてもさても、宮さまにとっては、心安からぬ御仲《おんなか》らいだこと……」

三の宮の過《あやま》ちを知らぬ女房は、こんなことを言う。

しかし、かかることを聞くにつけても、手引きをした小侍従の胸は穏やかではいられない。

衛門の督の恋文、源氏の発見するところとなる

いっぽう、衛門の督も、六条院に源氏が来ていると聞けば、身の程をも弁《わきま》えず嫉妬心に駆られて、恋に焦がれる思いの丈を染め染めと書き連ねて、小侍従のもとへ送ってよこした。

源氏が、東の対へ行くと言って一時的に席を外した隙に、たまたまその時はまた、宮のあたりに他に人気《ひとけ》もなかったのを見澄まして、小侍従は、その恋文をお目にかける。

「なに、これは。こんな煩わしいものを見せられるのは、ほんとうに嫌なこと。気分も悪いというのに」

三の宮はそう言って、臥せったまま見ようともしない。

「でも、どうぞこればかりは……こんなにこまごまと念を押してお目通しを願っておられます、……それがお気の毒でなりませぬものを」

といって、小侍従はなおその文をくつろげて、文頭《ぶんとう》の端《はし》に書いた念押しのところを宮に見せている、ところへ、誰か女房の来る気配がした。小侍従は大慌てで、目の前に広げてしまった恋文の処置に窮し、とっさに几帳を引き寄せてなんとか人目から隠すと、そのまま席を外した。

そんな手紙を置き去りにされた三の宮は、ほとんど心臓がとまりそうな思いがする。ところへ東の対から源氏が戻ってきた。宮は急いで文を隠したが、慌てたのできちんと隠すことができず、ただ座布団の下にさっと押し込んでしまった。

夜分になるころには二条院へ出向きたいと思って、源氏は、三の宮に辞去の挨拶をするついでに、

「こなたは、さしてお悪いようでもありませぬが、紫上《あちら》は、まだ病状がしっかりとしないので、あまりこちらに長くなると、見捨てられたようで心細い思いをするかもしれませぬ。それは今さらながら、労《いたわ》しいことゆえな……。こうすぐに失礼することを、なかには口悪く申すものもあるかもしれぬが、さような陰口は決してお心に留めなさるな。いずれはわたくしの心を見直していただけるでありましょうぞ」

と、よくよく言い聞かせる。

いつもは、いささか子どもっぽい戯《ざ》れごとなども、馴れ馴れしく言ったりするのだが、どういうわけか、きょうの三の宮はひどく沈鬱な表情で、きちんと視線を合わせることもなく俯《うつむ》いている。〈これは、私がめったと来ないのを恨んでいるのであろうな〉と源氏は独り合点する。そうして、そのまま昼の御座《おまし》に二人とも臥《ふ》して、なにくれと語り合いなどするうちに、日が暮れた。

そのまま、源氏は、しばしまどろんだが、蜩《ひぐらし》が華々しい声で鳴いたので目を覚ました。

「おお、もう日が暮れるわ。どれ、『道たどたどし』ということにならぬうちに」

古歌に「夕闇は道たどたどし月待ちて帰れわがせこその間にも見む（夕闇の暗い道はおぼつかないから、もう少しここにいて、明るい月を待って夜道をお帰りなさいませ。その月を待つ間にも、あなたの顔を見たいから）」と歌ってあるのを仄《ほの》めかしながら、源氏は、よろしく出で立ちを調《ととの》えている。

三の宮は、

「『月待ちて』とも歌ってあるように思えますものを」

と、源氏の仄めかした歌に、「明るい月を待ってお帰りなさい」とあるのを引いて、ひとこと言い返した。いかにも初々しい様子で、そんなことを当意即妙に切り返したのは、なかなか憎からぬところがある。

〈おお、さては「その間にも見む」というふうに思っているのでもあろうかな〉と、なんだか労しい思いがして、源氏は立ち止まった。

　夕露に袖濡らせとやひぐらしの
　鳴くを聞く聞く起きてゆくらむ

夕露に袖を濡らして泣けとばかりに蜩が鳴くのを、こうして聞きに聞きながらも、あなたは起きてゆくのでしょうか、この袖に露を置く私を残して

　こんなことを、三の宮が、未熟な心に浮かんだままを歌い出すのも、なにやら労ってやりたいようなかわいらしさを感じて、源氏は、またそこに跪《ひざまず》くと、

「さてさて、困ったな……」

と呟きながら、ふっとため息をついた。

　待つ里もいかが聞くらむかたがたに
　心さわがすひぐらしの声

私を待っている里かたのほうでも、さていったいどんな思いで聞いていることでしょうか。あちらでもこちらでも、人の心を騒がせているこの蜩の声を

と、こんな歌を心中に浮かべつつ、思いためらい、やはりあまりに無情な仕打ちをしてもかわいそうに思うので、結局、そのままこちらに泊まった。けれども、泊まったら泊まったで、源氏の心には紫上のことが案じられて落ち着かない。心はおのずから物思いがちに、果物ばかりを口にして、そのまま寝所に宿った。

まだ朝の涼しいうちに帰ろうと思って、源氏は、早く起きた。

「昨夜《よべ》の夏扇《なつおうぎ》をどこかに落としてしまったが……、いや、この檜扇《ひおうぎ》では風が生ぬるくていかん」

などと言いながら、源氏は、手にした檜扇を置いて立った。そして、きのうの夕べうたた寝をした座布団のあたり……、立ち止まってよくよく見てみると、その座布団がすこしずれている、その端のところから、浅緑の薄様紙《うすようがみ》に書いた手紙をぐるぐると巻いた、その一端が覗《のぞ》いている。

〈おや……〉

何心もなく引っ張り出して見てみると、なんと、男の筆である。しかも紙に焚《た》きしめた香の匂《にお》いなどもたいそう洒落《しゃれ》ていて、いかにもしゃらくさい書きざまの文であった。二枚の料紙に続けて、こまごまと書き連ねてあるのを見ると、それは紛るるところもなく、衛門の督の手に違いない、と源氏は見た。

化粧のために鏡の世話などする女房は、当然源氏が読むべき文なのであろうと思って、その内実など思いも寄らぬが、小侍従はむろん気付いていて、〈ああっ、あれは昨日の文の色……〉と見ては、〈とんでもないことになった〉と、胸はドキンドキンと鳴る心地がする。

こうなっては、源氏が粥《かゆ》など食べているところなどに目もやらず、ともかくどうしたものかと思案を巡らしている。

〈いやいや、そんなはずはないわ。そんなばかなことが……そんなのあるわけがないもの。だってきっと宮さまはお隠しになったにちがいないから〉と強いて思おうとする。

三の宮ご本人は、屈託もなくまだ寝ている。

源氏は呆れ果てた。

〈なんという幼いことだ。こんなものを散らかしたままにして……私以外の人間が、万一見つけでもしたら、どうするおつもりか……〉と思うにつけても、この宮が見下げられて、〈これだから呆《あき》れる、まるでたしなみというものがないじゃないか、この様子は……、それゆえ、しょせんは妻として頼りにならぬお人だと思っていたのだ〉と、源氏は思う。

やがて源氏は出ていった。

それにつれて女房たちも少し三の宮の側《そば》を離れたので、小侍従は寄って、

「昨日のものは、いかがなされましたか。今朝がた源氏さまがご覧になっていた文の色が、あれに似ておりましたが……」

そう囁《ささや》くと、三の宮は初めて気付き、吃驚仰天《びっくりぎょうてん》して、ただ涙が次から次からあふれ出てくる。これを見て、小侍従は、〈おいたわしい……けれど……でもほんとにどうしようもないわ、こんな様子では〉と呆れ果てる。

「それで、あのものは、どこにお置きになりましたか。あの時は、お側の方々がおいでになりましたから、わたくしなどが、なにか曰《いわ》くあり気にお側に侍《はべ》っておりますのを、どなたかに見咎《みとが》められては大変と、……その程度のことでも、気が咎めて、急ぎ退きましたのに。……あれから源氏さまがお出でになるまでに、すこしばかり時間がございましたか

ら、きっとその間にお隠しになったと、さように存じておりましたが……」

小侍従がそう言うと、三の宮は、

「いえ、あの、それが……ちょうどあれを見ているときに入って来られましたから、さっとしまうこともできず、座布団の下に挟んでおいたのだけれど……それを、つい忘れてしまって……」

と悪びれもせず言う。これには、小侍従ももはや言うべき言葉が見つからない。

そうして、その手紙を挟んだはずのところへ寄って調べてみたが、もとより、そこにあろうはずもない。

「ああ、一大事。あの君も、源氏の大殿《おとど》をひどく怖じ恐《お》れて、ほんのけぶりほどにも漏れ聞かれることがあったら、とそれはそれは戦々恐々としておられましたものを、あっという間にこんなことが起こってくるなんて……。なにもかも、宮さまが、あまりに幼くていらっしゃるから、それであんなふうに不用意にお姿を見られてしまうし、……あの一件以来、督《かん》の君も宮さまの面影が忘れ難く、それでわたくしのところへ、しきりと恨み訴えなさいましてね、わたくしもつい情に絆《ほだ》されてお手引きをいたしましたのに、まさかまさか、こんなことになろうとは……。宮さまばかりか、督の君にも、いえわたくしにとっても、ほんとうに困り果てたことに……」

小侍従は、遠慮会釈なく弁じ立てる。

そもそも小侍従は乳母子《めのとご》で、子どもの頃から気安くて、宮は子どもっぽいお人柄ゆえ、こんなに馴れ馴れしく物を言うのであろう。

宮は、ひとことの答えもできず、ただただ、泣きに泣くばかりであった。そして、よほど気分が悪いとみえて、なにひとつ食べようともしない。

「まあ、宮さまが、こんなにお具合が悪くていらっしゃるのに、源氏さまは、それを見て見ぬふりをなさって、今はすっかりご快癒なさった対の上さまのお世話ばかりに、お心を込められますこと、ねえ」

と女房どもは、恨みがましく言い募る。

源氏は、この文をなおも不審千万に思って、人の見ていないところで、繰り返し打ち返し読んだ。

〈どうも納得できぬ。もしやお側づきの女房どものなかの誰かが、あの男の手跡《しゅせき》に似せて書いたものでもあろうか〉とまで考えてもみるけれど、いやいや、それにしては、あまりにも言葉遣いが生き生きとしていて、こんなことは本人でなくては書けぬということがあれこれと書き連ねてある。

あの蹴鞠《けまり》の庭の垣間見《かいまみ》以来、ずっと何年も恋いわたっていたこと、やっと逢瀬が叶ったのは嬉しかったが、なまじっかに逢ってしまうと、それからは却って苦しいばかりで悶々《もんもん》としている……というようなことまで、こまごまと書き尽くしてある。その文面はなかなか見所があって胸を打つけれど……。

〈しかし、こんなになにもかもはっきりと書いてよいものか。あたら衛門の督ほどの男が、かかる懸想文《けそうぶみ》を、考えもなく書き連ねたものだ。こんなものが、どうかして人目に触れるなんてことがあったら、とそう思ったらもう少し書きようがあろうに。昔、私とて、こういうふうにこまごまと書きたい気持ちの時があったから、それは分からぬでもないが、しかし、自分は、敢てよく言葉を選んで、あからさまにならぬよう、他人が見ても分からぬように書き紛らしたものであったぞ……。人間、とかく深い心用意をするということは、難しいものとみえるな〉とて、源氏は、衛門の督の心ざまの浅さをまでも軽侮《けいぶ》するのであった。

そこでどうすべきか、源氏は苦慮する

〈さてもさても、この宮をば、これからどのように遇したらよいのであろうかな。この悪阻と見える変調も、さてはそういうことの紛れにしでかしたことなのであろう……それにしても不愉快な。しかも、こんな辛いことを、人伝てでなくて、いきなり自分で知ってしまった、……それを知りながら、今までと同じように妻としてもてなさなくてはならぬとは……〉と、我が心ながら、断じて許すことができぬ。

〈これがほんのちょっとした遊びの、はじめから本気で愛してもいない女であったとしても、それだってまた、他の男に二股《ふたまた》をかけられたとあっては、それはもう気に入らぬことと、そんな女からは、心もおのずから離れていくものだが……まして、これは、そんな気軽なことではない。相手は特別のご身分の三の宮だ、それを、なんという大それた了見《りょうけん》であろうか。いや、帝の御妻《おんめ》と過ちをしでかすというようなことは、昔もあったが、それはまた決して同日の談ではない。宮仕えなれば、男も女も、同じ帝に馴れ仕えているうちに、おのずから、そちらの方面にかけて心を通わせ初《そ》め、結果として、なにかに取り紛れ

て過ちをしてしまう、というようなことも、いくらもあるであろう。なに、女御とか更衣とか申しても、こういう訳があるとか、ああいう事情があるとか、ともかくどうかと思われるような人も混じっている。されば、その心がけが、かならずしもしっかりしているとも限らず、なかには軽薄な人だって混じっていようから、心外なることをしでかすこともあるけれど、見過ごしにできぬような一大事が露顕《ろけん》しないうちは、そのまま宮仕えを続けていることもあろう。そういうのが、表立っては露顕せぬまま取り紛れているということも、あるにちがいない。が、三の宮はどうだ、これほどまでに、正室として、この上もなく処遇してさしあげてだ、私自身の思いからしたら、もう全然比較にもならぬくらい深く思いをかけている紫上よりも、ずっと丁重に慈《いつく》しみ、恐れ多い君と思いつつ世話している、その私をさしおいて……、まったくこんなことは、世の中に決して類例があるまいぞ〉

源氏は、こんなふうに憤懣《ふんまん》を募らせ、パチリパチリ、爪を弾《はじ》いて非難する。

〈仮に、帝の御妻《おんめ》とあっても、ただただ実直に、公務としての心がけだけでお仕えしているというのも、まあ心中は殺風景なもの、そういう時に、深い思いから出た男の私《ひそ》かな願いに負けて靡《なび》き、それぞれが互いに真心《まごころ》を通わせて、ついには男が通ってくるというようなのっぴきならない手紙にも、承諾の返事をしてしまう……そういうことから始まって、自然自然に深く心を通わせる仲らいなどは、たしかにけしからぬ行ないであることは同じことだが、でも、それなりに同情すべき余地はある。……しかし、あの衛門の督、あれしきの男に三の宮が心を分け与えなくてはならぬ理由など、自分自身、どう考えても思いつかぬが……〉と、ますます不愉快が募る。

〈とはいえ、そのような自分の気持ちは、どうでも顔に出してはなるまいぞ〉と、千々《ちぢ》に心を乱しつつ考えていると、はたと思い当たった。

〈もしや、亡き父院さま（桐壺帝）も、ちょうど今の私と同じように、心のうちには藤壺の宮とのことをなにもかもご存じで、しかも知らぬ顔をなさっていたのであろうか。……思えば、あの一件、あれこそはまことに恐ろしく、絶対にあってはならない過ちであった……〉と、身近な例を、はたと思い合わせるに至って、こんなふうに恋の山路に踏み迷ったとしても、それは誰も非難するには当たらないな、という想念も混じるのであった。

うわべは平気そうにしているけれど、紫上の目から見れば、源氏がなにごとかに思い惑うていることははっきりと分かる。

〈もしや、わたくしがやっとの思いで露命《ろめい》を繫《つな》いでいる不憫《ふびん》さに、強いてこちらにお出で下さっているのかもしれない。でも、ご自分でそう決めて来るには来てみたが、やはり胸を痛めて三の宮《あちらのかた》を思いやっておられるのかもしれない……〉紫上は、そう思って、やさしく声をかけた。

「わたくしのほうは、もうずいぶん心地がよろしゅうございますけれど、あちらの宮さまは、なにやらお具合がお悪くていらっしゃるとか、……それなのに、こんなに早くこちらへお戻りくださいましたこと、宮さまにはお気の毒で」

「そ、それはそうだ。が、あれはたしかに、普通でない体のようには見えたが、特に病気というような様子ではなかった。だから、私はすっかり安心して戻ってきたのだよ。ただね、宮のところへは、お上から、たびたびお見舞いの勅使《ちょくし》が遣わされてくる。今日もお手紙を頂戴したとか……。というのは、朱雀院から、特に大事になさっていただきたい旨、お上への御意があったことゆえ、それでお上もこれほどにまでお気遣いなさるのであろうよ。ちょっとでも疎《おろそ》かにしたなどと聞こえたなら、お上も院もどう思し召《おぼめ》すか、これにはほとほと弱り果てる」

源氏は、そんなことを漏らしながら、低くため息をついた。

「お上がどうお聞きになるかということよりも、三の宮さまご自身が、恨めしくお思いになるということのほうに、わたくしの胸は痛みます。いえ、宮さまご自身は、わたくしを咎めだてなさるお気持ちなどお持ちでないとしてもあちらには、わたくしのことを何かと悪く悪く告げ口する女房どもも、きっとあるだろうと思いますから、それが辛《つろ》うございます」

「ああ、その通りだ、私が一心に思いをかけるそなたには、なにかと煩わしいことを申すような縁者もいないのは助かるが、しかしね、その代わりに、そなた自身が何についてもそれからそれへと考えを巡らす癖がある。それゆえ、ああでもないか、こうでもないかと、他人の心の中まで思いめぐらすのだね。それに比べると、私などは、ただ帝の御意を損じはせぬかと、そんなことだけを考えていたのは、いかにも浅慮《せんりょ》であった」

源氏は、にこりと微笑みながら、こんなふうに言い紛らしてしまった。そうして、三の宮のほうへ渡るということについては、

「まあ、よい。それはいずれ、そなたがすっかり良くなったら、いっしょに六条へ戻ってな。それから、ゆっくり行けばよいことだ」

とだけ源氏は言う。

「いいえ、わたくしは、もうしばらくこちらで気楽にさせていただきましょうほどに。ま

ずは六条《あちら》へお渡りになって、宮さまのご気分がすっかり良くおなりのころにでも……」

などと語り合っているうちに、すっかり日数が経ってしまった。

女三の宮は、このように源氏が渡ってこないまま日数が経ってしまうのを、以前は、源氏の薄情さゆえとばかり思って恨んでいたが、今は、自分の不行跡《ふぎょうせき》のせいもあって、こんなになってしまったのだと思うにつけて、〈このままでは、朱雀院さまのお耳にも入ってしまう、そしたらどう思し召すだろう……〉と、世の中に顔向けのできぬような思いでいる。

衛門の督、恐怖の日々

衛門の督は、ただひたすらに仲立ちを頼むと言ってよこすけれど、小侍従もすっかり煩《わずら》わしいことに思い嘆いて、

「じつは、これこれのことがございましたのよ」

と告白する。督は、仰天し茫然となって、〈いったい、いつの間に、そんなことが出来《しゅったい》したのだろう……〉と考え込む。とかくこういうことは、時が経つうちには、自然と様子

に出て、秘密が漏れてしまうということもあるかもしれぬ、とそう思っただけで、もう身も竦《すく》む思いがして、天網恢々《てんもうかいかい》、まるで空に目がついていて、なにもかもお見通しのような心地がしていたのに、ましてや、そのように毫《ごう》も間違いようのないあの手紙を見られてしまったのでは、面目もなく恐れ多く、督は、居ても立ってもいられないような思いに駆られる。

折しも、暑苦しく朝夕の涼みもないような頃であったが、督一人はぞっと身の冷える思いがして、どうにもこうにも恐ろしくてならぬ。

〈ああ、もう長いこと、公的な用向きでも、また私的な遊びでも、源氏さまは、いつも自分をお側に召されては、かわいがって下さっていたのに……、人に優れて、こまごまとお心にかけてくださった源氏さまのご様子が、いま改めてしみじみと親しみ深く思い出される。それなのに、こんなことをしでかして、呆れ返った身の程知らずめと、心を隔てられるようになっては、いったいこれから、どうやって目を合わせ申し上げることができるだろう……。さりとて、これですっかり音信《おんしん》を絶ってちらりともお目にかからずにいるというのも、また人が怪しく思うであろうし、そうしたら、源氏さまも、やっぱりそうであったか、と思い合わせて合点されるであろうし……ああ、堪《たま》らない〉などなど、衛門の督は、それからそれへと思い巡らしては、心を苦しめる。

そんなことのために、ついには、すっかり気分も悪くなって、内裏へも参上することができない。

〈……このことは、さまで重い罪にも当たるとは思えぬけれど、しかし、やはりこの身の破滅は免れぬような気がする。ああ、こんなことになるかもしれぬと思ってはいたのだが……。それを、ここまでやってしまった我が心の愚かさよ〉と、督は、ひたすらに悶々と思い悩むのであった。

〈さてもさても、よくよく思ってみれば、あの宮は、落ち着いた、嗜《たしな》み深い様子には、どうも見えなかった。……だいいち、あの鞠の庭で御簾《みす》の隙《ひま》から垣間見《かいまみ》たことだって、あんなことがあっていいものだろうか。そういえばあの時、いかにも軽率なことだと、源氏の大将は思っているらしい様子だったな〉と、衛門の督は、今になって思い当たる。

しかし、そんなことを思うのは、強いて三の宮に対する恋慕の熱を冷ますために、無理やりに難点を見つけようというつもりなのでもあろうか。

〈いやはや、いかにご身分の高い御方であろうとも、あまり行き過ぎておっとりと貴《あて》やかにしている人は、えてして世情《せじよう》に暗く、またお側仕《そばづか》えの女房になんの疑いも持たずにいるために、お気の毒なご本人にとってもまた、相手のためにも、こんなふうにとんでもないことになってしまうのだな……〉と、そう思って、督は、宮のことを痛々しく思う気持ちを消すことができぬ。

源氏、女三の宮の未熟さを思い知る

さて、三の宮の様子を見れば、たいそうか弱げで、つい労ってやりたくなるような可憐《かれん》さ、しかも懐妊中のこととてひどく具合が悪そうにしている。こういう姿を目にすると、源氏は、それでもやはり胸に応《こた》えるところがあって、いっそすっぱりと思い切ってしまおうとも思うけれど、するとこんどは、皮肉なことに不愉快さだけでは打ち消せない恋しさが胸に迫って、つい一人密かに六条院に渡ってきては、三の宮に逢う。逢えば胸痛く、労《いた》わしい思いに駆られもする。

しかし、ことは源氏准太上天皇の正室のご不予に関わること、世間体《せけんてい》の上からも、源氏は、三の宮の病気平癒の祈禱など、型通りさまざまに執行《しゆぎよう》させるのであった。

宮の日々の暮らし向きについては、以前と少しも変わることなく、それどころか、却って懇《ねんご》ろに労り、以前にいや増して大切に処遇している様子を見せている。しかし、いったん二人だけの閨で親しく語りあう段になると、その様子は、まったくひどく心を隔てて冷たいまま過ごしている。といって、人の目のあるところでは、そうよそよそしくするのも体裁が悪いというわけか、形ばかり仲良さそうに取り繕っている。そのくせ、内心ではひどく懊悩する様子が見えるのであったから、三の宮の心の内はたいそう辛いばかりであった。

それでいて、源氏は、例の手紙のことはおくびにも出さない。

宮は、いたたまれぬ思いで、ひたすら自己嫌悪に苦しみ悩んでいる様子だが、源氏の目には、それがいかにも未熟な心ばえに見える。

〈こんなことだから、いかに尊い身分の生まれだとしても、あまりにも頼りなく、おっとりのめぐりも良くないし、妻としてはとても信ずるには足りぬというわけだ。……とかく男と女の仲などというものは、そのように危なっかしいものだから、さてもあの明石女御なども、あまりにも物柔らかで、すこしぼんやりとしているのは、もしやこの衛門の督のような男が懸想《けそう》を仕掛けたりすると、あの男以上に頭に血が上って過ちを犯すかもしれぬ。

きっとそうだ。女というものは、こう内気なばかりで、なよなよしすぎていると、男も軽く見るのであろうかな、あってはならぬような機会に、ふと目がとまりなどして、結果的に、しっかりとせぬがゆえの過ちをしでかすのであろう……〉

と、源氏は、つくづく思い巡らす。

対照的な玉鬘の賢明さを源氏は想い合わせる

〈そういえば、あの髭黒の右大臣の北の方（玉鬘）などは、取り立てての後ろ楯などもなく、幼い頃から、当てにもならぬ世にさまようような暮らしをしながら人となったのだけれど、ひとかどの才覚もあり、事に処するに巧みで、私も、一応は親のような立場ではあったものの、といってけしからず色めいた心がまったくなかったというわけにもいかなかった。……が、玉鬘《あれ》は、いつだってうまく角を立てぬように受け流していたものだった。そのうち、あの大臣が、ある心無い女房の手引きで忍び入って来たときも、ぐずぐずと言いなりになったりはせず、きちんと拒絶したことを人にも分からせ、やがて結ばれるについては、ことさらに、養い親たる私や、実父内大臣の許しを得て晴れて縁付いたという形に取り繕って、すべて自分にはなにも罪はなかったということにしおおせたことなど、今から思えば、まことに才走った仕方であったな。もとより、右大臣とは前世からの約束が深い仲なのであったから、これから先もずっと長く添い遂げるであろう。そうすると、初めはどんな形であったにしても、結果的には同じことであったろうとはいうものの、あれは女のほうも最初からそういうつもりであったのだろうと、世間の人が思い出すようなことでもあったとしたら、いささか軽々しく思われたかもしれぬ。が、実際にはそんなこともなく、まことに大した身のとりなしであった……〉と、源氏は思い出す。

朧月夜が出家したことを知る

今は二条の父大臣の旧邸に住む朧月夜《おぼろづきよ》の尚侍《ないしのかみ》を、源氏は、なおも絶えず思い出してはいるのだが、このたびの一件に懲りて、こういう夫を裏切るような心疚《こころやま》しい方面のことは、つくづく嫌なものだと思い知った。されば、あの朧月夜も同じように男の情《じょう》に絆《ほだ》されるような弱さがあることゆえ、すこし軽い女のように思いなしもする。

しかし、尚侍がついに本意を遂げて出家を果したと聞けば、それはまたそれで、じんと胸に沁みて残念な思いもある。そのためにまた、色めいた心が蠢動《しゅんどう》して、まっさきにお見舞いの消息を送る。

文のなかで、こんなにすぐにも世を捨てるということを、ほのかな気配にも知らせてくれなかった尚侍の冷淡な仕打ちを、源氏は浅からず恨みわたる。

「あまの世をよそに聞かめや須磨の浦に
藻塩《もしほ》垂《た》れしも誰《たれ》ならなくに

そなたが尼（あま）になったということを、他人事《ひとごと》のように聞きなすことができましょうか。なにしろ、あの須磨の浦に藻塩を垂れつつあなたを想っては、海士（あま）のように袖を涙で濡らしていたのは、いったい誰でありましたろう……この私なのですから

なにもかもこの世は無常だと、我と我が心に思い詰めて、今まで出家もできぬままに立ち後れてしまいました口惜しさよ、もう私のことなどなんとも思ってはおられぬかもしれませぬが、せめてはかならずお勤めになるご回向《えこう》のなかに、まず私の行く末を祈ってくださることを、心から願っております」

などなど、こまごまとたくさんのことが書き連ねてあった。

そもそも、朧月夜が出家をしたいと思い立ったのは近ごろのことではない。それなのに、とかく源氏との絆《ほだ》しにかかずらってなかなか思い切ることができなかったのである。ただ、そのことは、他人にははっきりと口に出しても言いはしなかったが、心のうちでは胸に迫る思いがあって、〈昔から源氏の君とのご縁は辛いことばかりであったけれど、といって浅い縁だと思い知ることもなかったもの……〉などなど、嬉しくも悲しくも思い出す朧月夜なのであった。

お返事は、これからはもう、かく自由自在には通わせることのできない文、その最後の一通と思うゆえ、しみじみと物を思いながら心を込めて書いている、その墨つきのおもしろさなど、たいそう趣がある。

「世の中は無常のものと、わが身ひとつのこととしてつくづく思い知っておりましたけれど、あなたさまはきっとそんなことはお感じにはならなかったはず。それなのに、出家のことで立ち後れたなどと仰せになる、まことに、

あま船《ぶね》にいかがは思ひおくれけむ
明石の浦にいさりせし君

この尼（あま）の船にどうしてまた立ち後れたなど、お思いなのでしょう。だってあなたはあの明石の浦に海士（あま）の漁《いさ》りをしておられたはずなのに

回向に入れて欲しいと仰せですが、本来法華経には普門品《ふもんぼん》とて、普《あまね》くどなたも入れる門と説いておりますものを、どうしてあなたをお入れせぬことがありましょうか」

と書いてある。

文は、喪服を思わせるような濃い青鈍《あおにび》の紙に書き、それをまた仏に供える樒《しきみ》の枝に挿《さ》してある。いつもながら、たいそう凝った筆づかいで、やはりこの味わいはいつまでも色あせないのであった。

折しも源氏は紫上を看病しながら二条院にいる時分であったが、この際、もはやすっかり縁の切れた人のことであるから、紫上にもその文を披露する。

「ご覧、これはまたひどくばかにされたものだ。いや、たしかに言うとおりかもしれぬが、それにしても情ない。こんなにも世の中というものは頼りにならぬもの、そういうさまざまなことを、いままでよくも平気で見過ごしてきたものだね、我ながら。そもそも当たり前の世話ばなしであっても、なにげなく手紙など取り交わすなかで、四季折々の景物

に事寄せて、しみじみとした思いをも共にし、またことの趣をも見過ごさず、といってあまり立ち入った関わりももたずに、さっぱりとした友情のような思いをやりとりできる人としては、あの前斎院《さきのさいいん》（朝顔の斎院）とこの尚侍《かむ》の君と、ふたりだけが残っていたにすぎぬ。それなのに、二人とも、世を捨ててしまって……、とりわけ斎院のほうはまた、えらく熱心に仏の道に心がけて、日々一意専心勤行《いちいせんしんごんぎょう》に励んでいるという話だ。やはり、あまたの女君たちの様子を見聞するにつけても、思慮深くして、なお親しみ深い優しさがあるという点では、あの前斎院に比肩すべき人もさらになかった……。

それにつけても、女の子を立派に育て上げるということは、まず難しいことだと思い知られることよな。その娘《むすめ》が、どんな宿縁を持って生まれてきたものか、などということは、目には見えぬゆえ、親の思うようにもなりはせぬ。だからといって、どうでもいいというわけでもない。育てていく過程では、よくよく力を入れて教育せねばならぬものと見えるからね。そうしてみると、私などは、娘はあの明石女御一人しか恵まれなかったゆえ、あちこちと頭を悩まさずに済んで、まことに幸いなる運命《さだめ》であった。かつてまだ、さほど年を取らずにいた頃は、娘の少ないことを、なんだかもの寂しいことだ、なんとかして何人もの娘を育ててみたいものだ、などと嘆きたくなる折々もあったが……。

されば、女御からお預かりしている女一の宮は、くれぐれも心してお育てになるがよろしかろう。かの女御は、いまだ物の道理を深く弁えるほどでもない年齢で、あんなに帝のご寵愛が厚くて、ちっともお手元をお放しにならぬ。それゆえ、どんなことも、いささか心もとないようなところがおありであろう。しかし、御子《みこ》たちとなると、これはもう誰からも一点の非も付けられぬように立派に育て上げて、長じて後の世を、皇女の習いとして独り身で安穏に過ごすについて、なんの不安もないような心がけを身に着けさせてさしあげなくてはならぬ。……いや、それぞれの分際というものがあるゆえ、皇族ならぬ普通の家柄の娘であれば、それぞれの身に応じてしかるべく夫というものをもつに違いないから、その夫に助けられて安穏に世を送るということがあるものだけれど……」

源氏は、そんなふうに隈無く教訓して聞かせる。すると、

「ご期待に添えるほどのきちんとしたお世話ができるかどうか、そこはいささか自信がありませぬが、でも、わたくしがこの世に生きております限りは、なんとしてもお世話を申し上げようとは思います……けれど……さてさて、どうなりますことやら」

と、紫上は、いかにも心細げに答える。その心中には、朝顔の斎院やら、朧月夜の尚侍やら、自分の望みどおりに出家して、なんの障害もなく勤行一途に過ごしている人々を、

ただただ羨《うらや》ましく思っているのであった。

源氏は、紫上に折り入っての相談をもちかける。

「そこで、尚侍《かむ》の君に、尼としての装束《しょうぞく》などを……まだ裁縫などは馴れておいでにならぬ間は、こちらでなんとかしてさしあげなくてはなるまいが、とりわけ、袈裟《けさ》などというものは、いかにして縫うものであろう。それを、一つ用意してほしいのだ。またもう一領《いちりょう》は、六条院の東北《うしとら》の御殿の君（花散里）にお願いすることにしよう。尼装束《あましょうぞく》だからとて、あまり四角四面の法服然《ほうふくぜん》としたのでは、どうにも見た目がよろしくないぞ。だから、もっとゆるゆると趣を見せながら、しかし、法服らしい感じは見えるようにしてほしいのだ」

そこで、青鈍の法服一式を、紫上の許《もと》で縫わせることになった。それについては、宮中の作物所《つくもどころ》（宮中での調度衣服などの調製所）の職人たちを呼んで、ひそかに、尼の諸道具のうちのしかるべきものを作らせる。

座布団、綿入れの敷布団、屏風、几帳などのことも、たいそう内密に、しかも充分念入りに用意させるのであった。

朱雀院の御賀重ね重ね延引、十月、落葉の宮、御賀のため院に参る

こうして、山寺に入られた朱雀院の帝の五十の御賀も延び延びになって、秋にということであったものが、八月《はづき》は、左大将にとっては母葵上の忌月ゆえ、音楽のことを左大将が取り仕切るにはいささか難があるであろう。九月《ながづき》は、朱雀院の御母后弘徽殿大后の物故された忌月ゆえ、これも不都合、というわけで、結局十月《かんなづき》にということにした、ところが例の女三の宮の不予《ふよ》ということが出来して、これまた延期となった。

衛門の督が北の方として院からお預かりしている落葉の宮は、その十月に朱雀院の御所へ御賀を申しに参上した。それについては、また引退した太政大臣が奔走斡旋《ほんそうあっせん》につとめて、立派にしかも細やかに気配りして、物の善美と格式とを尽くして用意させたのである。

衛門の督も、こういう機会なので、一生懸命に気を奮い立たせて同行していった。が、やはり気分は悪くて、いっそう病臥《びょうが》がちに過ごすようになっていく。

三の宮も、あれ以来ずっと誰にも顔向けのできぬような思いがして、ただただ厭わしい

ことだと思ってため息ばかりついている。そのせいでもあろうか、懐妊の月数が進むにつれて、ひどく苦しげになっていくので、源氏は、内心には困ったことをしてくれたと思うものの、たいそう痛々しく弱り切って、このように苦しげにしているのを見れば、〈これは、この先どうなってしまうのであろうか……〉と心配もする。かれこれ、源氏は源氏で、またあれやこれやと思い嘆いている。

かくて源氏も、紫上の病気のための祈禱、三の宮のための祈禱と、そんなことにばかり取り紛れながら、今年は過ごしている。

朱雀院から女三の宮に消息あり

山寺の朱雀院も、三の宮の不予のことをお聞きになって、なんとかしてやりたい、一目でも会いたいと、恋しがっておられる。

この数か月というもの、源氏は二条院のほうにばかり詰めっきりで、六条院の三の宮のところへはさっぱり顔を見せもしないということを、宮付きの女房たちが朱雀院に奏上するので、〈それはそも、なにごとであろうか……もしや……〉と、院は胸の潰れる思いに苦悩される。そういうことで、振り捨てたはずの俗世間も、今さらながら恨めしく思われる。紫上の病が篤《あつ》しかったころには、その看病や世話にかまけて、源氏は二条院にばかりいる、とお聞きになるだけでも、いい加減安からぬ思いがしていたのに、紫上の病気がひとまず治まってからも、なお源氏が六条院のほうへ戻ってこないという現実を耳にされて、〈さては、その時分に、なにかあってはならないような不都合が出来したのであろうか……宮自身は関知されないことであっても、考えの良くない世話役の女房などが……さても、どんなことがあったのであろう。内裏あたりの、風流韻事《ふうりゅういんじ》を以て交わっている男女の仲などでも、まことにけしからぬ嫌な噂が立つというようなたぐいのことも、まま聞こえてくるほどに……〉とまで思い寄せられる。もとより恩愛《おんあい》の情などを捨てて仏道に帰依《きえ》した身の上ながら、それでもなおこの父娘《おやこ》としての気持ちを思い捨てることは叶い難く、宮に宛てて、つい心細やかなお手紙などを贈られた。その文が届いた時、ちょうど源氏はそこにいたので、さっそく文面に目をやった。

「とくにこのことというような特段の用事もなく、しばらく無沙汰をしていましたが、ただそなたのことのみ気にかかるままに、いたずらに年月が過ぎていくことを、いつも心にかけています。聞けば、なにやら具合が悪いということですが、そのことを詳しく聞いての後には、日々日課の勤行念仏の折にさえ、そなたのことのみ思いやられています。その後、お加減はいかがですか。妹背《いもせ》の仲らいというものは、かならずしも楽しからず、寂しく、思いもかけぬことどもがあろうとも、ただ我慢を重ねてお過ごしになるがよいのです。夫に対して恨めしげなそぶりなど、かりそめの事柄について、いちいち心得顔《こころえがお》をして仄めかしたりするのは、たいそう品格に悖《もと》ることといわねばなりますまい」

など、かずかずの教訓を書き連ねておいでであった。

源氏、思いを三の宮に訴える

朱雀院のお心を思えば、まことにお気の毒で胸の痛むようなありさまで、三の宮のこうした、うちうちの驚くべき不行跡を、あらわに聞き及ばれるはずもないことゆえ、院がただひたすらに、〈源氏の不行き届きのせいで、宮をこんな目に遭わせて……〉と、不本意なことにお聞きになるであろうと、そのことばかりが、源氏には気にかかる。

「さて、このお返事をどのように申し上げるおつもりですか。こんな胸の痛むようなご消息を頂戴しては、私のほうこそただ苦悩するばかりだ。

……もしも、なにか心外に思い申し上げるようなことが、仮にお身の上にあったとしても、だからといって、人が見咎《みとが》めるような疎略《そりやく》なお執《と》り成《な》しはいたさぬつもりで、ずっと過ごしているのに、誰がいったい、このような陰口を朱雀院に申し上げたのであろう」

源氏がそんなことを言えば言うほど、三の宮は恥じ入るばかり。面《おもて》を合わせることもできかねて、目を背《そむ》けている。その萎《しお》れて向こうを向いている三の宮の姿も、またたいそう労ってやりたいような感じがしてくるのであった。ひどく痩せて、物思いに屈託し尽くしているその相貌《そうぼう》は、いよいよますます貴《あて》やかで見所がある。

源氏は、三の宮にそっと話しかけた。

「そなたの、そのひどく幼いご気性をよくご覧になっていたからこそ、朱雀院は、たいそう気掛かりでならぬと、そう仰せになっておられたのであろう……いま、つくづくそのように思い合わせると、これから後も、何につけても心配でならぬ。いや、こんなことまでは申したくもないが、院のお上が、私のことをどう思っておられるか……源氏は朕《わ》が心に背いているのではないか……とでもお聞きになっているかもしれぬと思うと、それはもう私にとっては容易ならぬ気掛かりなのだよ。いいかね、そのことだけでも、そなたにはせめて申し知らせなくてはならぬと思っていたのだ。そもそも、思慮が足りないせいで、ただ誰かが私のことをとかく悪く言うのを、すぐに信じてしまうらしい、そのお心には、私などは、さぞ冷淡で思いの浅い男だとばかりお思いであろう。今ではこうしてひどく老け込んだありさまだから、それは侮《あなど》りたくもなろうし、もはや目慣れて飽き飽きしたとお思いかもしれぬ。それもこれも、私には口惜《くちお》しくもあり、またいまいましくもある。しかしな、父院のご健在なうちは、もうすこし隠忍自重《いんにんじちょう》して、その父院がよくよく熟慮あそばして定めおかれたこの老人をば、せめてそのお父上と同じように思って、そうそう軽侮なされますな。

昔から、私の本意として深く願っていた出家入道の道にも、本来から言えば、思慮浅いはずの女君がたにすっかり先を越されてしまって、どうにも不徹底なことばかり多い私なのだ。それとて、私自身の心からすれば、なんら思い迷うようなこともないのだが、しかし、院が、今を限りと決心して世を捨てられたあとの、そなたの後ろ楯として私を考えおきくださったお心ばえが、ぐっと心に沁みて嬉しかったものを、その院に続き、先を争うように私までが墨染めの姿になってしまうと、そなた一人を世に残していくことになってしまう。そんなことをすれば、院は、さぞ頼み甲斐のない男だと失望されるだろうと、そこが気掛かりで、出家を思いとどまっているわけなのだ。

昔は、世に残していくのが案じられたような係累《けいるい》たちも、今ではこの世に引き留められるほどの絆《ほだ》しではなくなった。明石女御も、今では次々に御子を儲けて安泰のようだ……いや、これから長い先のことまでは知り難いにしろ、私の目の黒いうちだけでも安心していられるなら……、とひとまずは思っておくことにしよう。思えば、いずれの女君たちもみな、おのおの身の上の状況次第で、私といっしょに出家しても、それはそれでなんの悔いもないというような年齢におなりだから、やれやれ、ようやくさっぱりしたと思っている。朱雀院のご余生も、もはや長いことはあるまい。ご病状もたいそう重られておいで、ずいぶん心細く思っておいでのところへ、今また、思いもかけないおん浮き名が立って、万一お耳に入れば、どんなにご心労あそばされるか……断じてさようなことがあってはなるまい。この世のこと……そんなのはいとも易いことだ。なんの案じるにも及ばぬ。がしかし、お隠れになっての後、来世においてご成仏の妨げともなるやもしれぬ……その罪は、まことに恐ろしいことであろう」

源氏は、まだ、衛門の督その人の名をはっきりとは言わぬ。しかし、三の宮にはそれと分かるように、つくづくと語り聞かせるにつれ、宮の目からは涙がしきりと落ちる。そうして、もはや我を忘れてひたすら思い沈んでいるのを見れば、源氏も嗚咽《おえつ》を漏らして泣く。

「昔、まだ若かった頃、老人がくどくどと教訓めいたことを言い立てるを聞けば、自分が言われているのでなくても、うっとうしいことと思ったものだったが……。今では、その繰り言を自分がこうして申しておる。さてさて、さぞやうるさい爺《じい》さんだと、疎ましく、またうるさく思うお気持ちが加わっておいででしょうな」

と、源氏はわざとらしく身を縮めて言いながら、硯《すずり》を引き寄せ、手ずからせっせと墨を磨《す》り、紙までも用意して、院への返事を書かせようとそそのかす。

けれども、三の宮は、ぶるぶると手も震えて、とても書くことができぬ。

〈ふむ、あの男のこまごまとした懸想文にだったら、こんなふうに気後れすることもなく、せっせと書いてやったのであろうに……〉と、そう思うと、たいそう憎らしくなって、なにもかも思いやりの心も冷め果てるところだが、源氏は、なおも言葉などを懇切に教えながら、院への返事を書かせるのであった。

御賀は十二月まで延期となる

朱雀院の五十の賀のために院の御所へ三の宮が参上するということは、結局できぬまま、十月《かんなづき》も過ぎた。この間、落葉の宮のほうは舅《しゅうと》の前太政大臣《さきのだいじょうだいじん》の肝《きも》いりにて、盛大に御所へ参ったのだが、三の宮のほうは、懐妊中の若々しからぬ姿で、これと立ち並ぶつもりで顔を出すというのも、なんとしても気の臆《おく》する思いがある。

「しかし、十一月《しもづき》ともなると、わが父、先の帝（桐壺帝）のご忌月に当たる。といって、その次の師走《しわす》ともなれば、年の終わりだから、なにかと騒がしかろう。そうなると、時間が経てば経つほど、さんざんにお待ちになっておられる父院が、そのお腹の具合も見苦しくご覧になるであろうかと、そこが案じられる。さりとて、もっとずっと先へ延期するなどは、あってよいことでない。だから、この際もうなにかと面倒くさく思い悩まれることなく、明るく気をお持ちになってお目にかかるがよい。ささ、このたいそう面やつれしたお顔を化粧してお繕《つくろ》いなさい」

源氏は、そう言って、三の宮を促しながら、さすがに、〈……たいそう労《いたわ》しいことだな、これは〉と見やるのであった。

源氏、衛門の督を召さず

衛門の督は、かねて源氏の子飼いのように仕えていたから、どんな催しごとであっても、とくに趣向を立てなくてはならないような機会には、かならずこの督と指名しての特段の召しがあって、なにくれとなく相談していたものだったが、今では、絶えてその沙汰もない。

そんなふうに手のひらを返すようなことをしては、人が怪しむかもしれない、と源氏は思うのだが、といって、呼んでその顔を見れば、かような振舞いをおめおめと許してしまった己の間抜けさ加減が恥ずかしくもあり、また実際に顔を合わせたなら、きっと平静な心ではいられまいと思い返して、ここ幾月も、結局呼びもしないし、また向こうから参上しもせぬことを咎めだてもしない。

世間一般には、この現状を、きっとまた衛門の督が並々ならず重い病で臥せっているのであろうとも思い、また六条院のほうでも、管弦の御遊びの催しなどはない年だから、お呼びがないのでもあろう、とそんなふうに誰もが思っている。

しかし、左大将だけは、〈これは変だな、きっとなにか仔細《しさい》のあることであろうな……。あの色好みの督のことゆえ、いつぞや私が感づいた、あの鞠の庭で垣間見た人への恋慕が我慢できなくなって、……恋思いというところであろうか〉と、そこまでは思いついたけれど、まさか、ここまでことが露顕《ろけん》して、なにもかもが源氏に知れてしまっている、とまでは思いも寄らなかった。

十二月、六条院に於て、御賀のための試楽を行なう

十二月《しわす》になった。

朱雀院の御賀は、その十日余りの日と定めて、舞もしかじか稽古させるなど、六条院の内は、殿舎《でんしゃ》を揺るがすばかりのおおごととなっている。

紫上は、まだ二条院にいて、こちらのほうへは戻ってきていなかったが、この御賀のための試楽《しがく》（予行演習）と聞いては、そうそう平静でもいられなくなって、やっと六条院の対へ渡ってきた。

また明石女御も、内裏から六条院のほうへ里下がりをしていた。このたびあらたに生まれた御子は、またもや男の子であった。次々に生まれた御子がいずれもたいそう美しいので、源氏は、明け暮れこの外孫《そとまご》の相手をして過ごしている。〈こういう暮らしができるのも、ひとえに長生きの徳よな〉と、源氏は嬉しく思っているのであった。

試楽の日は、右大臣の北の方玉鬘もこちらへ渡ってきた。左大将は、自分の育った東北《うしとら》の町で、まず内々《うちうち》に小手調べのような調子で、明け暮れ管弦の練習をしていたので、育ての母のような花散里は、わざわざその試楽の本番までは見にいかない。

試楽の日、衛門の督参上

こういう折にしも、名手衛門の督を参加させないのは、本来からいえば見栄《みば》え聞き栄えがせず、物足りないというべきところゆえ、誰しもが納得できず首を傾《かし》げるに違いない、とそう思って、源氏は、督に参加するように促したが、督は、重病という理由を申し立てて参加しない。

〈そう言うが、聞けばどうも特にどこが苦しいとかいうような病気でもないらしい……さぞ、心に煩悶《はんもん》するところがあるのであろう、気の毒な男よ〉と源氏は思って、敢て取り分け丁重な文面の招請状を書き送る。

父の前太政大臣は、この三の宮懐妊の一件などつゆ知らぬゆえ、

「せっかくああして源氏の大殿《おとど》が言ってくださるのに、どうしてそなたはそのように辞退など申し上げるのだ。そんなことでは、きっとひねくれ者と大殿も思われるであろうぞ。いずれ恐ろしいほどの重病でもあるまい。なんとしても参上するがよい」

と、せいぜい参加を勧めているところであった。そこへ、その源氏の重ねての招請状が届いたので、かくてはもはや黙《もだ》し難い。衛門の督は、胸を締めつけられるような思いで出向いていった。

まだほかには、上達部なども集《つど》うて来ていない時分であった。

衛門の督は、例のとおり、廂の間へ招じ入れられた。源氏は、母屋《もや》の御簾をぴしゃりと下ろしてその内にいる。

見れば、督は、なるほど患い人らしくひどく痩せに痩せて、真っ青な顔色をしている。

その相貌を見やりながら、源氏は思い巡らす。

〈ふむ、日ごろから、この男、自信満々で華やかに振舞うというような面では、弟の君たちにはとうていかなわぬ。しかし、このように思慮深げな面差しと落ち着いた態度という点では、余人に一段も二段も勝《まさ》っている。今日はまた、日ごろにも増してこう物静かに控えているさまなど、たしかに並々の者という感じではない。どんな皇女がたの婿として肩を並べさせても、決しておかしくはなかろうものを……ただ、ああいうけしからぬことをしでかすについては、この男も、またあの宮も、なんとしても思慮分別がなさすぎる。そこがどうしても罪を許し難い……〉というように、源氏の目には見える。

しかし、源氏は、そんな気持ちはおくびにも出さず、敢てさりげなく、またたいそう優しげな口調で、声をかけた。

「このごろは、特段の用事もなくて、対面もたいそう久しいことになったたな。また、この何か月というものは、私のほうもあちらこちらに病気の者を抱えて、心の暇《いとま》もないことであったからの……。朱雀院さまの御賀のために、ここにおいでの皇女三の宮が、院の御為《おんため》に祝賀の仏事を執行《しゅぎょう》し申し上げることになっていたのだが、あいにくに、次々と滞りが出《しゅっ》来《たい》してな、しまいに、このような年の押し詰まった頃になってしまった。されば、とうてい思うようにもならず、ほんの形ばかり、お精進のお鉢をさしあげる程度にしておこうと思ったのだが、ことは院の御賀という機会だ、いささか大仰なようだが、私の家に生まれ育つ子どもたちも数多くなったことだから、それを院にもぜひご覧に入れようというわけで、舞など習わせ始めた。それについてはな、なんとしてもきちんとしおおせたいものだと思うのだが、となれば、拍子を整えるということにかけては、そなた以外のいったい誰に任せたものかと、いろいろに考えてみても、やはりそなたに勝《まさ》る人はおらぬ。それゆえ、ここ何か月もいっこうに顔も見せぬ恨みもひとまずは捨てて、こうしてお願いをしたわけなのだ」

こんなことを言う源氏の表情は、一見なんのわだかまりもないように見える……けれども、衛門の督は、なんとしても、なんとしても正視《せいし》に堪《た》えぬ思いで、きっと自分の顔色《がんしょく》も変じてしまっているだろうという気もして、すぐにはどう返事したものかも思いつかぬ。

「は……、この幾月か、方々《かたがた》にご病気の御方をお抱えにてなにかとご心労の趣は、はるかに承り及び、わたくしもひそかに胸を痛めておりました。が、この春時分から、持病の脚の病がたいそうしきりに起こってまいりまして、なかなかきちんと立って歩くこともできぬほどになりましてございます。されば、月が経つほどにますます具合悪く、すっかり弱り果てるいっぽうにて、内裏などにも参上いたしませず、世の中とまったく没交渉になってしまったようなありさまで、つれづれと籠《こも》っておりました。さるほどに、父大臣《ちちおとど》が『朱雀院さまの御齢《おんよわい》がちょうど五十になられる年だから、自分としても、余人にまして、きちんと御齢を数え申して、ぬかりなく御賀に奉仕申し上げたいものだ』と、このように申します。そしてなお、『……と申して、わしはもはや官職も辞し、車も惜しまず捨ててしまった身の上ゆえ、先立ちになってお祝いを申し上げようにも、身の置き所もない。……そなたは、なるほどいまだ下臈《げろう》の身でありながら、わしと同じように朱雀院さまを深く敬愛するところがあろう。その気持ちをお目にかけるがよい』と、かように促《うなが》し申すことがございましたゆえ、無理にも、重い病を押してお山のほうへ参向仕《さんこうつかまつ》りました。今は、朱雀院さまも、いよいよ仏の道に心を澄まされまして、たいそうひっそりとお暮らしですから、盛大に儀式ばった御賀をお待ち受けあそばすようなことは、とくに御所望《ごしょもう》とも拝見いたしませんでした。むしろ、万事は事を簡略になさいまして、ただただ、三の宮さまと父子水入らずにて心静かに語り合いたいというそのことだけを深く念願しておられましたから、ぜひとも、さように実現なさいますのが良案でもございましょうかと……」

かように衛門の督は言う。

これを聞いて源氏は、〈ふむ、そうか、あの十月《かんなづき》に二の宮（落葉の宮）が御賀に参上した折のことはずいぶん盛大であったように聞いたが、さて、そのことを、二の宮の夫たる自分の手柄のようにも言いなさずして父大臣を立てたのは、心がけとしてまことに殊勝なところがあるな〉と、思うのであった。

「いや、お祝いと申しても、たったこればかりのこと。かくも略式では、よほど手を抜いたものだと、世間の人々は私の志を浅いものに見做《みな》すであろうけれど、そうは申しても、そなたばかりは、よく内情を心得ておられるようだから、私としても、まずこれでよろしかろうと、いよいよそのように思うことができる。左大将は、公的なお役目のほうは、やっと一人前のように見えるが、かかる風雅の道などは、もとよりあまり身についておらぬのであろう。しかるに、朱雀院は、諸芸諸学に通暁《つうぎょう》しておいでで、どんなことでもおさおさお心が及ばぬということはない。さるなかにも、管弦の楽の方面となると、また一段と御心入れで、すみずみまでご存じでないということがない、そういうお方であるにもかかわらず、今はそのようにきっぱりと世を思い捨てておいでのようだが、……いやいや、そういう今のお立場にあってこそ、いよいよお心静かによろずの楽《がく》の音《ね》をご賞翫《しょうかん》あそばすであろうと思うと、いっそう心を込めて奏でなくてはなるまいな。そこで、あの左大将と手を携えて、そちらのほうの面倒を見て欲しい。舞の童《わらわ》の用意や心がけなど、よくよく教諭してもらいたいのだ。世の音楽の師匠連中などというものは、まず各自の技量についてはさることながら、全体としてみれば、まことに取るに足りぬ者どもに過ぎぬでな」

源氏は、たいそう親しみ深い様子で、こんなことを衛門の督に頼み込むのだが、督はそう言われて嬉しいは嬉しいながら、ひたすら心苦しく身の置き所もない気がして、言葉も少なく、ともかくこの針の筵《むしろ》のような場を一刻も早く立ち去りたいと、そればかり思いつつ、かつてのように心こまやかに語りあうこともないまま、ほうほうの体で退出していった。

東北《うしとら》の御殿では、こたびの御賀に用いる楽人《がくにん》や舞人《まいびと》の装束などを、左大将が差配して調えさせていたが、そこへさらに衛門の督が、足らぬところを指摘して補わせる。もともと左大将が考えうる限り充分に手を尽くして用意しておいたところへ、さらに精妙な趣向を添えることになって、なるほど、衛門の督という人は、この音楽方面には、よほど通暁した人と見える。

試楽の日の面白さ

今日は、かくのごとく、ただの試楽の日ではあるが、それでも見物のご夫人がたに配慮して、なにも見所《みどころ》がなかったということのないように格別の用意がしてある。

本番の御賀の日の舞の童子たちの装束は、赤い白橡《しらつるばみ》（赤色）の袍《うえのきぬ》に葡萄染《えびぞめ》（薄紫）の下襲《したがさね》を着るという手はずだが、今日は、これとは全然別で、青い白橡（青色）の袍に蘇芳《すおう》襲《がさね》（表蘇芳、裏濃き蘇芳）の下襲という出で立ちに作る。なお楽人《がくにん》三十人、これも今日は白《しら》襲《がさね》（表着下着とも白）の装束で揃えて、東南《たつみ》のほうの釣殿《つりどの》に続く廊下を楽人たちの演奏場所と定め、庭の築山《つきやま》の南の麓《ふもと》から御前《おまえ》に出るまでのところでは、『仙遊霞《せんゆうか》』という曲を奏でつつ、そこへ雪がちらりほらりと散りかかる風情は、あたかも「冬ながら春の隣の近ければ中垣よりぞ花は散りける（立春は明日ゆえ、今日はまだ冬だが、すぐ隣まで春が来ている加減で、この中の垣根の向こうから花が散るのだな）」という古歌を思わせ、庭の梅もまことに見る甲斐のあるさまに、ひとつふたつ、花がほころび始めている。

源氏は、廂の間の御簾うちに座を占め、式部卿の宮、髭黒の右大臣の二人だけが、その側に控える。それ以下の上達部は、簀子《すのこ》に座して、さまで大仰にもせぬ試楽の折ゆえ、食事なども、ごく気軽な形で供することにしてある。

右大臣の四郎君、左大将の三郎君（母は雲居の雁）、兵部卿の宮の御子《みこ》の孫王《そんのう》たち二人、この四人が打ち揃って『万歳楽《まんざいらく》』を舞うのだが、まだたいそう幼少ゆえ、それはそれはけなげにかわいらしい。この四人ともに、いずれ劣らぬ高家の子息で、しかも顔形も美しく、見事に装い立てたところは、さすがにお育ちがらを思うせいか、品格が匂うようであった。

また左大将の子息で典侍《ないしのすけ》（惟光の娘）腹の次郎君、式部卿の宮の子息で、かつての兵衛《ひょうえ》の督《かみ》が今は臣籍降下して源中納言《げんちゅうなごん》と呼ばれている、その人の子息が、『皇麞《おうじょう》』を、右大臣の三郎君は『陵王《りょうおう》』を、左大将の太郎君は『落蹲《らくそん》』を、それからさらには、『太平楽《たいへいらく》』『喜《き》春楽《しゅんらく》』などという舞どもをば、同じ一族の若君たち、あるいは大人たちが、代わる代わるに舞ってみせる。

かくてだんだん日が暮れてゆくと、源氏は、御簾を巻き上げさせて、見物する。

折しも、舞は佳境に入って面白く、しかもたいそうかわいらしい孫君たちの顔立ちや姿にて、舞のさまも秘技を尽くして舞い遊ぶのを見れば、それぞれの若君たちの音楽の師匠どもも、おのおの持てる技のすべてを教え尽くしたうえに、みなとりどりに深い才覚の加わるところ、まことに賞嘆すべき見事さで舞ってみせるのを、源氏は見て、〈おお、どの若君たちも、たいそうかわいいことよ〉と思う。

年を取った上達部たちは、皆感涙に咽《むせ》んでいる。

式部卿の宮も、孫君のことを思って、鼻を真っ赤にして涙を流している。

衛門の督、源氏の視線にふるえあがる

源氏は、

「ああ、こうして年を取ると涙もろくなっていかぬ。ましてや酒が入っては、酔い泣きをとどめることができぬわ。衛門の督は、老人たちの涙顔に目をつけてにやにやと笑うておられるが……さても心恥ずかしいことよ。さりながら、笑うておられるのも今しばしのことであろう。いずれは督とて同じように年を取る。『さかさまに年もゆかなむ取りもあへず過ぐる齢《よはひ》やともに帰ると（さかさまに年が流れていってほしいものよ。こうして取りのけることもできず、ただ加わるばかりで過ぎていく齢が、そうしたら年と共に若返っていくだろうから）』

などと昔の歌には言うてあるが、まさか年が戻るわけでなし、誰も老いから逃れることなどできはせぬのだからな」

と、じっと督を見やる。

督は、人よりも生真面目《きまじめ》そうに屈託してふさぎ込んでいる。また事実、気分もずいぶん悪くなってしまって、せっかくのすばらしい舞の庭も、まるで目に入らぬ心地がしているのだが、そういう督に対して、わざわざ名指しをし、酔ったそぶりをしつつ、こんなことを言うのである。

はたの人は、源氏が戯れを言っているように聞いているけれど、督にとっては冗談どころではない。源氏の言葉が胸に突き刺さってくるようで、上《かみ》から下《しも》へと杯《さかずき》が回ってくるにつれて、頭もがんがん割れるように痛む。

もう酒は飲むふりだけしてなんとかごまかし繕《つくろ》っているのを、源氏は見許さない。わざと見咎めては、杯を次の人に回すことを許さず、そのまま手に持たせて無理やりにまた酒を強いるのであった。衛門の督は、当惑し困却している様子であったが、その姿とても、普通の人とはまた別して見所《みどころ》があるのであった。

どうしても気持ちが悪くて堪え難いので、まだ宴席も果てぬというに、衛門の督は、急ぎ退出していく。その道々も心はひどくくれ惑う。

〈いつもみたいに正体もなく悪酔いをしたというわけでもないのに、どうしてこんなことになったんだろう。あんな針の筵のような思いをしながら我慢していたので、頭に血が上《のぼ》ってしまったんだろうか。まさか、私自身、そんなに臆病な心弱い人間だとも思えぬが……まったく不甲斐《ふがい》ないことじゃないか〉と、みずから思い知る衛門の督であった。

しかし、それは、ただの悪酔いというわけではなかった。

督は、その日以来どっと病の床に伏した。

父前太政大臣も母北の方も、すっかりうろたえ、落葉の宮の邸にいたのでは看病もままならぬとて、大臣邸へ引き取りたいと言う。これには、落葉の宮もたまらない思いがして、そちらもまたひどく胸を痛めている。

衛門の督、父大臣邸に戻り、女二の宮と別れる

なにごともなくて過ごしている日ごろ、まともに愛情など感じない間柄ではあるけれど、いずれは愛《いと》しく感じるようになることもあるだろうと、のんびりと、当てにもならぬ

ことを期待して、衛門の督は今まで過ごしてきた。しかし、こうして今生《こんじょう》の別れともなる門出かもしれないと思うと、身に沁みて悲しく、〈ああ、これで自分に万一のことがあったら、後に残った二の宮（落葉の宮）はどんなに嘆くであろうか〉と思うと、それまた恐れ多くも思って、督の心は千々に乱れる。

落葉の宮の母御息所も、それはそれはひどく嘆いて、

「世の習いから申しましたなら、ご両親のことはひとまず措《お》いて、こうした妹背《いもせ》の仲は、あんなこと、こんなこと、どれほど辛い苦しいことがありましょうとも、いつも離れずにいることこそ当たり前でございましょうに、こんなふうに引き別れて、すっかりご平癒《へいゆ》あそばしますまで、あちらでご養生……その間、こちらは心配で心配でたまりませぬ。どうか、いましばらく、こちらでご静養あそばしませ」

と、一心に引き止めつつ、床《とこ》の辺《べ》に几帳《きちょう》だけを隔てて看護に努めるのであった。

「仰せごもっともに存じます。もとよりものの数でもないような身にて、及びもつかぬような御方と、なまじに夫婦《めおと》の契りをお許しいただき、こうしておそばにいさせていただく甲斐には、せめて命長く生きて、こんなふがいない身の程から、多少なりとも人並みに出世するところなどもご覧にいれよう……と、そのように思うておりましたが、ああ、なん

ということでございましょう、命長くどころか、このような状態になってしまいました……もはや、わたくしの深い思いだけでも見届けてはいただけないようなことに……なるかもしれぬ、と存じますほどに……余命いくばくも残らぬ心地にあってなお、どうしても心安く旅立つことのできぬ思いでございます」

衛門の督は、こう言って泣き、御息所も泣き崩れる。そうして、すぐには引き移ることもできない。

なかなか督が顔を見せないので、母北の方は、いよいよ心配して、

「どうしたわけであろう。なぜ、まずはこの母に顔を見せようとお思いにならぬのであろう。私は、すこしでも具合が悪いような心地がして心細いときは、たくさんいる子らのなかでも、まず真っ先にそなたに会いたい、またそなただけが頼みに思える、そこを思いやりなされませ……こんなにも案じられてならぬというに……」

と、恨みごとを言ってよこす。それもまず道理というものであった。

「誰よりも先に生まれたためでしょうか……母は、子ども時分から、取り分け私をかわいがってくれたものでしたが、今なお、愛《かな》しく思いをかけてくださいまして、しばらくでも顔を見せぬことがあれば、いつだって辛いことにお思いになります。……されば今こんな

ふうに、もう命の限りかと思う折に、その母上にお目にかからぬことは……親不孝の罪深く恐ろしいことに違いありませぬ。……されば、わたくしはこれより二条の邸に参りたいと思いますが、もし、もういよいよこれ限り今際《いまは》のきわとなったことをお聞きになりましたら、どうか、二条の邸まで、そっと忍んでおいでのうえ、ご面会くださいませ。かならずまたご対面を賜りましょう。まことにわけのわからぬ、愚鈍な、また疎《おろそ》かなる心ざまにて、なにかにつけてまた、わたくしのとりなしを、どんなにか疎略《そりやく》なことにお感じになったこともございましょう……ああ、それが今にして悔やまれます。こんなにも世を早うする運命《さだめ》とも知らず、まだまだこの先、命長きものとばかり思い込んでおりました……」

衛門の督は、こう言って泣く泣く、父大臣の邸へ帰っていった。

落葉の宮は、後に残されて、言いようもなく思い焦がれていた。

衛門の督の病、重篤になる

前太政大臣は、息子の督を待ち受け、邸を上げての大騒ぎとなった。

とは申せ、すぐにもびっくりするほど急激に病状が悪化するという様子でもない。ここ何か月か、ろくに食物も受け付けずにいたのだが、ここへ来ては、ほんとうにわずかの蜜《み》柑《かん》などをすら手にも触れようとしなくなって、ただただ、次第次第に、なにかに引き込まれるようにして衰弱してゆくのであった。

当代きっての識者ともいうべき衛門の督が、こんな様子で衰えていくのを、世の中の人挙《こぞ》って惜しみ、また残念がって、誰も誰もお見舞いに参らぬ人とてない。

内裏の帝からも、朱雀院からも、お見舞いのお使者がしばしば下されてきて、たいそう惜しいことに思し召しているということにつけてもまた、親たちの心は千々に乱れ乱れること限りもなかった。

六条院の源氏もまた、〈あたら人材を……たいそう残念なことである〉と思いもし、意外な展開に驚きもした。そうして、見舞いの使者を、間《ま》をもおかずに頻《しき》りと遣わしつつ、本人ばかりか父大臣《おとど》へも見舞いの文など送るのであった。

左大将は、もとよりたいそう仲良しの友達同士であったから、みずから床の辺《べ》近くまで見舞っては、ひどく嘆いて、居ても立ってもいられないありさまであった。

朱雀院の御賀、師走二十五日に挙行

女三の宮から朱雀院への五十の御賀はまたも延引して、結局、師走の二十五日に挙行されることになった。

しかしながら、こうして当代きっての上達部、衛門の督が重く患って、その親、兄弟、そのほか数多い縁者も含めて、かかる高貴の一族や知友がたが、嘆き、萎《しお》れ返っている折も折であったから、そんなときに御賀というのも、心の寒々とした感じではあったけれど、これまでたびたび延期されたことだけでも不都合であったものを、このまま沙汰止《さたや》みにするというわけにもいかぬこと、やわか源氏がこれを思いとどまろうはずもない。こんなふうに、さんざん延期してきたことを、源氏は、三の宮のためにかわいそうにと思っている。

かくて、定法《じょうほう》に従って、五十寺での読経、また朱雀院が籠っておられる山寺においても、摩訶毘盧遮那仏《まかびるしゃなぶつ》の勤行を……。

【第六巻】 訳者のひとこと

『湖月抄』のこと

林　望

どのようにしてこの謹訳を書いているのか、とよく尋ねられる。そのとき、私は「大学院の演習の勉強のようですよ」と答えることにしている。

すなわち、むろん、疑義のある言葉については辞書もあれこれ引くけれど、『源氏物語』のように錯綜した本文を持つ作品に関しては、先人たちの研究ということがなにより重要である。

私の場合、新潮社の新潮日本古典集成（石田穣二・清水好子校注）、岩波書店の日本古典文学大系（山岸徳平校注）、同じく新日本古典文学大系（柳井滋等校注）さらには小学館の日本古典文学全集（阿部秋生・秋山虔・今井源衛校注）、この四つの注釈書がまずは中心になっているが、そのほかに、吉沢義則博士の『対校源氏物語新釈』(平凡社)、そして玉上琢彌博士の『源氏物語評釈』(角川書店)、といった注釈書をかれこれ参照しながら解釈してゆく。

これらの近現代の研究は解釈には欠かせぬものであるが、それと同じように大切なものは、『湖月抄』(北村季吟注釈)という延宝《えんぽう》元年に成立した「源氏注釈の古典」である。研究の詳密さということで言えば、近現代の研究書には、当然のことながら及ばないのであるが、ではこの江戸時代の注釈が役に立たないかというと、そんなことはない。

私は、いつも座右にこの『湖月抄』を開いて、かならず参看することにしている。なんといったらいいか、緻密な研究ということのほかに、文学としての鑑賞の態度にしばしば頷けるものがあって、新註をあれこれ読んでも、どうも釈然としない、というようなときに、この『湖月抄』の記述で豁然開朗《かつぜんかいろう》することが少なくないのだ。

「若菜」上に、こういうところがある。

「ひとしきほど、劣りざまなど思ふ人にこそ、ただならず耳たつことも、おのづから出で来るわざなれ、かたじけなく心苦しき御ことなめれば、いかで心おかれたてまつらじとなむ思ふ」

朱雀院の皇女三の宮が源氏の正室として降嫁して来た時、事実上の正妻として過ごしていた紫上は、にわかにその立場が危うくなった。当然心穏やかではいられないのだが、彼女は必死にその胸の揺らぎを押し鎮めて、周りの女房たちを窘《たしな》めるシーンである。

この下線の部分、各注釈は次のように解く。

『新釈』「対等か又目下だと思ふ女に対してこそ聞きずてならんと思ふやうな事も自然起るものですが」

『評釈』「同格とか、むこうが下とか思う相手だと、聞き流すわけにはゆかない事もいつしか出てくるものだが」

『集成』「自分と同じ身分とか、むこうが低いなどと思う人に対しては、黙って聞き流すわけにゆかぬことも、ついつい起るものですが」

以下、『大系』『新大系』『全集』いずれも大同小異の註を付しているのだが、実際のところ、こういう訳文を読んでも、なんだか隔靴《かっか》搔痒《そうよう》の感が拭えない。

そこで、『湖月抄』を見ると、

「我と同し位、又我よりば《(濁点ママ)》をとれるなどおもはんいどみおもふ人こそききにくき事も自然はあらめ、女三の御事は其段にあらず、朱雀の御ゆづりの心苦しき御事なればと也」と、こうある。ここに「いどみおもふ人こそ」と説明してある一句がこのところの解釈を明瞭ならしめる。なるほど、相手が皇女では、最初から勝負にならないのだから、こちらから挑み思うような心がけにはならないだろう。しかし、相手が同等または格下の女だったら、それが自分を差し置いて正妻の座につくなどということは、我慢ならず、挑みかかるような心がけになる、とそういうことを言っているわけである。

それゆえにこそ、自分も不愉快に思うし、また近侍の女房や乳母どもだって、それは勘弁ならない状況となるのだが、なにせ相手が朱雀院の姫宮、それも院がことのほか不憫にしている掌中の玉のような姫では、最初から勝負にならないのだから、挑み心を持ってはなりませんよ、と皆に諭しつつ、自分に言い聞かせているところだと、このように明確な解釈ができる。

私は、この『湖月抄』の注釈を読んで、ポンと膝を打ったことであった。

そこで、『謹訳』では、次のように訳したのである。

「そもそもお輿入れなさったのが、わたくしと同じくらいか、いくらか下《しも》ざまの身分かなと思うあたりの人だとしたら、やはり互いに心安からぬ思いもありましょうほどに、なにかと聞き捨てにはできないような僻事《ひがごと》だって出来《しゅったい》しかねないかもしれませぬ……が、あの姫宮に限っては、もとより恐れ多いご身分の姫ではあり、また朱雀院さまが深くお心を痛めておいでとみえますから、心を隔てるどころか、なんとかして心置きなくおつきあいを賜りたいと、そう思っておりますものを……」

本書の主な登場人物関係図（若菜上・若菜下）

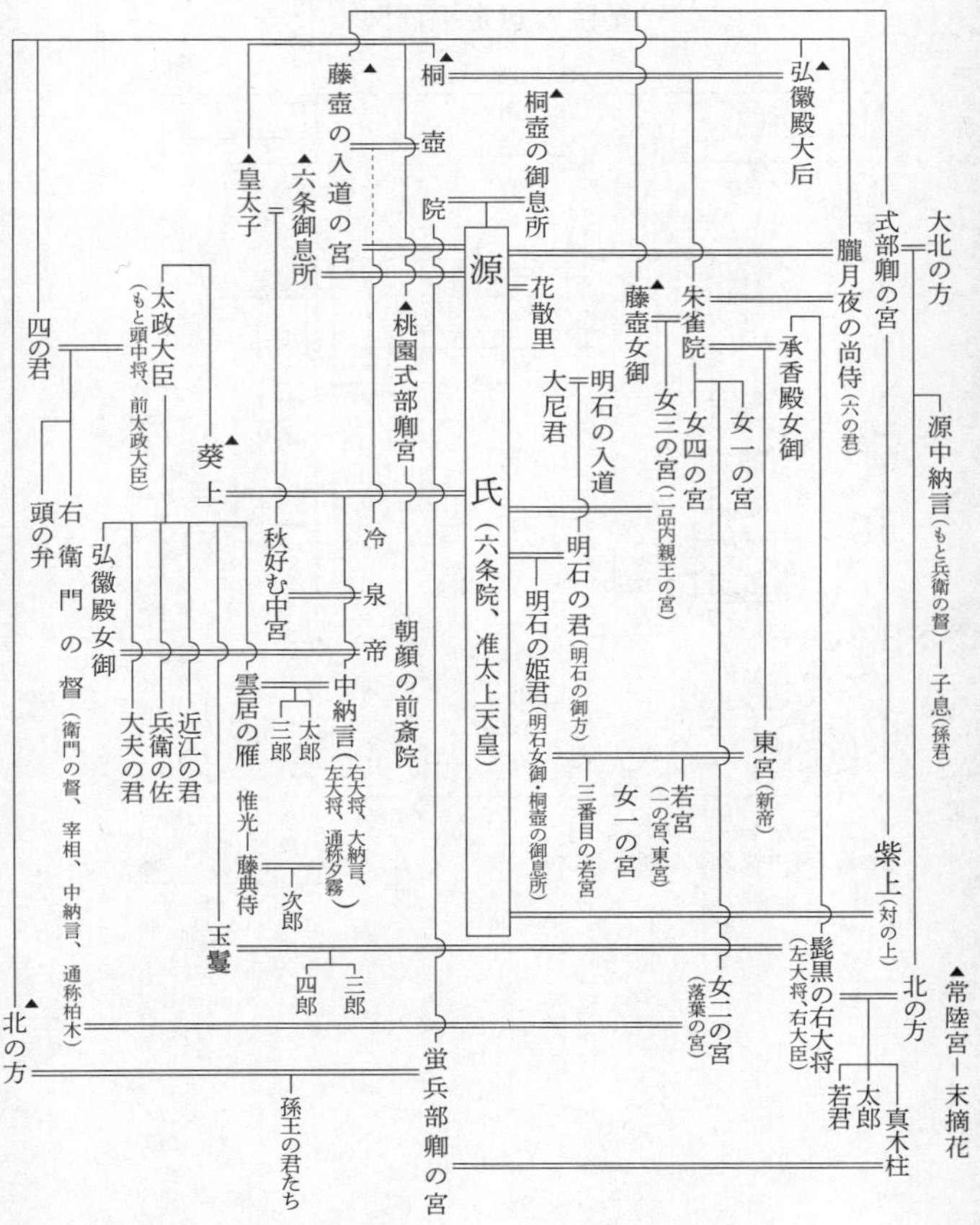

※▲は故人

二条院の想定平面図

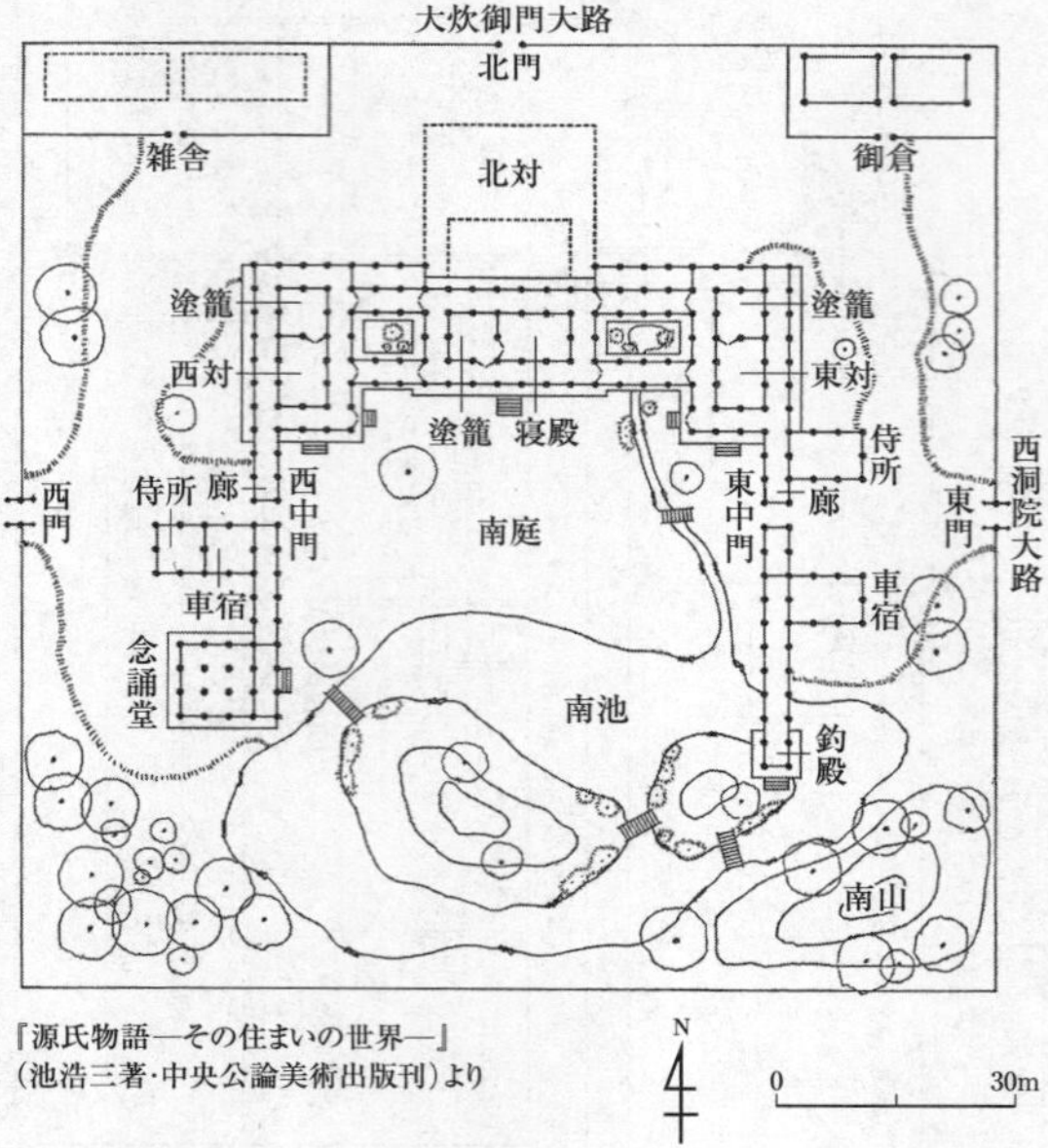

『源氏物語—その住まいの世界—』
（池浩三著・中央公論美術出版刊）より

六条院全体配置図

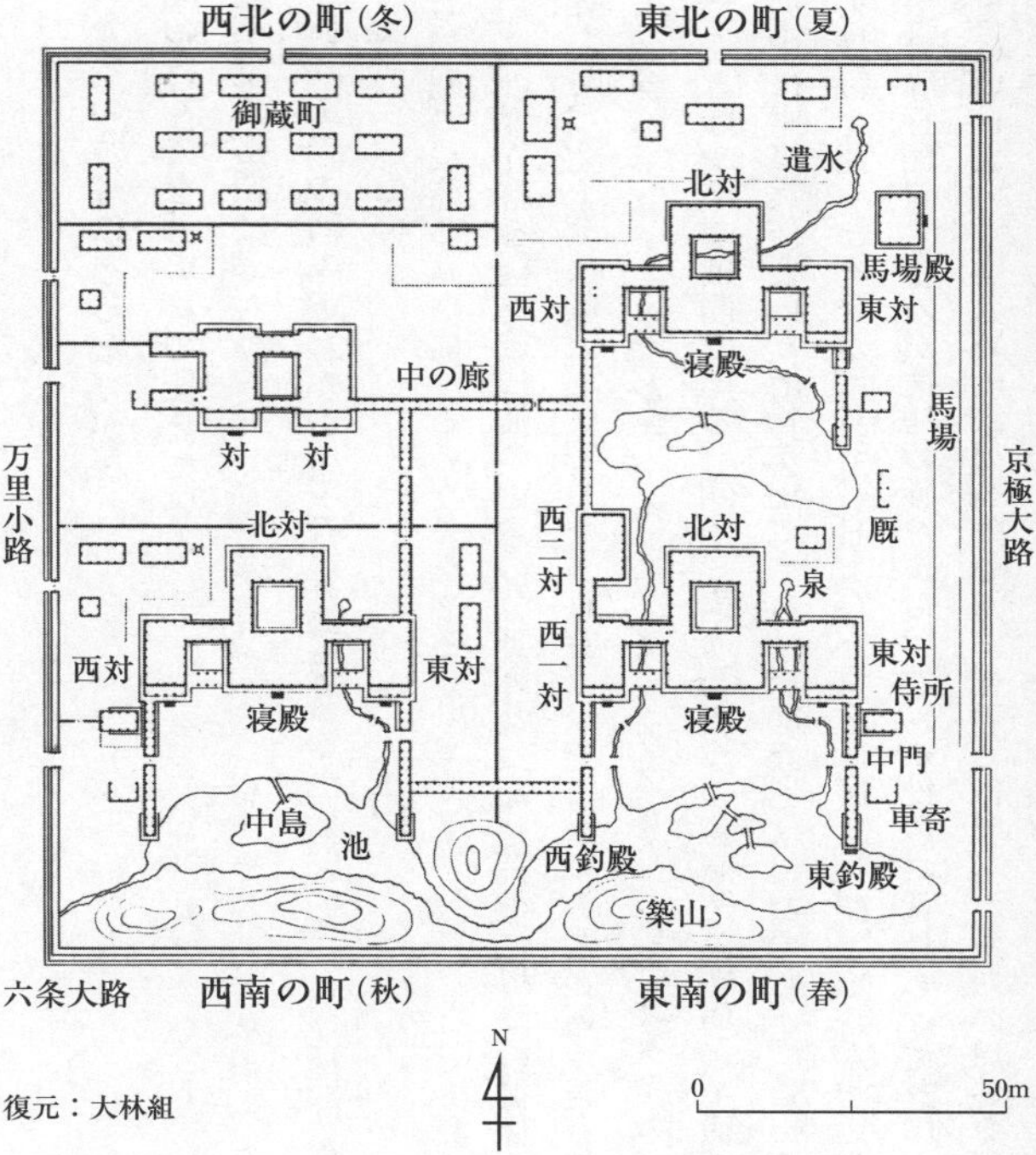

復元：大林組

解説

眩い光景の背後にある翳りが
物語の行く先を低い声で伝えている。
長編小説の格調は
こういう工夫の積み重ねから生まれるのである。

池澤《いけざわ》　夏樹《なつき》（作家）

石川淳の初期の長篇に『白描』というのがある。

戦後の短篇の傑作群を経た後に彼の得意の分野となった『荒魂』以降の群像劇のはしりのような作品で、主人公は職人を父としながら芸術家を目指す金吾という若者。有象無象登場する中にブルーノ・タウトをモデルとするクラウスさんというユダヤ人がいたりして、ずいぶんと賑やかな展開である。四十一歳の石川淳の意気込みがいっそ微笑ましい。

この話の中に中條兵作という俗物が出てくる。無能な三代目なのだが、こいつの奥方が秀逸。夫の愚行を遠くひややかに見て、日々ひたすら『源氏物語』を読んでいる。夫の動に対して妻の静を配置するのが技法の妙だから、これが役者に入れあげて芝居小屋に日参したりしてはいけない。小さめの家の二階でただ光君の行状と女たちの思いを追うだけというのがふさわしい。「若菜」あたり、完璧の域に達して躍る紫式部の文章を彼女は午後の柔らかな日射しの中で賞味したことだろう。行ってしまったら帰ってこられないのが『源氏物語』の世界なのだから。

「若菜上」、「若菜下」の二帖は五十四帖の中で最も標高が高い峰だ。

つまり、この長い小説を一つの山脈に喩えて、読者はそこを南から縦走するとしてみれば、登山口の「桐壺」から登り始めて「若紫」あたりで尾根に着き、途中いくつもの脇道に逸れては戻り、それでも北を目指してアップダウンを繰り返しながら少しずつ高い方へ進み、最高地点に達するのがこのあたり。光君の人生ではここから先はゆっくりと下り坂になる。

「若菜」という表題はめでたい。若菜は今でいう春の七草で、早春に野に出てこれを摘んで食べると無病息災が叶うという、いわゆる縁起物。まずは『古今和歌集』の「君がため春の野にいでて若菜つむわが衣手に雪はふりつつ」が想起されるところだし、島崎藤村はこれを詩集のタイトルに用いた。

狂言に「若菜」という演目がある。なんら滑稽なことや失敗談があるわけではなく、秀句（言葉遊び）もなく、まことおおどかな話に終始する。裕福な男が従者を連れて春の野遊びに出かける。行った先で若菜を摘む乙女たちを見かけ、従者に命じて酒宴に加わるよう誘う。そして全員で酒を酌み交わし、舞い、謡い、日暮れを機にそれぞれに帰ってゆく。それだけ。

光君の人生の頂点もそのようにあるべきだったのかもしれない。もともと祝福された出自である。叡智と美貌を備え、天皇の子として生まれ、「国の親ともなり、帝王の位にのぼるという相」だがそうはならず、「輔弼の臣」となるのでもないという高麗人の予言(「桐壺」)を背景に順調に成人して、多くの女たちを魅了する。藤壺との仲という翳りに悩み、須磨・明石への自発的な流謫はあったものの、やがては都に返り咲いて、いよいよ位階を高め、ついには准太上天皇というところまで登った。

「若菜上」の始まりの段階での彼の立つ位置を整理してみよう――

三十五歳で六条院を築き、そこに四季にちなむ区画(町と呼ばれる)を設えて、紫の上、花散里、秋好中宮、明石の君をそれぞれに住まわせる(「少女」)。その他に二条東院には、ほとんど行き来がないにしても、空蝉と末摘花がいる。公的にも私生活でも安定した栄華の姿と言うことができる。後になって振り返ればこの頃が彼の人生の絶頂期と思われただろう。

そこへ女三の宮という攪乱の因子が登場する。皇女であるから女としては最も高い身分である。父の朱雀院はこの子を溺愛していて、よい相手に娶せたいと願っているが、多くの候補の間でいろいろ迷ったあげく、なんと光君のもとに降嫁を強いる。四十歳の光君はしかたなく受け入れるけれど、実際に手元に置いてみて知的にも肉体的にもあまりに幼いことを知って落胆する。

それでも、光君に最も近い位置にいる女であるはずの紫の上は不安を覚えるのだ。何の身分もない自分は光君の愛情に縋って生きるしかない。無常を感じた彼女は出家を願うが光君はそれを許さない。

対照的に身分において絶対安定に至ったのが娘を入内させた明石の君で、そういう例を出すことで逆にこの時代の女たちの生きがたさを作者は強調している。頼る男の変心や没落、病気、もののけのたたり、などなど日々の幸せへの脅威は少なくない。

古代に書かれた「若菜」上下二帖が近代的な小説としていかにも完成されていると思われる理由の一つが時間の扱いだ。時の流れの扱いは長篇小説にとって大事なことで、ここのところで長篇と短篇は分かれる。短篇は人生の一瞬の断面、長篇は時を追っての変化を描く。

「若菜上」では光君は三十九歳から四十一歳まで。女三の宮を迎えて、紫の上の不安を宥めながら、しかしどこかすきま風が入ることを意識しないわけではない。このあたりから『源氏物語』の人々は孤独の不安に苛まれることになる。愛ははかないから、目前にそれがあれば人生はその後も順調というわけではないのだ。

「若菜下」では光君は四十一歳から四十七歳まで。小説の表に記述される事件や催事の後ろで時は容赦なく過ぎてゆく。生きるとはそういうことだと作者は錯綜したプロットを通じて読者に伝える。

時の経過を示す例の一つが女三の宮のふるまいだ。何も知らないまま光君のもとに来て女に仕立てられた彼女に、何年か後、柏木の恋着という難事が降りかかる。この一件は普通ならば男の柏木の側から読まれるのだが、これを女の側から見てみよう。無垢のうちに光君の正妻という地位に運ばれ、身体のつながりということも知ったけれど、彼女にとって世界はまだ未知の領域であり、隅の方におずおずと坐っているしかない。

ある夜、身辺に侍女も少ない中で眠っていると、いきなり知らない男が寝床に入ってきて、何かよくわからないことをぐだぐだと言ったあげくに強引に関係に及ぶ。

一般に女と男の仲はそういうことまで含むものだと彼女は知っていただろうか。侍女たちにはそれぞれの性生活があったはずだが、そうそう露骨に主君の幼妻に話しはしなかっただろう。つまりこれは彼女の人生に乱暴に持ち込まれた新しい要素だ。

女三の宮はまず怯え、当惑し、光君に知られないかとそちらの方ばかり心配する。その一方で、「衛門の督（柏木）は、やるせなくて恋しさを抑えかねる時々は、夢うつつの思いで通ってきたが、三の宮のほうでは、そんなことは限りなく無分別なことだと厭わしく思っていた」と、結局は受け入れたのだ。初回は不幸な偶然に付け入れられたのかもしれないけれど、二度目から後は拒めば拒めたはず。手引きをした小侍従を遠ざけることもできた。

藤壺と光君の場合は女の方が二回目を拒もうとした。実際には二度目はあったし、それで後の冷泉帝が生まれることになったとしても。

朧月夜と光君の時は、男は鼻歌を歌いながら廊下を歩いてきた女を手近な部屋に引き込んで情交に至るという強引なことをしているが、結局は二人は親密な仲になる。初回とはいえ女はふるまいや香の匂いや声で相手が誰であるかを察していた。つまり強姦ではなく和姦。この政治的に問題はらみのスキャンダラスな情事の結果、光君は須磨と明石に自主的な隠遁をすることになった。「若菜上」では、女三の宮と紫の上の間に挟まれて懊悩する光君は一時の慰めのためと朧月夜の君と会ったりする。数えてみれば最初の逢瀬からはもう二十年もたっている。

かく、歳月は静かに人々の上に降り積もる。

蹴鞠の時に柏木は唐猫のいたずらで女三の宮の姿を見てしまう（紫の上を光君が初めて見た「若紫」では雀の子が主役になる。しかもこの雀を逃がしてしまった女童《めのわらわ》の名が犬君《いぬき》。紫式部は動物の使いかたがうまい）。有名な場面だが、これは、見ることはそのまま恋することという時代の話である。

これに先だって作者は「野分」で、嵐の最中、光君の息子である夕霧に紫の上の姿を見させている。この二人の間には何事も起こらなかったけれども、夕霧が一瞬でも抱いた憬れの念は後の柏木のふるまいを先触れするものではなかったか。その遠い背景に読者は、子供として藤壺を慕っていた先で男として藤壺に迫った光君を重ねるだろう。子供だから彼女の姿を間近に見ることが許されたのだ。

ここまでは光君と女たちの一対一の仲がいわば放射状に展開される感があった『源氏物語』だが、このあたりになると三角関係がプロットの骨格を成すようになる。英語で言うところの「永遠の三角形」eternal triangle だ。その編目の中で光君は自分と藤壺の関係が柏木と女三の宮の上に再現されていることを知って静かに慨嘆する。

それにしてもなんと矮小化された再現であることか、と読者は思う。これでは柏木は圧倒的な力を持つ光君に睨まれ、ただ恐懼して死んでゆくしかないだろう。運命をはね返す力は彼にはない。

そうする間にも時は流れる。それを巧妙に伝えるのが数々の年中行事やおりおりの催事である。そのたびごとに光君の栄華を讃えるめでたい場面の描写が繰り広げられる。上流社会の最も派手にして華やかな一面を伝える効果を作者が計算してのことだ。

催事は、「若菜上」で言えば、若者たちが勢い立つ蹴鞠の場面。その五年ほど後の「若菜下」では光君が紫の上、明石の女御、明石の君など女たちを引き連れて住吉神社に参拝するところや、六条院の女たちを集めて音楽の会を開くところ。紫の上の和琴《わごん》、女三の宮の琴《きん》、明石の君の琵琶、明石の女御の箏《そう》が一堂に会する。

この眩い光景の背後にある翳りが、物語の行く先を低い声で伝えている。紫の上は出家を願っているし、女三の宮はまもなく秘密の恋人を得ることになる。長篇小説の格調はこういう工夫の積み重ねから生まれるのだ。

話の展開のおもしろさに夢中になって「若菜」の上下二帖に読み耽ってきたが、この軽快な読みを下から支えているのはこの訳者による今の言葉への翻訳である。平安時代と現代の隔てを忘れさせ、スマホもグローバルもない世界へ連れだして融通無碍に遊ばせる。我々は、つまりいまの日本語を解する者は、こういう翻訳を得て千年前の密《みそ》かごとの場に立ち会う――

十五年ぶりに再会した朧月夜は、その垢抜《あかぬ》けた美しさといい、若々しく親しみ深い様子といい、昔とちっとも変わっていない。それが、世の聞こえを憚っておろおろとしつつ、といって、嬉しさも嬉しいしで、心は千々《ちぢ》に乱れ、ただただため息ばかり吐いている。

これからの長い夜を思わせるエロティシズムの極み、二人の心の内をそれぞれふわっと抱き上げて読者の胸元にそっと渡してくれるこの文体。

今、『源氏物語』はこのような言葉に乗せられて我々に届けられる。なんとめでたいことではないか（と、先日、狂言の新作などをものしたぼくは言ってみたいのだ）。

単行本　平成二十三年六月　祥伝社刊『謹訳 源氏物語 六』に、
増補修訂をほどこし、書名に副題（改訂新修）をつけた。
なお、本書は、新潮日本古典集成『源氏物語』（新潮社）を
一応の底本としたが、諸本校合の上、適宜取捨校訂して解釈した。
「訳者のひとこと」初出　単行本付月報

一〇〇字書評

切り取り線

購買動機（新聞、雑誌名を記入するか、あるいは○をつけてください）

□（　　　　　　　　）の広告を見て	
□（　　　　　　　　）の書評を見て	
□ 知人のすすめで	□ タイトルに惹かれて
□ カバーが良かったから	□ 内容が面白そうだから
□ 好きな作家だから	□ 好きな分野の本だから

・最近、最も感銘を受けた作品名をお書き下さい

・あなたのお好きな作家名をお書き下さい

・その他、ご要望がありましたらお書き下さい

住所	〒				
氏名		職業		年齢	
Eメール	※携帯には配信できません		新刊情報等のメール配信を 希望する・しない		

この本の感想を、編集部までお寄せいただけたらありがたく存じます。今後の企画の参考にさせていただきます。Eメールでも結構です。

いただいた「一〇〇字書評」は、新聞・雑誌等に紹介させていただくことがあります。その場合はお礼として特製図書カードを差し上げます。

前ページの原稿用紙に書評をお書きの上、切り取り、左記までお送り下さい。宛先の住所は不要です。

なお、ご記入いただいたお名前、ご住所等は、書評紹介の事前了解、謝礼のお届けのためだけに利用し、そのほかの目的のために利用することはありません。

〒一〇一 - 八七〇一
祥伝社文庫編集長　清水寿明
電話　〇三（三二六五）二〇八〇

祥伝社ホームページの「ブックレビュー」からも、書き込めます。

www.shodensha.co.jp/bookreview

祥伝社文庫

謹訳《きんやく》 源氏物語《げんじものがたり》 六《ろく》
改訂新修

平成30年5月20日 初版第1刷発行
令和6年5月15日 第2刷発行

著　者　林望《はやしのぞむ》

発行者　辻　浩明

発行所　祥伝社《しょうでんしゃ》
東京都千代田区神田神保町3-3　〒101-8701
電話　03（3265）2081（販売部）
電話　03（3265）2080（編集部）
電話　03（3265）3622（業務部）
www.shodensha.co.jp

印刷所　図書印刷
製本所　ナショナル製本

Printed in Japan ©2018, Nozomu Hayashi ISBN978-4-396-31733-1 C0193

林望『謹訳 源氏物語 改訂新修』全十巻

【一巻】桐壺／帚木／空蟬／夕顔／若紫

【二巻】末摘花／紅葉賀／花宴／葵／賢木／花散里

【三巻】須磨／明石／澪標／蓬生／関屋／絵合／松風

【四巻】薄雲／朝顔／少女／玉鬘／初音／胡蝶

【五巻】蛍／常夏／篝火／野分／行幸／藤袴／真木柱／梅枝／藤裏葉

【六巻】若菜上／若菜下

【七巻】柏木／横笛／鈴虫／夕霧／御法／幻／雲隠

【八巻】匂兵部卿／紅梅／竹河／橋姫／椎本／総角

【九巻】早蕨／宿木／東屋

【十巻】浮舟／蜻蛉／手習／夢浮橋